Suzanne Vermeer is het pseudoniem van de in juni 2011 overleden auteur Paul Goeken. In overleg met zijn familie is besloten om de boeken van Suzanne Vermeer voort te zetten. Alle titels van Vermeer zijn in de bestsellerlijst verschenen en twee titels werden genomineerd voor de NS Publieksprijs.

Van dezelfde auteur

All-inclusive
De vlucht
Zomertijd
Cruise
De suite
Zwarte piste
Bella Italia
Noorderlicht
Bon Bini Beach
Het chalet
Route du soleil
Winterberg
Goudkust
Mont Blanc

Suzanne Vermeer

Après-ski

A.W. Bruna Uitgevers

Omslagbeeld
© Thinkstock
Omslagontwerp
Wil Immink Design

ISBN 978 94 005 0508 7
NUR 332

December

1

Ton Dijkstra sliep licht. Hij was wakker geworden van het geluid van de buitendeur die werd geopend en gesloten. Net als vroeger werd hij regelmatig wakker door kleine geluiden. Het viel hem nu op, omdat hij de afgelopen twee jaar voor zijn doen weer redelijk vast geslapen had.
Na de geboorte van zijn twee dochters was hij eraan gewend geraakt dat zijn nachtrust continu werd onderbroken. Toen de meiden ouder werden en op vrijdagavond gingen stappen, sliep hij er niet beter op. Onbewust ontspande hij zich pas na het gestommel bij hun thuiskomst in het holst van de nacht.
Hun jongste dochter Fleur was nu twintig. Ze studeerde medicijnen in Utrecht en woonde daar op kamers. In de weekenden kwam ze regelmatig naar huis. Aan uitgaan in Deventer had ze weinig behoefte. Overdag ging ze de stad in en 's avonds zat ze met hem en Marga op de bank om televisie te kijken. Het was overduidelijk dat ze die weekenden bijkwam van het hectische studentenleventje. Waar andere studenten juist nog meer uitgingen in de weekenden, leek Fleur het heerlijk te vinden zich even terug te kunnen trekken.
Hun oudste dochter Manon was drieëntwintig en in bijna alles de tegenpool van haar jongere zus. De rustige, verantwoordelijke Fleur had haar middelbare school in het snelst mogelijke tempo afgemaakt, terwijl Manon het presteerde om tweemaal te blijven zitten en met de hakken over de sloot haar diploma te halen. Haar wispelturigheid zorgde ervoor dat ze van de ene naar de andere opleiding hopte zonder er ooit één daadwerkelijk af te maken. Na de zoveelste studiemisser en een verbroken relatie, woonde ze sinds drie weken weer thuis. Vanaf dat moment sliep Ton weer ouderwets slecht.

Aan het getik van de hakken op de parketvloer in de hal hoorde hij dat het Manon was. De rode cijfers van de wekkerradio gaven 03.52 uur aan. Hij aarzelde even, maar stapte toen uit bed. Zoals gewoonlijk sliep Marga door. Ze lag op haar rug met haar mond halfopen. Ze ademde diep en regelmatig. Die wordt pas wakker als er een bom in de tuin valt, dacht hij.

Op de trap twijfelde hij of hij wel op had moeten staan om naar beneden te gaan. Een confrontatie had iets kinderachtigs, tenslotte was Manon een volwassen vrouw. Het was niet meer aan hem om haar de les te lezen over haar levenswijze. En al helemaal niet midden in de nacht. Wat was dat voor tijdstip om ruzie te gaan maken? Want daar zou het toch op uitdraaien. Daarvoor kende hij zijn oudste dochter goed genoeg.

Maar Manon woonde tijdelijk weer thuis, onder zijn dak. Door haar absurde stapgedrag maakte ze van haar ouderlijke woning een hotel met een gevulde koelkast. Ze ging volledig haar eigen gang en had maling aan haar directe omgeving. En daar had hij last van. Het was verdomme zijn huis, waar hij en Marga inmiddels hun eigen leven leidden. Dáár had hij nog wel iets over te zeggen. Zo kon het niet langer. Misschien was het nu juist wel het beste moment. Fleur zat in Utrecht en Marga sliep als een roos. Manon zou wellicht beter luisteren als hij haar alleen sprak.

Ze was in de keuken. Leunend tegen het aanrecht, nam ze een stevige slok uit een glas witte wijn. Haar nonchalante houding kwam niet overeen met haar boze blik. Ze maakte een kwade maar aangeslagen indruk. Foute boel, wist Ton.

‘Ha, pap.’ Ze forceerde een glimlach. ‘Ik heb je toch niet wakker gemaakt?’

Hij wuifde de vraag weg, liep naar de koelkast en schonk een glas appelsap in.

‘Ik slaap nu eenmaal licht. Bij het minste of geringste geluidje word ik al wakker. Daar kun jij niets aan doen.’

Manon dronk haar glas leeg.

‘Sorry, pap. Ik zal de volgende keer mijn schoenen buiten uittrekken en op mijn tenen naar binnen lopen.’

Ton glimlachte minzaam. De strijdvaardigheid van daarnet was verdwenen. In een enkele oogopslag had hij gezien dat zijn dochter een rotavond had gehad.
'Hoe was je avond?' opende hij voorzichtig.
'Kut,' antwoordde Manon direct. 'Althans, het eind. Het begin was wel oké.'
'Toch geen serieuze problemen?'
Manon schudde van nee.
'De zoveelste klootzak die zich anders voordoet dan hij in werkelijkheid is. In de kroeg de vriendelijkheid zelve. De hele avond hing er een aureool van betrouwbaarheid om hem heen. Aardig, knap, voorkomend. Echt een leuke vent. Dacht ik. Tot het moment dat hij opeens in een stil straatje parkeerde.'
Ton voelde de appelsap opeens draaien in zijn maag. Hij moest rustig blijven en niet meteen boos reageren. Anders klapte ze dicht.
'Maar... euh... hij werd toch niet gewelddadig, of zo?'
Ze antwoordde met een schamper lachje. 'Tss, dat moest er nog eens bij komen. Nee, pap, hij werd niet gewelddadig. Er is verder ook niets vervelends gebeurd omdat ik ben uitgestapt en een taxi heb gebeld.'
Ze maakte een wegwerpgebaar. 'Ik word zo langzamerhand doodziek van dat soort kerels. Ik weet dat het onzin is, maar op dit moment heb ik echt het idee dat de wereld vol zit met hufters. In elk geval mijn wereld.'
Ze zuchtte diep en haalde haar schouders op.
'Blijkbaar val ik op foute mannen.'
Ton beet op zijn tong om niks te zeggen. In plaats daarvan omarmde hij zijn dochter.

2

Hij nam de tijd om de stukken aandachtig door te lezen en eventuele fouten te ontdekken, ook al hadden zijn assistenten de documenten al getoetst. Toen alles bleek te kloppen, zette Ton op elke pagina zijn paraaf en op het laatste blad zijn handtekening. Morgen zou zijn secretaresse het dossier versturen. Hij legde het voor haar opzij en keek op zijn horloge. Over twintig minuten had hij een afspraak met Fons Markendaal over diens boekhouding. De textielondernemer had zes zaken in en rond Deventer. Volgens Tons medewerkers was de papierwinkel van Markendaal een zootje. Ondanks de vele aanwijzingen en handreikingen vanuit het kantoor, bleef de man hardleers met zijn declaraties. In sommige gevallen waren ze zelfs frauduleus te noemen.
Als accountant was hij medeverantwoordelijk voor Markendaals aangifte. Zoals het er nu voor stond, tekende hij dus helemaal niets. Problemen met de Belastingdienst waren funest voor zijn kantoor.
Wat hem betrof kreeg Markendaal nog een laatste kans om een fatsoenlijke boekhouding te overleggen. Anders moest hij de samenwerking opzeggen. Het was nooit fijn een cliënt te verliezen, maar je kon je als gerespecteerd accountant niet met oplichters inlaten.
Hij rekte zich uit. Zijn blik gleed over het bureau en bleef hangen bij de foto van zijn gezin.
Keihard zijn, dacht hij. Beslissingen nemen en die uitvoeren. Compromissen waren voor watjes. Eten of gegeten worden...
Hij glimlachte flauwtjes. Wat zat ie nou stoer te doen. Het ging over zijn familie, niet over zijn bedrijf. Privé golden er totaal andere regels dan op de zaak. Zeker tussen drie vrouwen die compromissen heel normaal vonden. Geven en nemen. Bij de één weliswaar wat meer dan bij de ander...

Ergens baalde hij ervan dat hij niet had kunnen zeggen wat hij al een paar dagen tegen Manon had willen zeggen. Hij werd nog steeds makkelijk uit zijn evenwicht gebracht als er iets met zijn dochters was. Je kon het zelfs kwetsbaar noemen. Of hulpeloos. Over zoveel zelfkennis beschikte hij wel.
De huidige toestand met Manon baarde hem zorgen. Ze was een vlinder die ogenschijnlijk zorgeloos door het leven fladderde. Toch lag het niet zo simpel. Vlinders zijn ook kwetsbaar. Achter die schijnbare onverschilligheid schuilde een gevoelige jonge vrouw met een sterke wil. Zijn oudste dochter was zowel uiterlijk als innerlijk bijna een evenbeeld van zijn vrouw. Manon wist hem daarom vaak om haar vinger te winden. Een trucje waartegen hij zich bij zijn jongste dochter Fleur beter kon wapenen. Zij leek in haar doen en laten en uiterlijk veel meer op hem, waardoor ze van elkaar al heel snel door hadden gehad dat ze het beste zo direct en helder mogelijk konden communiceren.
Maar goed. Na vannacht zou een gesprek met Manon niet uit kunnen blijven. Hij ging ervan uit dat het inmiddels tot haar was doorgedrongen dat hij zijn zegje wilde doen. Ze begreep heus wel dat hij niet zomaar in het holst van de nacht in de keuken stond, en bovendien had hij de afgelopen weken al een aantal opmerkingen geplaatst waaruit zijn onvrede duidelijk was geworden.
De vraag was of dit wel het juiste tijdstip was voor zo'n indringend gesprek. De kerst stond voor de deur. Daarna zouden ze met het hele gezin als vanouds twee weken op wintersportvakantie naar Oostenrijk gaan. Een uitstapje waar Marga zich al maanden op verheugde. Ze was lerares Nederlands op een school voor voortgezet onderwijs in Deventer en werkte zich uit de naad om al haar werk voor de kerstvakantie afgerond te hebben.
Wat als het gesprek met Manon escaleerde? vroeg hij zich af. Gezien haar explosieve karakter was dat heel goed mogelijk. Zou hij dan de vakantie moeten afblazen? Zou hij haar alleen achterlaten, juist nu ze een beetje toezicht nodig had? Hij kon het zich nauwelijks voorstellen want ze was gek op skiën, maar toch. Hij wilde niet dat de sfeer al op

voorhand verpest zou worden. Misschien zou de vakantie hun juist goeddoen en zou Manon tot inkeer komen. Hoe langer hij over een eventueel gesprek nadacht, des te meer het idee hem tegen begon te staan. Wellicht was het slimmer om in Oostenrijk wat voorbeelden aan te snijden waarmee een conversatie op gang kon worden gebracht. Ongetwijfeld waren ze daar meer relaxed, zodat ze beter konden praten. En ze kon daar niet weglopen en bij een vriendin of vage kennis gaan slapen, zoals ze nu nog weleens wilde doen als iets haar niet zinde.

'Meneer Markendaal is er,' onderbrak zijn secretaresse zijn gedachten. Aan het werk, dacht hij. 'Laat hem maar binnenkomen.'

3

In het klaslokaal hing een licht opgewonden sfeer van spanning, hoop en opluchting. De laatste schooldag voor de kerstvakantie zat er bijna op. Het proefwerk Nederlands was de laatste horde die ze nog moesten nemen. Voor het merendeel van de leerlingen was dat een beproeving.
Marga keek van tafel naar tafel. Ze was niet streng, maar liet zeker niet over zich heen lopen. Zonder zich autoritair op te stellen, liet ze aan haar leerlingen duidelijk merken waar tijdens de les de grens van het toelaatbare lag.
Inmiddels stond ze ruim twintig jaar voor de klas en had ze al die tijd nauwelijks problemen met haar leerlingen gekend. Dit in tegenstelling tot veel van haar collega's.
In haar optiek bestonden de klassen uit individuen, iedere leerling was uniek. Zo behandelde ze hen ook, zonder de groepsdynamiek van een klas uit het oog te verliezen. Je moest altijd jezelf blijven, maar niet respectloos naar anderen zijn. Ze gaf zelf het goede voorbeeld, en de kinderen leken deze houding vrij gemakkelijk over te nemen. Natuurlijk moest ze weleens op haar strepen gaan staan. Als docent werd ze altijd getest, maar zodra de pubers doorhadden dat ze haar mannetje stond zonder hysterisch te gaan doen, hielden ze zich koest. Jezelf anders voordoen dan je in werkelijkheid bent, dáár prikten de leerlingen op den duur doorheen, met alle gevolgen van dien.
Achter in het klaslokaal keek Rachel Steinveld op van haar proefwerk. Ze tikte geïrriteerd met haar pen op het papier en hief opzichtig haar ogen ten hemel. Om haar onvrede over de moeilijkheidsgraad van het proefwerk extra te benadrukken, zuchtte ze diep.
Rachel deed haar sterk aan Manon denken. Niet alleen de uiterlijke

overeenkomsten waren treffend, ook in haar doen en laten had ze veel van haar oudste dochter weg. Een vlotte meid met een eigen willetje en aanverwante, soms theatrale maniertjes. Makkelijk in de omgang, maar een moeilijk persoon om daadwerkelijk tot door te dringen. Kwamen er tijdens een gesprek serieuze onderwerpen aan bod, dan maakte ze zich er met een kwinkslag van af en trok ze zich geruisloos terug uit de conversatie. Ze wekte de indruk niet geïnteresseerd te zijn in zaken buiten haar eigen wereldje, waarin mode, uitgaan en jongens belangrijk waren. Toch was het duidelijk dat Rachel deze houding als schild voor de buitenwereld gebruikte. Ze was er blijkbaar nog niet aan toe om haar gevoelige en volwassen kant te tonen. Hetzelfde gold min of meer voor Manon. Al werd het voor haar dochter weleens tijd om haar levensstijl aan te passen. Om keuzes te maken en hiervoor echt te gaan. Ze was verdorie al drieëntwintig!

Rachel liet moedeloos even haar hoofd zakken en keek haar toen vragend aan. Typisch Rachel, dacht Marga. Waarschijnlijk weinig gestudeerd, te druk met allerlei randzaken die natuurlijk véél belangrijker waren en toch wilde ze niet falen. Dus nu gokte het meisje met haar meest onschuldige blik op hulp. Marga schudde onverbiddelijk nee.

Vanuit haar ooghoeken hield ze Rachel in de gaten. Ze zou vast proberen af te kijken bij haar buurvrouw. Die zat in gebogen houding over haar werk. Met een verbeten trekje van concentratie op haar gezicht, werkte Fatima Urgünz stug door. Een gedreven meisje dat uitstekende cijfers haalde en bovendien heel gemotiveerd was om zich verder te ontwikkelen. En dat op zestienjarige leeftijd!

Marga glimlachte in gedachten. Manon, Fleur. Rachel, Fatima. Individuen die uiteindelijk veel overeenkomsten vertoonden. Haar leerlingen waren niet alleen een afspiegeling van de maatschappij, maar ook van haar gezin.

Evenals haar leerlingen was Marga toe aan vakantie. De afgelopen maanden was de toenemende werkdruk een sluipmoordenaar gebleken. Af en toe gaf haar lichaam aan dat ze het rustiger aan moest doen, ze was tenslotte geen achttien meer.

Tijdens hun verblijf in Oostenrijk zouden er naast relaxen en genieten ook pittige gesprekken plaatsvinden en harde woorden vallen. Daarover twijfelde ze geen seconde. De sfeer thuis werd met de dag grimmiger. Aan zijn gedrag merkte ze dat Ton zich steeds meer ergerde aan Manons levensstijl. Het was een kwestie van tijd voordat hij ontplofte.
Ze waren allebei hartstikke druk met hun werk. De zeldzame vrije uurtjes die ze samen doorbrachten waren heilig en wilden ze niet verstoren met discussies waarvan de uitkomst eigenlijk al vaststond.
Zonder dat hij dat had aangekondigd, wist ze dat Ton in Oostenrijk serieus met Manon om de tafel wilde gaan zitten. Daar kon ze zich wel in vinden. Ze moest er alleen niet aan denken dat Manon af zou haken...
Barry Koenders stak zijn hand op. Ze stond op en liep naar hem toe. Hij fluisterde in haar oor of hij naar het toilet mocht. Hoewel het ongebruikelijk was om tijdens een proefwerk het klaslokaal te verlaten, stemde ze toe. Haar intuïtie zei haar dat Barry haar niet zou beduvelen. Ze moest even om zichzelf lachen.
Ton zou haar voor gek verklaren met haar intuïtie.

4

'Drie bier en twee cola, alsjeblieft.' Nadat de jongen zijn bestelling op geaffecteerde toon had opgegeven, glimlachte hij haar vriendelijk toe. Hij legde een briefje van tien euro op de bar, keek met een scherpe blik naar het wisselgeld dat Fleur teruggaf, stak alle muntjes in de zak van zijn suède jack en liep terug naar zijn tafelgenoten.

Fleur schonk de drankjes in en zette ze op het dienblad. Na drie stappen voelde ze hoe haar kuiten protesteerden. Ze bracht al de hele avond drankjes rond en haar lichaam vond het zo langzamerhand welletjes geweest.

'Cola?'

De twee meiden knikten gelijktijdig. Ze waren blond en hun kleding was een tikkeltje ordinair. Datzelfde gold voor hun make-up en de overdaad aan sieraden. Fleur zette de twee glazen voor hen neer.

'Bedankt.' De drie jongens pakten hun bier, hieven gelijktijdig het glas en proostten uitbundig.

Fleur nam er nauwelijks notitie van, ze was het gewend. Het publiek dat café Dolle Nol bezocht kende een hoog ballengehalte. Meestal waren het studenten. De kinderen uit middenstandmilieus die in het kielzog van de rijkeluisjongeren werden meegezogen, konden lastposten zijn, wist ze inmiddels. Ze keken op tegen hun leeftijdsgenoten, ongeacht of die uit een nest kwamen van 'oud' of 'nieuw' geld. Om dit 'gemis' te compenseren, bralden zij vaak het hardst.

'De crisis is ontstaan door hebzucht en overconsumptie,' hoorde Fleur een van de drie studenten zeggen toen ze zich net wilde omdraaien. Zijn stem klonk geforceerd beschaafd. Hij kwam uit het noorden van Nederland zo te horen en probeerde dit met een onnatuurlijke tongval te maskeren.

‘En we gaan stug door,’ ging hij zelfgenoegzaam verder en hij spoelde zijn bier met één slok weg. Zijn vriend, die zojuist aan de bar bij haar had besteld, lachte uitbundig, de dames grijnsden onbeholpen en de derde, minst luidruchtige jongen van het drietal knikte afwezig. Dat is dus degene op wie ze werkelijk indruk willen maken, schoot het door Fleur heen. De meiden vormden de ‘couleur locale’, leuk om mee te pronken.
Ze liep terug naar de bar en keek op haar horloge. Nog twee uur te gaan. Haar benen deden pijn en ze had hoofdpijn. Ze wilde het even rustig aan doen. Makkelijker gezegd dan gedaan in een kroeg in het centrum waar de klanten maar binnen bleven stromen.
‘Vier bier.’ De bestelling klonk als een order. Degene die hem had geplaatst liep alweer terug naar een tafeltje waaraan twee vrouwen en een man zaten.
‘Komt eraan,’ antwoordde ze automatisch. Arrogante klootzak, vulde ze in stilte aan. Het neergelegde briefje van tien euro, wat een fooi van tachtig cent inhield, kon haar humeur niet verbeteren. Ze tapte het bier en ergerde zich aan de stem van Mick Hucknall, de zanger van Simply Red. Die had ze nu al zo vaak gehoord. Volgens de eigenaar van Dolle Nol was zijn vaste klantenkring gek op deze muziek, maar ze verdacht hem ervan niets anders te kennen of geen moeite te willen doen nieuwe muziek aan te schaffen. Hoewel ze de muziek best wel goed vond, kon ze Simply Red vanavond niet meer aanhoren.
Relax. Als je je gaat opwinden krijg je zo meteen nog ruzie met een klant of laat je een dienblad vallen. Nog even doorbijten.
Ze liep naar het tafeltje toe en zette de glazen neer. Het viertal was in gesprek en negeerde haar. *Nou, een bedankje kan er ook niet meer van af.* Ze wist haar irritatie te onderdrukken en draaide zich snel om.
Om de tijd te doden en zichzelf op te vrolijken dacht ze aan de wintersportvakantie.
Oostenrijk. Sneeuwpret en droge kou. Na een dag van afdalingen uitblazen op een terras. Tijdens de après-ski een beetje flirten met skileraren en ander aantrekkelijk manvolk. Ze had echt zin in de vakantie!

Als Manon zich tenminste een beetje inhield. Ze kon echt een drammer zijn die voornamelijk aan zichzelf dacht. Maar als ze in een goede bui was, kon je ook veel lol met haar hebben. Ze keek ernaar uit om weer met het hele gezin op vakantie te gaan. Het gaf haar het gevoel compleet te zijn.

5

Het chalet stond in Piesendorf, een dorpje net voor het skioord Kaprun. Het centrum van Zell am See lag ongeveer tien kilometer verderop. Het huis telde twee verdiepingen, die waren onderverdeeld in vier slaapkamers, een keuken, twee badkamers met toilet en een kelder. De helft van de tuin diende als oprit voor de auto.

'Schitterend,' zei Marga. Ze stond voor het slaapkamerraam en genoot van het uitzicht. Sterren fonkelden in de gitzwarte nacht. De sneeuw zorgde voor een indrukwekkend decor. Op lagergelegen hellingen vormde de kleurrijke verlichting van huizen een sprookjesachtig mozaiek in het witte landschap.

'Zo te zien hebben we een goede keus gemaakt,' zei Ton terwijl hij zijn koffer uitpakte. 'Ruim chalet, prachtige omgeving en verse sneeuw. Wat kan een mens nog meer wensen op zijn wintersportvakantie?'

'Rust in de tent,' antwoordde Marga. Ze draaide zich om en keek haar man aan.

'Je begrijpt wel wat ik bedoel.'

Ton liep naar de kledingkast en hing een overhemd op een hanger. Het was bijna middernacht en ze waren doodop van de reis.

'Ik begrijp dat jij je zorgen maakt, schat, maar ik ben ervan overtuigd dat het helemaal goed gaat komen.' Hij wees naar het raam. 'In zo'n schitterend landschap loopt alles vanzelf van een leien dakje.'

Marga glimlachte om de geveinsde naïviteit, en waardeerde zijn poging het onderwerp te bagatelliseren. Het had inderdaad geen zin om er nu over te praten. Ze liep naar hem toe, sloeg haar armen om zijn nek en kuste hem op zijn wang.

'Ik hou van je, serieuze accountant.'

'En ik van jou, losbollige lerares.'
'Losbollig?!'
'Kon zo snel geen ander woord bedenken. Werken met cijfers stompt de creativiteit af, weet je?'
Hij sloot even beide ogen. Toen hij ze opende zei hij: 'Charmante. Ja, dat klinkt stukken beter, charmante lerares.'
Marga porde in zijn buik.
'Die berglucht heeft een prima invloed op jou. Ik hoop dat dat ook voor Manon geldt.'
Ton knikte. 'Ach, ja. Deze omgeving brengt het beste in de mens naar boven. Dat kan haast niet anders.' Ze keken elkaar aan. Als de autorit één ding duidelijk had gemaakt, dan was het wel de constante aanwezigheid van een gigantische spanning. Gelukkig was iedereen zo verstandig geweest om het niet op de spits te drijven. Ruzie in de auto was een nachtmerrie.
Ze waren vanmorgen om vijf uur vertrokken. Tot het middaguur had Manon als een dood vogeltje op de achterbank gezeten. Zoals gewoonlijk was ze tot diep in de nacht op stap geweest en had ze behoorlijk gedronken. Zonder zich op te frissen had ze haar vooraf ingepakte koffer naast de auto gezet, was ingestapt en in slaap gevallen.
Na de lunch was ze een beetje bijgekomen, al bleef ze knorrig antwoorden en zich zo buiten elke conversatie plaatsen. Ze had haar iPod opgezet en stuurs naar buiten gekeken. Fleur babbelde er daarentegen vrolijk op los. Zij verheugde zich enorm op de vakantie. De spaarzame, cynische opmerkingen van haar oudere zus pareerde ze met een luchtig antwoord of ze negeerde ze. Ze liet haar vakantie niet bij voorbaat verpesten door Manons nukkige gedrag.
Bij München belandden ze in een lange file waarvan Manon nog chagrijniger werd. Dit oponthoud kostte hun ruim drie uur. Gaar van de slakkengang en het eindeloos optrekken en afremmen, lasten ze net voor de Oostenrijkse grens een stop in. Ze aten en dronken wat. Daarna vervolgden ze hun weg in de richting van Salzburg. Tweeënhalf uur later bereikten ze hun bestemming. Zoals via e-mail was afgesproken, haal-

den ze de sleutel van het chalet op bij de buren. Eenmaal binnen zochten ze direct hun slaapkamers op. Ze waren allemaal kapot van de reis en wilden zo snel mogelijk slapen. Zelfs een doorgewinterde nachtbraker als Manon kon een afzakkertje niet meer opbrengen.
'Even over morgen,' zei Marga.
'Wat dan?'
'Nou... over wat we thuis hebben afgesproken. Dat gesprek met Manon.'
Ton keek haar vragend aan. Ze waren namelijk overeengekomen om de eerste dag tijdens het ontbijt haar gedrag en levensstijl ter sprake te brengen. Liever gezegd, hij zou erover beginnen. Het had hun het best geleken om direct de vinger op de zere plek te leggen om verder onheil te voorkomen. Mocht het escaleren, dan liever aan het begin dan aan het einde van de vakantie. Op die manier hadden ze nog twee weken om alles weer in goede banen te leiden.
Manons gedrag gedurende de rit had hem er nog sterker van overtuigd om het zo aan te pakken. Ze moesten snel ingrijpen. Wat hem betrof was morgenochtend nog steeds de beste optie.
'Ik ben gebroken,' zuchtte Marga. 'Dat geldt ongetwijfeld voor iedereen. Waarom stellen we dat gesprek niet uit tot morgenavond?'
Ze gaf Ton niet de kans om meteen te reageren. 'Je kunt erop wachten dat iedereen morgenochtend nog duf en moe aan het ontbijt zit. Kleine irritaties kunnen óf buitenproportionele vormen aannemen óf wat je zegt komt totaal niet aan.'
Ton knikte aarzelend. 'Waarmee we ons doel dus voorbijschieten, bedoel je.'
'Inderdaad. Het tijdstip is gewoon niet goed. Laten we eerst even bijkomen en de sfeer proeven op de pistes. Als iedereen in een betere stemming is, zal het gesprek makkelijker gaan.'
Uitstel is afstel, ging het door Ton heen. Hij was een pragmatisch iemand, terwijl zijn vrouw meer een gevoelsmens was. Maar ze had wel een punt.
'Je hebt gelijk. We stellen het uit tot morgenavond.'
Marga schonk hem een vermoeide glimlach.

6

Ze zaten in een afgesloten gondel die hen langzaam naar de top van de berg vervoerde. Vanaf het opstappunt Schüttdorf, een locatie buiten het centrum van Zell am See, bracht de skilift hen in één ruk naar de 2.000 meter hoog gelegen Schmittenhöhe. Hiervandaan konden ze kiezen uit twee routes die zich bij de lagere gedeeltes opsplitsten. De eerste stukken van de afdaling waren blauwe piste, afdalingen waarop de gemiddelde skiër goed uit de voeten kon. Omdat drie van de vier gezinsleden zichzelf als redelijke skiërs zagen, hadden ze voor deze berg gekozen. Tijdens het ontbijt had Manon zich afzijdig gehouden van de discussie hierover. Zij was veruit de beste skiër van het viertal en haar houding verraadde dat ze bezig was haar eigen plan te trekken.

Fleur hield de plattegrond van het skigebied opengeslagen op haar dijen. Ze wees gedecideerd een aantal punten aan.

'Dat is Zell am See bij het Thumersbachmeer. Schuin rechts van ons ligt Kaprun en die bergtoppen in de verte zijn de Grossglockner en de Kitzsteinhorn, respectievelijk 3.798 en 3.203 meter hoog.'

Ton en Marga die tegenover haar zaten draaiden hun hoofd om een beter zicht op de witte reuzen te krijgen.

'Indrukwekkend,' zei Ton.

'Prachtig,' meende Marga.

'Geweldig,' antwoordde Manon terwijl ze gaapte. 'Je kunt zo een programma over skioorden presenteren. Lekker weg met Fleurtje,' sneerde ze. Ze rolde met haar ogen en richtte haar blik op een groepje wintersporters onder hen dat naar beneden suisde.

Fleur negeerde de opmerking van haar zus. Ze tikte met haar wijsvinger op de plattegrond. Ze wees op een blauwe lijn die overging in een zwarte.

'Dit is een belangrijk punt.'
Ton ontvouwde snel zijn kaart om een duidelijk overzicht te krijgen.
'Als we de lift verlaten, gaan we meteen rechtsaf,' ging Fleur verder. 'We nemen de blauwe route nummer 1. Dan zijn we zo bij restaurant Breiteckalm.'
Ton knikte. 'Na dat restaurant splitst de afdaling zich in twee hellingen. Blauw buigt af naar rechts en rechtdoor ligt de zwarte piste.'
'Daar hebben wij dus helemaal niets te zoeken,' vulde Marga aan.
Manon zuchtte. 'Daar hebben júllie niets te zoeken.'
'We weten echt wel hoe goed jij bent, hoor,' reageerde Fleur afgebeten. Het kostte haar steeds meer moeite om haar kalmte te bewaren.
'Het lijkt me duidelijk,' zei Ton snel om ruzie te voorkomen. 'Die route is ideaal om er weer in te komen. Dat ouwe lijf van me moet weer worden opgefrist. Wie neemt de leiding tijdens de afdaling?'
'Fleur,' antwoordde Manon stellig. 'Ik ga als laatste. Als er dan iemand valt, kan ik helpen.'
De lift stopte. Ze stapten uit en trokken snel hun ski's uit de houders. Zoals afgesproken nam Fleur het voortouw. Op haar gemak gleed ze naar beneden. Om het tempo laag te houden, slalomde ze breeduit. Ze vermeed de linkerkant van de helling, die was gereserveerd voor de snellere wintersporters.
Dit gezapige gangetje gaf haar de gelegenheid om regelmatig over haar schouder te kijken. Achter haar lukte het haar vader en moeder moeiteloos om te volgen. Ze stonden beiden nog wat onwennig op de latten, maar lachten naar haar om aan te geven dat ze dit tempo op prijs stelden.
Manon vervulde haar taak, waarmee alles was gezegd. Haar hele houding straalde verveling uit. Zij, de formidabele skiër, werd opgehouden door een stelletje horken die met moeite overeind bleven. En dat was zo verdomde jammer, dacht Fleur. Want haar zus stond inderdaad als een koningin op haar ski's. Ze kon bij wijze van spreken gedurende de afdaling haar make-up bijwerken zonder uit balans te raken. Op zesjarige leeftijd bleek al dat ze talent had. Zaten ze eerst nog samen in een klasje,

na twee jaar was Manon al doorgestoomd naar het speciale klasje voor getalenteerden. Toen ze vijftien was, raakte ze verveeld en begon ze zelf haar technieken te verfijnen. Fleur was niet zo ambitieus en stopte ook met de jaarlijkse lessen om vaker met haar ouders te kunnen skiën. Die hadden de basistechnieken ooit onder de knie gekregen en waren daar tevreden mee. Manons negatieve uitstraling vandaag werkte op de een of andere manier door naar haar stijl, waardoor deze minder gepolijst overkwam. Doodzonde.
Restaurant Breiteckalm kwam in zicht. Het was een houten optrekje met een groot terras waar het erg druk was. Fleur concentreerde zich op de afslag. Tot haar opluchting stond deze duidelijk aangegeven: een rond blauw bord met daarin het witte nummer 1 en een pijl naar rechts. Zonder af te remmen gleed ze de nieuwe piste op. Na een paar meter keek ze achterom. Haar vader en moeder volgden feilloos. Van Manon was geen spoor meer te bekennen.

7

Fleur drukte venijnig met haar duim op het rode icoontje van haar mobiele telefoon.
'Ze neemt nog steeds niet op. Dit is toch om helemaal gestoord van te worden?!'
De stilte die viel was veelzeggend. Het was weer een typische Manon-actie.
'Ach, we weten hoe Manon in elkaar zit,' verzuchtte Marga even later.
'Stop toch eens met dat eeuwige relativeren, mam. Dit is gewoon een kutstreek van een verwend nest, punt uit.'
Ton tikte geïrriteerd met zijn knokkels tegen zijn stoelleuning.
'Hou je een beetje in, Fleur. Laten we nog geen conclusies trekken voordat we precies weten wat er is gebeurd. Als Manon ons bewust in de steek heeft gelaten, krijgt ze de wind van voren. Het kan zijn dat het anders ligt dan we nu denken.' Ton wist dat hij zijn oudste dochter toch weer in bescherming nam. Zoals hij haar vlak voor de vakantie getroost had in plaats van haar een uitbrander te geven.
Fleur lachte geringschattend.
'Ach, pap. Neem ons en jezelf toch niet zo in de maling. Er spelen geen andere zaken. Zoals gewoonlijk heeft ze voor zichzelf gekozen en houdt ze met niemand rekening. Wij waren een blok aan haar been. Ze heeft zeker weten de zwarte piste genomen. Daarna is ze vast een café ingedoken voor de après-ski. Lekker zuipen en feesten. Straks komt ze halfbezopen binnen gewaggeld. Echt, ze heeft geen ongeluk gehad. Ik weet ook wel dat jij je daar zorgen over maakt, maar je kent haar toch.'
'Juist omdat ik haar ken en weet dat ze soms onverantwoorde dingen doet of in vervelende situaties komt, ben ik ongerust. Ze mag dan drieëntwin-

tig zijn, het blijft wel mijn kind. Mijn verantwoording... Ons kind, onze verantwoording, bedoel ik.' Zijn blik kruiste even die van zijn vrouw. 'Ze komt er meestal wel goed van af, dat weet ik ook wel, maar toch...'
Marga keek demonstratief op haar horloge. 'Het is nu bijna tien uur. Stel dat ze om vier uur is gestopt met skiën, dan heeft ze inmiddels zes uur op die ondingen van skischoenen rondgelopen, want haar snowboots liggen in de auto. Dat zie ik Manon niet doen.'
Fleur schudde haar hoofd.
'Manon heeft haar ski's gewoon gedropt in een van de rekken onder aan de piste. Daar is ze rechtstreeks doorgelopen naar een sportzaak en heeft ze schoenen gekocht die perfect passen bij haar trendy outfit. Betaald met een door papa gesponsorde creditcard!'
Ze schrok zelf van haar felheid.
'Dat bedoel ik niet zo, pap. Jullie doen ook heel veel voor mij.'
Voordat Ton of Marga konden reageren, klonk het geluid van een motor en het knisperen van sneeuw onder autobanden. Marga stond op, liep naar het raam en zag hoe een auto recht voor het chalet stopte. Een man stapte uit, haalde een paar ski's van het imperiaal en gaf deze aan Manon, die net aan de andere kant was uitgestapt. Ze bedankte hem met een hoofdknik en wandelde op haar gemakje naar de aanbouw van het chalet, waar ze haar skispullen achterliet.
'Hallooo!' jubelde ze toen ze de woonkamer binnenkwam.
'Wat vliegt die temperatuur hier 's avonds naar beneden, hè? Dat is echt even wennen!' Ze trok haar muts van haar hoofd en schudde wild met haar blonde haar. Daarna deed ze haar groene snowboots uit. 'Grappig, toch? Pasten precies bij mijn jack. Voor dat geld kon ik ze echt niet laten liggen.'
Omdat niemand reageerde op haar uitbundigheid, keek ze haar familie vragend aan.
'Wat is er? Toch geen onverwachte problemen in Nederland? Is er iemand dood of zo?'
Ton keek haar stoïcijns aan. 'Nee, Manon. Ons probleem speelt zich uitsluitend hier in deze kamer af.'

Manon deed alsof ze zijn waarschuwende toon niet hoorde. Op haar kousen liep ze naar de koelkast.
'Ik neem een wijntje. Kan ik iets voor jullie inschenken?'
'Ons probleem is drieëntwintig jaar oud, gedraagt zich als een puber en hangt op dit moment de vermoorde onschuld uit,' verduidelijkte Fleur.
Manon draaide zich om en keek haar jongere zus uitdagend aan.
'En wat heb ik dan misdaan, engeltje van me? Heb je weer wat gevonden waarmee...'
'Ophouden, Manon,' onderbrak Ton haar op scherpe toon. 'Het lijkt me beter als jij nu naar je kamer gaat.'
Manon schrok zichtbaar van de beslistheid die in zijn woorden doorklonk. Ze had niet zo snel een reactie klaar.
'We zijn allemaal zeer teleurgesteld. Daar wil ik het voor vanavond bij laten. Morgenochtend gaan we serieus om de tafel zitten.'
Manon had zich hersteld en haalde haar schouders op. 'Als het over vandaag gaat... Ik heb de verkeerde afslag genomen en kon jullie niet meer vinden. Dat kan toch iedereen gebeuren?'
Marga probeerde zich te beheersen. Ze koos zorgvuldig haar woorden, al was de verwijtende ondertoon onvermijdelijk.
'Maar hoe zat het dan ná vieren? Was er geen taxi meer te krijgen? Heeft de chauffeur zes uur naar dit adres moeten zoeken?'
Manon zuchtte theatraal. 'Ik ben wat blijven hangen. Het was gezellig en ik dacht dat jullie uit eten zouden gaan. In dat geval zou ik jullie zijn misgelopen, toch?'
Fleur vloog op uit haar stoel.
'Jullie zijn misgelopen, toch?' imiteerde ze haar zus. 'Ik heb maling aan jullie, toch? Wat kan het mij schelen als jullie ongerust zijn, toch? Ik heb lekker geshopt en gezopen terwijl jullie in de zenuwen zaten, toch? Ik ben nu eenmaal een...'
'Genoeg!' Ton sloeg krachtig met zijn hand op tafel. 'Jouw gedrag zorgt voor frustraties bij ons allemaal, Manon.'
'Jij gaat nu naar je kamer, denkt na over vandaag en morgenochtend spreken we verder.'

Manon meed zijn blik en keek naar haar moeder. Ze schrok van de onverzoenlijkheid in Marga's ogen. Van haar kon ze ditmaal ook geen steun verwachten.
'Omdat ik jullie vanmorgen kwijtraakte en daarna wat ging drinken is het huis nu te klein? Wat is dit voor een onzin?! Ik ben verdomme drieëntwintig jaar en heel goed in staat op mezelf te passen. En daarbij ben ik geen kleuterjuf die de godganse dag dit houterige klasje gaat begeleiden. Zoek daar maar een ervaren skileraar voor met heel veel geduld.'
Woedend keek ze haar familie aan.
'En ik laat me ook niet als een klein kind wegsturen.' Met grote stappen liep ze naar de deur van de woonkamer en opende die met een woest gebaar.
'Ik ga weg wanneer het mij uitkomt. Tot morgen, stelletje zielenpoten. Ga maar lekker roddelen over het onverantwoorde gedrag van die egoïstische Manon.'
Met een oorverdovende klap sloeg ze de deur achter zich dicht.

8

'Bij jou draait het om de bocht naar rechts, mam,' zei Manon serieus en kalm. 'Dan moet de linkerkant van je lichaam aan de slag en dat is soms lastig voor iemand die zo sterk rechts is georiënteerd.'
Marga knikte. 'Zo'n bocht naar rechts voelt vreemd. Tegennatuurlijk.'
'Maar daar moet je dus niet over nadenken,' antwoordde Manon meteen. 'Probeer even ontspannen te blijven als bij een bocht naar links. Zo rechtop mogelijk staan en gebruik vooral je schouders. Samen met je heupen en de ski's bepalen die de richting.'
Ze wees naar een groepje skiërs beneden hen. 'Kijk eens naar die twee vooraan. Die vrouw skiet op een combinatie van techniek en flair. Daardoor lijkt het bij haar allemaal vanzelf te gaan. De man die haar probeert bij te houden skiet hoofdzakelijk op kracht. Hij laat zich vallen als een steen en als het te lastig wordt, gaat hij vol op de rem.'
'In theorie klinkt het allemaal zo logisch,' zuchtte Marga. 'Maar als ik eenmaal op gang ben en de helling wordt wat steiler...'
'Dan moet je je linkerheup stevig indraaien om vaart te minderen,' vulde Manon aan. 'Ongeveer zoals die man daarnet deed.'
'Precies.'
Manon legde haar hand op haar moeders schouder.
'Daar gaan we vandaag aan werken, mam. Komt helemaal goed.'
Terwijl Fleur het gesprek tussen haar moeder en zus aanhoorde, gleed haar blik over het schitterende landschap. Dit was hoe ze het zich had voorgesteld. Niet met die knallende ruzie van gisteren of het gesprek aan de ontbijttafel van vanochtend. Het had in elk geval geholpen, daar niet van, maar ze had haar bedenkingen over hoe lang Manon het zou volhouden om tegen iedereen aardig te zijn.

De Manon die vanmorgen aan het ontbijt was verschenen, was het tegenovergestelde van de Manon die gisteravond woedend naar boven was gegaan. Nog voordat haar vader de kans kreeg het gesprek te openen, bood ze haar excuses aan. Daarmee werd direct de angel uit de komende discussie getrokken. Een meesterlijke zet, die ze niet verwacht hadden. Het was bijna berekenend en dat paste dan weer niet bij Manons karakter. Ze was altijd impulsief en rechtdoorzee. Het kon dus betekenen dat ze oprecht spijt had van haar gedrag gisteren.
Tijdens haar vaders monoloog, waarbij haar moeder af en toe een van haar eigen ergernissen spuide, was Manon opvallend rustig gebleven. Toen ze ook nog eens volmondig alles beaamde, was de discussie min of meer afgelopen voordat hij daadwerkelijk was begonnen. Manon had spijt en ging haar leven vanaf vandaag beteren.
Ze pakte het voortvarend aan door de skistijl van haar moeder te bespreken zonder die belachelijk te maken. Van het viertal was haar moeder veruit de minste skiër. Ze kon met de groep meekomen, waarmee alles was gezegd. Deze ochtend zou Manon haar techniek bijschaven.
'We zijn er bijna,' zei Manon enthousiast.
'Ik ga voorop, daarna mama, dan pap en Fleur als laatste.'
Ze stapten uit de gondel en liepen met hun ski's onder hun armen naar de piste. Manon nam meteen het initiatief door in haar ski's te stappen en rustig tussen de menigte door te slalommen. De rest volgde. Honderd meter verder werd de piste breder en verspreidde het publiek zich. Manon hield een rustig tempo aan.
'Denk aan het linkerbeen,' riep ze over haar schouder toen ze een bocht naar rechts nam. 'Snij die linkerski aan, weinig kracht, veel techniek, schouders recht.'
Marga deed exact wat haar werd opgedragen en gleed voor haar doen soepel door de sneeuw.
'Goed zo, mam!' schreeuwde Manon die in de bocht achterom was blijven kijken.
Ton draaide zijn gezicht naar Fleur. In haar ogen zag hij de twijfels die hijzelf had. Hoe lang gaat dit goed?

9

Manon daalde de zwarte piste af en had er flink de vaart in. Hoewel deze 'buckelpiste' met zijn venijnige hobbels gold als speeltuin voor de meest ervaren wintersporters, moest ze soms uitwijken voor een angstige skiër die per ongeluk op het snellere gedeelte was beland of een onbesuisde beginneling die zichzelf schromelijk had overschat. Ook verloren sommige mensen de controle en sjeesden als een ongeleid projectiel voorbij. Vandaag bleef Manon overal rustig onder. Normaal gesproken zou ze zich wild ergeren, maar over het gestuntel van anderen had ze nu eenmaal geen controle. Het hoorde ook bij wintersport.
De zon stond hoog aan de hemel en zorgde op deze hoogte voor een aangename warmte. Ze had alleen een band om haar hoofd, zodat haar oren en voorhoofd beschermd waren tegen de kou. Door haar snelheid joeg de wind haar haar naar achteren. Wat een heerlijk leven!
De bocht naar rechts was scherp. Ze minderde vaart en sneed de bocht met haar linkerski perfect aan. Met links aansnijden, schouders recht, rechterbeen volgt, schoot het door haar heen. Ze glimlachte. Manon de skilerares, wie had dat ooit kunnen denken?
Toch was het haar niet tegengevallen. Waar ze van tevoren wel tegen op had gezien, bleek achteraf gewoon een leuke ochtend met haar familie. Er was geen onvertogen woord gevallen en haar moeder had haar stijl wat verbeterd. Ze was nog geen skiwonder, maar dat mocht je ook niet verwachten na twee 'lesuren'. Al met al was ze blij dat het zo was gelopen.
Ze bereikte het lastigste deel van het parcours. Een breedgeschouderde man in een donkerblauw skipak verscheen in haar ooghoek. Hij had een uitstekende stijl. Ondanks de hoge moeilijkheidsgraad van dit stuk

op de piste keek hij opzij. Naar haar. Hij knikte om aan te geven dat hij samen met haar de route wilde afleggen.
Waar ze de vorige dag hoogstwaarschijnlijk de uitdaging had aangenomen, schudde ze nu nee. Ze liet de achterkant van haar ski's breder uitwaaien, waardoor ze snelheid verloor. De man accepteerde haar beslissing. Hij ging dieper door zijn knieën, kromde zijn rug en suisde naar beneden.
Ze verbaasde zichzelf over haar kalmte. Ze kon het wel: bedachtzamer, rustiger, minder competitief en vooruit, minder egoïstisch zijn. Al zou ze er misschien ook weer snel genoeg van krijgen. Zo realistisch was ze wel. Maar toch, het begin was er.
Ze passeerde een skiër op leeftijd die op zijn gemak afdaalde. De man had de natuurlijke stijl van iemand die met sneeuw en bergen was opgegroeid. Dat zag je meteen. Hij wóónde op zijn ski's, de piste was zijn tuin waarin hij zo veel mogelijk tijd doorbracht.
Het werd drukker. De zwarte piste werd samengevoegd met de blauwe. Vanaf zijpaden kwamen de minder goede skiërs aangegleden. Zij mengden zich onder de wintersporters die vanaf de zwarte piste naar beneden suisden. Manon bleef in het midden van de piste en paste haar snelheid aan. Er was een groot aantal kinderen dat in groepjes les kreeg. De instructeurs die de kleintjes begeleidden droegen rode, zwarte of gele skijacks. Elke kleur stond voor een andere skischool, waarbij de rode jacks veruit in de meerderheid waren. Iedereen leek het uitstekend naar zijn zin te hebben. Ze was blij dat ze nu om zich heen keek en dit soort dingen zag.
De ruzie van gisteravond had op de een of andere manier haar ogen geopend. Niet dat ze plotseling een drastische persoonlijkheidsverandering had ondergaan, maar een kritische blik op zichzelf had haar goedgedaan. Natuurlijk had ze altijd van uitgaan gehouden, maar zo extreem als de laatste tijd was het nooit geweest. Ze had steeds gedacht dat ze daar een goede reden voor had. Nu wist ze dat het smoesjes waren geweest. Vluchtgedrag.
Haar relatie was op de klippen gelopen. Nou ja, relatie... een zwaar

woord voor drie maanden samenwonen met een man die ze pas een paar weken kende. Het was de zoveelste impulsieve beslissing in haar leven geweest. Op dat moment had Rob de man van haar leven geleken. De voorzichtig geuite tegenwerpingen van haar familie deed ze af met: 'Wat goed is, komt snel', en meer van dat soort dooddoeners. Ze moest er nu zelf een beetje om lachen. Hardlopers zijn doodlopers, was een betere omschrijving geweest, wist ze nu.
Ze moest Rob uit haar gedachten zetten. Het had niet gewerkt. Net als haar onafgemaakte opleidingen en vluchtige vriendschappen.
Het drong steeds meer tot haar door dat ze een zootje had gemaakt van haar leven. Dat wist ze ook wel, maar ze had het niet onder ogen willen zien. Het was gewoon heel moeilijk als je niet wist wat je nou eigenlijk wilde in je leven. Alles wat ze geprobeerd had, gaf haar niet die langverwachte voldoening. Misschien was dat wel haar lot. Ze probeerde de onrust te bezweren door dan maar zo snel en hard mogelijk te leven. Van alles te proberen, zonder zich ooit echt een moment te bezinnen. Dat werkte dus ook niet. Ze zag nu in dat ze het geduld moest opbrengen om uit te vinden waar ze goed in was. Haar ouders hadden altijd al gezegd dat ze nooit een volledig oordeel over iets kon geven als ze alles maar half probeerde. Ze had het achterlijk gelul gevonden, maar ze hadden eigenlijk wel gelijk... Het was alleen al die tijd zo moeilijk geweest om dat aan ze toe te geven. Om aan zichzelf toe te geven dat het zo niet langer kon. Uiteindelijk had ze dat vannacht gedaan, na een paar uur in bed te hebben gewoeld, waardoor ze vanochtend veel rustiger en redelijker aan de keukentafel had gezeten.
Een snowboarder schoot voor haar langs. Ze vond het vreemd dat zo'n snelle wintersporter naar rechts ging en zich tussen de minder ervaren skiërs mengde. Maar zo had zij zich ook gedragen... Op volle snelheid draaide hij opeens scherp naar rechts en gleed veel te hard naar de uiterste rand van de piste, waar een instructeur een groepje kinderen voorging. Het klasje skiede in een lint achter hun begeleider aan, die een zwart jack droeg.
Manon zag precies wat er gebeurde. De snowboarder hield zijn snel-

heid, maakte een schuine bocht naar links en gleed langs de kinderen naar de nietsvermoedende instructeur. Toen hij de man tot op vijf meter was genaderd, hield hij even in, stuurde zijn board een beetje naar rechts en gaf de leraar een beuk met zijn schouder. De totaal verraste instructeur viel hard op zijn rechterzij, terwijl de bindingen van zijn ski's automatisch losschoten.

Manon maakte een bocht naar rechts om goed zicht op de situatie te houden. Terwijl de snowboarder er na zijn idiote actie in volle vaart vandoor ging, hield zij haar blik gericht op het klasje met kinderen waar paniek was uitgebroken. Drie kleintjes lagen inmiddels van schrik in de sneeuw. Twee anderen hadden de tegenwoordigheid van geest en de techniek gehad om te remmen. Zij stonden enkele meters verderop verbaasd om zich heen te kijken.

Het voorste jongetje van het lint was na de val van de instructeur langs hem heen geschoten. Hij gleed naar het middelste gedeelte van de piste en gilde het uit van angst. Omdat hij zoveel kabaal maakte, ging de aandacht van de overige wintersporters naar het ventje uit. Een vrouw in een roze pak handelde als eerste. Ze overbrugde snel de afstand naar het jongetje en pakte hem bij zijn schouder. Daarna minderde ze snel vaart. Het jongetje wankelde, maar bleef staan.

Het tweetal verdween uit Manons blikveld. Over de goede afloop maakte ze zich geen zorgen. Dat deed ze wel over het meisje dat als enige van haar klasje rechtdoor was gegaan en met de seconde sneller ging en meer naar links van de piste gleed.

Iedereen had naar het schreeuwende ventje en de reddingsactie van de vrouw in het roze skipak gekeken. Niemand was zich ervan bewust dat er een meisje op de zwarte piste afschoot. Het kind had daar geen schijn van kans.

Manon schatte de onderlinge afstand tussen hen op vijftig meter. De splitsing van de blauwe en de zwarte piste kwam nu snel naderbij. Toen ze het meisje tot op twintig meter was genaderd, zag ze het inderdaad misgaan. Omdat het meisje de controle over haar ski's had verloren en alleen nog maar rechtop kon staan, miste ze de bocht die naar de blauwe

piste leidde. Veel te hard denderde ze af op de zwarte piste die steil naar beneden liep.
Manon zakte verder door haar knieën om meer snelheid te krijgen. Ze moest het meisje opvangen, voordat de piste te moeilijk en te gevaarlijk werd. Het meisje zou ongetwijfeld een smak maken en ze zou van alles kunnen breken. De meest voor de hand liggende oplossing, het kind omarmen en samen stoppen, was met deze vaart onmogelijk. Ze zouden dan allebei vallen. Het meisje optillen en afremmen was ook geen optie. Door het extra gewicht op haar ski's zouden de bindingen loslaten. Levensgevaarlijk.
Toen ze het meisje op tien meter was genaderd, nam ze haar beslissing. Ze wist het kind te bereiken voordat ze de eerste hobbels raakte. Eenmaal naast haar, duwde ze het meisje omver. Die kwam op haar rechterzij terecht en gleed door.
Manon maakte een scherpe bocht naar links en daarna een flauwe bocht naar rechts. Het was nu erop of eronder. Door de val was de snelheid van het meisje afgenomen en had zij een voorsprong van enkele meters op het kind, dat nog doorgleed. De korte slalom had haar bijna op gelijke hoogte gebracht, alleen naderde ze het meisje nu schuin van links.
Toen hun wegen elkaar kruisten, liet Manon zich vallen en botste zo voorzichtig mogelijk tegen haar aan. Met haar lichaam tegen dat van het meisje probeerde ze hen beiden af te remmen, maar ze gleden nog steeds door. Omdat haar ski's door de klap uit de bindingen waren gesprongen, had ze nauwelijks grip. Ze ramde haar handen en skischoenen in de sneeuw en hoopte dat ze voldoende zou afremmen.
De eerste hobbel was gelukkig een kleintje. Heel even voelde ze zich los komen van de ondergrond. Toen ze de sneeuw weer raakte, belandden haar skischoenen in een stuk verse sneeuw. Het witte poeder stoof op en nu voelde ze hun snelheid duidelijk verminderen.
Vlak voor de tweede hobbel, die aanzienlijk hoger was dan de vorige, kwamen ze tot stilstand. Manon kwam overeind en keek het meisje voor de eerste maal echt in de ogen. Ze schatte haar op een jaar of zes. Haar

groene ogen waren wijd opengesperd. Aan de onderkant van haar muts waren haar zwarte lokken besproeid met sneeuw.

'Gaat het?'

Het meisje keek haar niet-begrijpend aan. Voordat het tot Manon doordrong dat de kans wel heel klein was dat het meisje Nederlands sprak, remde een skiër hard af en kwam naast hen tot stilstand. Hij was blond en droeg hetzelfde zwarte jack als de onfortuinlijke instructeur.

'Zijn jullie oké?' vroeg hij in het Engels met een Duits accent.

Manon knikte. Het meisje stond op en begon te snikken.

'Heb je pijn?'

Het meisje schudde ontkennend haar hoofd. Hij pakte haar rustig bij de schouders om haar te troosten en keek over haar hoofd naar Manon.

'Ik zag hoe je ingreep,' zei de man. 'Indrukwekkend.'

Daarna knikte hij in de richting van de steile helling onder hen.

'Jullie zijn goed weggekomen.'

Manons blik gleed over de zwarte piste. Voor de eerste maal in haar leven zag ze dat er niet alleen maar lol te beleven viel op het spierwitte, hellende vlak dat aan beide kanten begrensd werd door bomen. In de ogen van een onervaren klein meisje moest hier een enorme dreiging van uit zijn gegaan.

Manon gleed met haar handen over haar onderrug en dijen. Daar zouden morgen ongetwijfeld een paar flinke blauwe plekken verschijnen.

'Ja,' antwoordde ze nog beduusd. 'We hebben geluk gehad.'

10

Manon schuifelde langzaam naar de buitenste rand feestgangers. Het afgelopen halfuur had ze constant in het middelpunt van de belangstelling gestaan. Aandacht die in het begin leuk was geweest, maar nu op haar zenuwen begon te werken. Tenslotte was haar actie niet zo bijzonder geweest. Ze had een kind in nood geholpen, maar vond dat zelf niet zo heldhaftig.
'Hallo, Manon... kampioen.' Een instructeur in een rood jack gaf haar een schouderklopje en stak zijn duim op. Haar verhaal was als een lopend vuurtje over de piste gegaan en door het après-skivolk als het nieuwtje van de dag besproken.
Manon glimlachte gereserveerd en liet de drukte weer een meter achter haar. Ze keek verlangend naar een open plek verderop waar een groepje mensen in alle rust stond te praten. Weg van het hectische gedoe, geen complimenten meer die boven de keiharde muziek uit werden geschreeuwd. Ze was er even klaar mee.
Na haar reddingsactie had ze de instructeur voor zijn bezorgdheid bedankt. Terwijl de instructeur terug naar zijn klasje ging, was ze samen met het meisje terug naar boven gelopen. Een attente skiër had haar ski's opgepakt. Tijdens die klim had ze voor de eerste keer met het kind gesproken. Ze heette Heather en kwam uit Manchester. Ze was zeven jaar en haar ouders maakten met z'n tweetjes skitochten. Heather zat in het klasje om goed te leren skiën, verklaarde ze aandoenlijk plechtig. Dan kon ze later met haar ouders mee op die leuke tochten. Terwijl zij lekker doorbabbelde, bereikten ze het punt waar de snowboarder de instructeur omver had geduwd.
Op de piste waren de gemoedelijke sfeer en de rust weer teruggekeerd.

De kinderen van Heathers klasje stonden naast elkaar en leken even vrolijk als voor de merkwaardige gebeurtenis. De onfortuinlijke instructeur stond inmiddels rechtop en praatte druk met zijn handen bewegend tegen een aantal instructeurs. Waarschijnlijk had hij aan de val slechts een deuk in zijn imago overgehouden. Toen Manon en Heather opgemerkt werden, verschoof de aandacht meteen van de man naar hen.
Nadat ze de groep plechtig had beloofd de après-skitent onder aan de piste te bezoeken, lieten ze haar gaan. Ze had haar ski's weer vastgeklikt en was aan de afdaling begonnen. Dat ultieme gevoel van vrijheid kon wat haar betrof niet snel genoeg door haar aderen stromen.
Maar het ging niet lekker. Ze skiede stroef, alsof de spanning in haar benen bleef zitten. Ze dacht er ook te veel bij na. Bij elke bocht hield ze bewust in en keek goed om zich heen. Voor iemand met haar niveau lag haar snelheid erg laag.
Ze besloot het voor gezien te houden en ging met de lift naar beneden. Daar zette ze haar ski's weg en ging ze op zoek naar haar familie. Het was behoorlijk druk, dus het kon wel even duren voordat ze ze zou vinden. Bij de après-skitent was de polonaise al ingezet. Ze zuchtte diep en mengde zich in het feestgedruis. Beloofd was tenslotte beloofd.
'Pap!' Manon zag in de verte een glimp van haar vader. Door de ouderwetse muts waaraan een onmodieus pluchen balletje hing, herkende ze hem uit duizenden. Ze zwaaide wild met haar armen.
'Fleur!'
Haar zus reageerde als eerste op haar geroep en zwaaide terug. Manon maakte hun duidelijk dat ze haar kant op moesten komen.
'Hé, meissie,' zei haar vader. 'Wat ben jij vandaag vroeg. Werd het je soms te koud, daarboven?'
Manon haalde haar schouders op.
'Zoiets. Ik was er ineens helemaal klaar mee.'
Fleur keek haar verbaasd aan.
Normaal gesproken was haar zus een van de echte diehards die de gondel voor de laatste keer van de dag naar de top bracht.
'Wat een fantastische dag,' sprak Marga euforisch. 'Ik heb van elk mo-

ment genoten. Vanmorgen tijdens jouw les en vanmiddag toen ik die tips in de praktijk heb gebracht.'

Manon trok een scheef gezicht.

'Nou ja, les, ma. Dat lesgeven van mij stelde helemaal niets voor. Dat je meer relaxed naar beneden bent gekomen is geheel je eigen verdienste.'

'Niet zo bescheiden, joh. Voor de eerste maal in jaren heb ik...' Ze onderbrak haar zin toen twee mannen en twee vrouwen vlak achter Manon gingen staan en hen zowel vriendelijk als vragend aankeken. Manon zag de reactie van haar moeder, draaide zich om en keek in de ogen van de blonde instructeur die na haar val als eerste ter plekke was geweest. Haar blik viel op het gestikte naamplaatje waarop in witte letters KURT stond. Daar had ze tijdens hun eerste ontmoeting helemaal niet op gelet.

Naast Kurt stond een jonge vrouw die eenzelfde jack droeg. Zij heette Kirsten. Ze grijnsde wat onbeholpen.

'Mijn naam is Julia Sommers.' De vrouw die schuin achter Kirsten stond, stapte naar voren en stak kordaat haar hand uit. Manon schudde deze.

'En ik ben Jack, Julia's man. Wij zijn de ouders van Heather.' Ook hij gaf haar een warme hand.

Julia legde opeens haar beide handen op Manons schouder en trok haar naar zich toe. De omhelzing was stevig en voelde oprecht aan.

'Wat jij hebt gedaan is geweldig, Manon,' fluisterde Julia geëmotioneerd.

'Daarvoor kunnen we je nooit genoeg bedanken.' Jack deed een stapje naar voren en kneep Manon zachtjes in haar bovenarm. De Engelsman was behoorlijk van slag door het bijna-ongeluk dat zijn dochter was overkomen.

Manons familie volgde het tafereel met interesse en verbazing.

'Vanmiddag raakte een meisje in paniek,' beantwoordde Manon hun blik. 'Ik kon haar tegenhouden voordat ze van de zwarte piste gleed. Die instructeur zag het gebeuren en haar ouders bedanken me nu.'

Fleur knikte. 'Ik versta prima Engels, maar het is me nu pas duidelijk,' antwoordde ze met een vleugje scepsis.

Kurt reageerde intuïtief. Hoewel hij geen Nederlands sprak, kreeg hij sterk de indruk dat Manon haar aandeel in de reddingsactie verkleinde tegenover haar familie. Hij richtte zich tot Ton en Marga.
'Is Manon uw dochter?' vroeg hij in het Engels.
Ze knikten gelijktijdig.
'Zij heeft vanmorgen een ongeluk weten te voorkomen. Daarmee heeft ze waarschijnlijk het leven van een meisje gered. Wat uw dochter deed was moedig en technisch zeer bekwaam. Er zijn maar weinig mensen die zo'n manoeuvre kunnen uitvoeren zonder daarbij brokken te maken. Uw dochter is een fantastisch goede skiër en een heldin.'
Dat Manon goed kon skiën wisten ze al, maar het heldinnenstuk moesten ze even verwerken. Uiteindelijk schudden ze trots de hand van Kurt.
Fleur stak haar duim op. 'Morgen suis jij de helling af in een groen pak met daarop de gele S van Supergirl.' Ze knipoogde naar Manon. 'Ik ben trots op je, zus.'
Manon maakte een nonchalant gebaar. 'Zo spectaculair was het nou ook weer niet.' Het was haar een raadsel waarom iedereen lovend over haar actie sprak, maar niemand terugkwam op het belachelijke gedrag van die snowboarder. Ze had het voorval met eigen ogen gezien en het was overduidelijk dat er opzet in het spel was geweest. Het ging er bij haar gewoon niet in dat iemand met zoveel ervaring – en dat hij dat had kon iedereen meteen zien – zo'n beginnersfout maakte. En mocht dat wel het geval zijn, dan stopte je in elk geval om je excuses aan te bieden. Deze vent was er als een haas vandoor gegaan. Om de stemming niet te verpesten, want daar had ze toch al een handje van, zei ze niets. Toen ze naar het Engelse echtpaar keek, wist ze zeker dat ze er maar beter niets over kon zeggen. Die mensen waren al zo geschrokken en zouden vannacht vast niet goed slapen. Als die vent het maar niet weer in zijn hoofd haalde om zo over de piste te sjezen. Moest ze de instructeurs waarschuwen?
Ze glimlachte gemaakt verlegen en dacht gelijktijdig dat het achterlijk was dat geen enkele instructeur, voor zover zij wist, had gezegd dat het

niet om zomaar een ongeluk ging. Misschien om geen paniek of oproer te zaaien? Of had ze het echt fout gezien?
Kirsten wilde ook nog wat zeggen. 'Ten eerste wil ik mijn bewondering uitspreken voor jouw actie.' Evenals Kurt sprak ze Engels met een Duitse tongval. Ze aarzelde, leek haar woorden nogmaals te overdenken, maar ging toch verder.
'Ik geef sinds drie weken les bij SFun, de skischool waar Kurt ook werkt. Morgen heb ik een klasje met acht kinderen, onder wie drie Nederlanders. Omdat ik nog niet zoveel ervaring heb, regelt de school een backup, iemand die assisteert. Ik hoorde net dat zij zich ziek heeft gemeld.' Ze spreidde haar handen in een gebaar van overmacht. 'Het is enorm druk, dus alle beschikbare instructeurs voor morgen zijn al ingedeeld. Ik sta er dus alleen voor. Ehm... Zou jij me morgen willen assisteren?'
Het verzoek overdonderde Manon. Ze zag hoe de twee instructeurs haar verwachtingsvol aankeken. *Kinderklasje, assisteren, ik?*
Voordat ze de kans kreeg te reageren, pakte haar moeder haar bovenarm en kneep er stevig in. Het enthousiasme straalde van haar gezicht. 'Leuk, doen!'
Toen haar vader ook nog eens beamend knikte, realiseerde ze zich dat het niets eens zo'n gek idee was.

11

Manon liep wat onwennig van de parkeerplaats naar de ontmoetingsplaats in Schüttdorf. Gisteren had ze met Kirsten afgesproken dat ze precies om tien uur bij de Areitbahn 1 zouden verzamelen. Kirsten zou haar op die plek opwachten met het klasje. Dan stapten ze in twee gondels die hen naar de Schmittenhöhe zouden brengen. Vanaf die top kozen ze voor route 28, een groene piste van enkele honderden meters lang. Een afdaling die uitermate geschikt was voor beginners. Aan het einde van de piste zouden ze dan een stoeltjeslift nemen om weer op de Schmittenhöhe te komen. Ze bleven net zo lang oefenen op de piste tot de kleintjes de basistechnieken onder de knie hadden. Daarna kon de overstap naar de blauwe piste worden gemaakt. Dat zou nog wel een paar dagen duren, had Kirsten verteld. Manon had geknikt, ze had totaal geen ervaring met beginners. Laat staan met grut dat nauwelijks tot haar middel reikte...

'Succes, meid,' hoorde ze haar moeder vanaf de achtergrond roepen. Ze was bewust voorop gaan lopen. Het idee alleen al dat haar familie haar bij het ontmoetingspunt zou afzetten. Als een kleuter op haar eerste schooldag. Hoe oud zouden die kinderen zijn? Even moest ze om zichzelf lachen. Een grote kleuter gaat kleine kinderen voordoen hoe ze moeten skiën. Het was te gek voor woorden, maar ze was eigenlijk wel een beetje zenuwachtig. Ze verheugde zich op de uitdaging, maar wist niet of ze het wel goed zou doen. 'Doei, fijne dag,' zei Fleur. Manon draaide zich een kwartslag om en stak haar hand op.

'Tot straks,' riep ze tegen haar familieleden, die tot haar opluchting direct naar de ingang van de skilift liepen.

'Hier Manon,' hoorde ze Kirsten vanuit de menigte roepen. Veel skileraren verzamelden zich met hun leerlingen op dit punt waardoor het een drukte van belang was. Kirsten had haar groepje naar de rechterkant van het plein gedirigeerd en deelde zwarte hesjes uit. Op de voorkant stond in witte letters SF.

'Ik kon er vanmorgen nog net zeven te pakken krijgen,' zei de Duitse. 'De klasjes zitten overvol. Volgende week komt er een nieuwe lading hesjes.'

Manon knikte. Dit verklaarde waarom de kinderen gisteren geen hesjes hadden gedragen. Wel een beetje amateuristisch, dacht ze.

'Dit is Manon,' zei Kirsten tegen de kinderen toen het laatste hesje was uitgedeeld. 'Zij helpt vandaag mee. En deze drie,' zei ze tegen Manon, 'komen ook uit Nederland.' De kinderen keken haar aan zonder iets te zeggen. In hun ogen las ze verwachting. Het zou voor iedereen een avontuur worden. Het waren zeker geen kleuters, maar iets oudere kinderen.

'We gaan naar de liften,' sprak Kirsten gedecideerd. Manon en zeven kinderen volgden haar.

'Hoe heten jullie?' vroeg Manon aan de drie landgenootjes die bij haar in de lift zaten.

'Ik ben Bas,' antwoordde een jongetje met blond piekhaar als eerste.

'Ik ben Merel,' zei het meisje naast hem. De twee leken erg op elkaar.

'Broer en zus?' Merel knikte. 'Ik ben zeven en Bas is acht.'

'Bijna negen,' verbeterde haar broer. Hij mat zich een stoere houding aan; alsof hij zijn kleine zusje noodgedwongen mee op sleeptouw nam.

'En jij?' vroeg Manon aan het jongetje dat strak naar buiten keek en niet in het gesprek geïnteresseerd leek.

'Rufus,' antwoordde hij zonder haar aan te kijken.

'Wat een rare naam,' zei Bas.

'Hou toch je bek,' reageerde Rufus op dezelfde afgemeten toon als daarvoor. Manon zag dat zijn ogen vuur spuwden. Jezus, wat een fel mannetje, dacht ze.

'Dat is niet aardig, Rufus,' was het eerste wat in haar opkwam. 'En ik vind Rufus wel een leuke naam.'

Rufus keek haar met zijn gitzwarte ogen inschattend aan. Even later glimlachte hij flauwtjes, draaide zijn hoofd weer weg en keerde terug in zijn eigen wereldje.
Manon keek naar buiten en dacht na over de dag. Als het zo moest, vond ze het nu al minder leuk worden. Ze voelde zich opgesloten. Beneden haar gleden de wintersporters over de hellingen. Mensen genoten van hun vrijheid, terwijl zij zat opgescheept met een timide meisje, een wijsneus en een halve autist. Waar ben ik aan begonnen?!
Manon kon bijna de verleiding niet weerstaan om, net als ze vroeger gedaan zou hebben, op de top uit te stappen en in volle vaart de zwarte piste af te dalen. Weg van dat drietal snotneuzen dat ongetwijfeld nog voor meer dan genoeg problemen zou zorgen. In volle vaart naar beneden! De wind in haar haren, de zon op haar gezicht, leuke mannen spotten.
Het stemmetje drong aan. *Denk toch eens na. Je zit hier je tijd te verdoen. Stap straks uit en laat die Kirsten het lekker zelf uitzoeken. Je leeft maar één keer, weet je nog wel? Geniet ervan.*

12

Bas strekte zijn armen en gaf zich over aan de zwaartekracht. In een laag tempo gleed hij schuin naar beneden waar Kirsten hem opwachtte. Hij was nu een stuk minder stoer dan hij zich in de lift had voorgedaan. Manon had zich op een tactische positie in het midden van de piste opgesteld en toen Bas vlak langs haar heen skiede, kon ze met moeite haar lachen inhouden.

'Goed zo, Bas,' riep ze. 'Blijven staan en straks de punten van je ski's naar elkaar laten wijzen. Dan stop je vanzelf.' Uit niets in de reactie van Bas bleek dat hij haar had gehoord. Als een standbeeld gleed hij naar beneden. Toen hij bijna bij Kirsten en het groepje van vier was, remde hij echter keurig af en kwam tot stilstand.

'Klasse, Bas,' reageerde Manon opgetogen. Ze stak haar duim op en wuifde naar Merel om aan te geven dat zij haar broer kon volgen. Aarzelend gaf het meisje gehoor aan het verzoek.

Tijdens Merels eerste meters dacht Manon dat het gek kon lopen. Waar ze twee uur geleden nog op het punt had gestaan om er de brui aan te geven, had ze nu de tijd van haar leven. Kinderen leren skiën was eigenlijk heel erg leuk. Het vertrouwen dat ze van die kleintjes terugkreeg gaf haar een geweldig gevoel. Als iemand haar dit vooraf had verteld, had ze het als onzin afgedaan. Ook de samenwerking met Kirsten liep op rolletjes.

Dat ze de impuls had kunnen onderdrukken om haar eigen weg te kiezen, voelde nu als een overwinning. Een nieuwe ervaring waarvan ze genoot.

Merel raakte uit balans. Ze probeerde nog te corrigeren, maar verloor door deze wilde bewegingen nog meer haar evenwicht. Haar rechterski gleed over haar linker, en ze tuimelde in de sneeuw. Met

drie sterke schaatsbewegingen stond Manon naast haar.
'Gaat het?'
Merel knikte. Manon trok haar omhoog, liet haar in de rechterski stappen die was losgeschoten en gaf haar een duwtje. Merel gaf een gilletje. De opluchting straalde van haar gezicht toen ze naast Bas tot stilstand kwam. Rufus ging als laatste. Met zijn blik op oneindig gaf hij zich over aan de piste. Als een volleerd skiër ging hij even door beide knieën toen zich een hobbeltje aandiende, waarna Manon meteen: 'Heel goed, Rufus!' riep. Ze vroeg zich af wat hij in een beginnersklasje deed. Hij grijnsde als een boer met kiespijn, remde op tijd af en kwam naast het groepje tot stilstand. Het compliment dat Kirsten hem gaf negeerde hij. Zijn blik was gericht op Manon, die soepel naar hen toe skiede.
'We gaan een hapje eten,' zei Kirsten toen Manon aansloot. Ze knikte naar het verderop gelegen paviljoen, plantte haar stokken in de sneeuw en zette aan. De kinderen volgden haar. In een rustig tempo bereikten ze het houten gebouw. Zowel op de terrassen als in het restaurant zelf was het druk. Vanwege het plaatsgebrek aten de wintersporters zelfs op de trappen hun lunch. Op het vlakke gedeelte voor de ingang liepen de mensen af en aan.
Bas, Merel en Rufus bleven bij Manon in de buurt. De afgelopen twee uur was er een band tussen hen ontstaan. Bas wilde graag indruk op haar maken, Merel hing letterlijk aan haar en Rufus leek haar een eenzame jongen.
'Doe de ski's maar uit en leg ze hier neer.' Kirsten had voorzichtig een aantal ski's verplaatst, waardoor een ruimte van hooguit anderhalve meter vrijkwam. Ze zette de ski's van haar miniklasje zorgvuldig neer. Manon deed voor de drie Nederlandse kinderen hetzelfde. Honderden ski's stonden in een rij opgesteld tegen de hoge, houten zijkant van het restaurant, naast de trappen. Recht daarvoor stonden de stokken met de punten in de sneeuw gestoken. De officiële skihouders, grote stalen rekken waartussen de ski's geplaatst konden worden, zaten stuk voor stuk propvol.
Nadat Manon de stokken vlak naast de ski's in de sneeuw had gestoken, deed ze een stapje terug. Omdat Merel alweer aan haar linkerzij

plakte, draaide ze naar rechts. Ze zag een in het groen geklede skiër met een felrode bivakmuts die harder dan de andere skiërs naar beneden kwam. Hij ging niet hard genoeg om voor paniek te zorgen, maar hield er zo de vaart in dat het onwaarschijnlijk was dat hij bij het restaurant ging stoppen. Waarom hield hij dan wel die richting aan?
Het gebeurde razendsnel. De man kiende de bocht zo uit dat hij uitkwam bij het begin van de lange rij ski's. Hij haalde opeens uit met zijn rechterstok. Met een felle tik raakte hij drie ski's die meteen omvielen. Onder luid gekletter en gekraak vielen de andere ski's als dominosteentjes om. De man zette aan en verdween in de menigte, die alleen oog had voor de wanorde van de gevallen ski's.
'Hé!' schreeuwde Manon naar de dader, die richting piste gleed. 'Wat doe je nou?!' Ze wilde er 'Klootzak!' aan toevoegen, maar wist het woord nog net in te slikken. Ze draaide zich om naar Kirsten.
'Zag je wat die vent deed?'
De Duitse schudde van nee. Ze keek mismoedig naar de berg ski's en haalde haar schouders op. 'Dit soort vervelende dingen gebeurt nu eenmaal.' Ze zuchtte. 'Het eten moet maar even wachten. Eerst onze ski's zien te vinden.'
Manon keek vol ongeloof om zich heen. Van alle kanten kwamen mensen toegestroomd om hun ski's weer rechtop te zetten. Het commentaar bleef beperkt tot wat binnensmonds gegrom. Had niemand dan gezien dat hier sprake was van opzet? Namen ze het echt voor lief dat de een of andere imbeciel honderden ski's omverkegelde? Blijkbaar wel, want de wintersporters pakten hun spullen, herstelden de gammele rij en gingen weer verder met hun lunch.
Samen met Kirsten zette ze de ski's van de kinderen stevig in een rijtje. Misschien heb ik het me wel verbeeld, dacht ze. Raakte die vent gewoon uit balans en ramde hij tijdens het corrigeren met zijn stok de ski's. Omdat hij zich schaamde voor zoveel knulligheid, was hij er meteen vandoor gegaan. *Yeah right.*
Toen Merel haar hand pakte, zette ze het voorval uit haar hoofd. Kirsten had gelijk, vervelende dingen gebeuren nu eenmaal op de piste.

13

Kirsten ging voorop en Manon sloot de rij. Tussen hen in volgden de kinderen het tempo en de aanwijzingen van hun instructrice. Voor de groep was dit veruit de spannendste oefening van de tweede lesdag. De blauwe piste lag als een grote, schuin aflopende witte vlakte voor hen. De kinderen hadden de basistechnieken snel opgepikt en Kirsten wilde de dag afsluiten met een echte uitdaging. Omdat het tegen vieren liep, was de ergste drukte achter de rug. De meeste mensen die nu nog op de piste waren, waren echte liefhebbers. Rustige skiërs en een enkele snowboarder, die met een gezapig gangetje over de hellingen gleden.

Langzaam maar zeker daalde de temperatuur. De zon verdween bijna achter de bergkammen en Manon voelde hoe de wind een scherp kantje kreeg. Instinctief trok ze haar schouders op. Het hielp niets. De kou vond elke opening en prikte op haar huid.

Voorafgaande aan deze afdaling waren er goede afspraken gemaakt. Rufus was de laatste in het rijtje leerlingen en de afstand tussen haar en de jongen zou constant een meter of tien bedragen. Als laatste in de rij was Manon verantwoordelijk voor de kinderen die vielen. Zodra Kirsten doorhad dat er iemand in het rijtje ontbrak, zou zij de kinderen naar de zijkant van de piste leiden en wachten tot de groep weer door Manon werd gecompleteerd. Deze discipline was nieuw voor de leerlingen, daarom leek het hun verstandig om de afdaling in fases te doen.

Tot nu toe ging het goed. De reactie van de groep op de mededeling dat ze de blauwe piste zouden gaan doen was verdeeld geweest. Van 'haar' kinderen stond Bas te juichen en trok Merel wit weg. Rufus keek stoïcijns voor zich uit. Als Kirsten had aangekondigd dat ze van de honderd meter schans gingen springen, had hij waarschijnlijk op dezelfde wijze

gereageerd. Hoewel het ogenschijnlijk allemaal van hem afgleed, voelde Manon dat het niet zo zwart-wit lag. Rufus was een binnenvetter die zijn emoties op een andere manier verwerkte en die uitstekend wist te verbergen. Tenminste, dat dacht ze. Het kon natuurlijk ook zo zijn dat hij een extreem koude kikker was. Wat wist zij nu van kinderen?
Merel was onzeker. Ze stond wankel op haar ski's en wist haar snelheid nauwelijks te reguleren. Het ene moment schoot ze snel vooruit en raakte ze met de punten van haar ski's bijna de achterkant van die van Bas, terwijl Rufus een paar tellen later hard moest remmen omdat ze niet vooruit te branden was. Manon naderde haar tot op gehoorsafstand.
'Hoe maak je vaart?' vroeg ze luid.
'Punten recht vooruit.' Merel bleef strak voor zich uit kijken terwijl ze antwoordde.
'Hoe rem je af?'
'Slalommen.'
'En als je hard moet remmen?'
'Schouders recht en kont erin.'
Manon stak met veel gevoel voor theater haar beide duimen omhoog en schreeuwde: 'Yeeeeeeeees!'
Merel lachte zenuwachtig. Door deze onverwachte beweging kwamen haar benen strak naast elkaar te staan. Ze maakte direct snelheid en schoot op haar broertje af.
'Kont!' schreeuwde Manon.
Tot haar genoegen hield Merel beide schouders recht en draaide haar linkerheup naar buiten. Haar balans was opeens prima. Een schuine bocht naar rechts volgde.
'Kont!'
Merel draaide nu haar rechterheup naar buiten en maakte een perfecte bocht naar links. Helemaal in de ban van dit onverwachte succes herhaalde ze deze manoeuvre. Links, rechts, haar eerste, vloeiende slalom was een feit.
'Dat bedoelde ik dus!' riep Manon juichend. Merel stak onwennig haar linkerhand op en oefende verder. Met een tevreden gevoel minderde

Manon snelheid. Rufus schoot langs haar heen. In een flits zag ze op zijn gezicht iets wat op een glimlach leek. Had hij lol om Merels capriolen, of genoot hij simpelweg van deze oefening, die hem zo uitstekend afging? Goh, wat is dit mannetje toch moeilijk te peilen, dacht ze.
Kirsten maakte een ruime bocht naar links, gevolgd door een nog ruimere naar rechts. Daarna gleed ze licht bergopwaarts naar de zijkant van de piste. Hiermee verloor ze zoveel snelheid dat ze zich met een scherpe wending nog net kon omdraaien voordat ze stilstond. De groep volgde haar keurig voor de eerste tussenstop. Ze volgden het spoor van Kirsten en kwamen stuk voor stuk naast haar tot stilstand.
Manon maakte met een kort handgebaar aan Kirsten duidelijk dat zij even verderop ging stoppen. Vijftig meter bergafwaarts stond namelijk nog een groepje aan de zijkant van de piste. Het tweede meisje van rechts was onmiskenbaar Heather. Toen ze haar bocht naar rechts inzette, zwaaide het kind wild met haar armen.
'Hi, Manon!'
Ze stopte precies naast het meisje, dat haar meteen een knuffel gaf.
'Hoe gaat het vandaag?'
'Geweldig!' reageerde Heather enthousiast. 'Nog niet gevallen!'
'Goed gedaan.' Als afscheid gaf ze haar nog een snelle kus op haar wang. 'Nu moet ik anderen gaan helpen. Misschien zie ik je straks nog wel.'
Stuart, een van de instructeurs die haar eergisteren uitvoerig hadden bedankt, stond tien meter verderop met een man in een donkerblauw jack te praten. Toen hij haar zag, wenkte hij meteen. Ze remde pas af toen ze praktisch naast hem stond.
'Dus jij bent Manon,' zei de andere man in het Nederlands. 'Je reputatie is je vooruitgesneld.'
Ze fronste haar wenkbrauwen.
'Sorry,' sprak hij met een innemende glimlach. 'Ik ben Rutger en onder de instructeurs ben je nog steeds het gesprek van de dag.'
Manon haalde haar schouders op. 'Zo bijzonder was het nu ook weer niet, hoor.' Hij trok zijn rechtermondhoek omhoog, wat hem nog aantrekkelijker maakte. Eind twintig, bruin golvend haar, groene ogen,

mooie tanden en waarschijnlijk een gespierd lichaam. Het snoepje van de week, dacht Manon. Wat een knappe en charmante vent!
'Het is misschien een onbeleefde vraag, maar wat voor werk doe je?'
Terwijl ze naar een passend antwoord zocht, zag ze in haar ooghoek Kirsten voorbij glijden.
'Kom op, Manon,' hoorde ze de Duitse roepen.
Ze stak haar hand op ten teken dat ze achter aan ging sluiten en knikte kort naar Stuart en Rutger.
'Ik zit momenteel tussen twee banen in,' zei ze zo luchtig mogelijk. 'Ben er nog niet uit waar mijn toekomst ligt.'
Tevreden over haar snelle reactie waarbij ze geen gezichtsverlies had geleden, skiede ze schuin naar beneden. Rufus schoot haar voorbij, waarna ze haar plek weer innam.
'We spreken elkaar nog,' riep Rutger haar na. 'Ga vooral zo door.'
Ze grinnikte. Misschien zouden ze elkaar nog ontmoeten. Misschien ook niet. Op dit moment lagen haar prioriteiten niet bij mooie mannen. Kijken, praten en een beetje flirten kon, maar verder moest het niet gaan. Daar had ze voorlopig genoeg van.
De afdaling verliep voorspoedig. Niemand viel. Kirsten scherpte onderweg de slalom aan en de kinderen volgden haar schijnbaar moeiteloos. Onder aan de piste kwamen ze naast de lift tot stilstand. Het daaropvolgende enthousiasme onder de ouders was voorspelbaar maar wel leuk. Ze klapten voor hun kroost, dat niet met de lift, maar via de blauwe piste was afgedaald.
Bas stak juichend zijn armen omhoog. Zijn ouders liepen lachend op hem af. Merel duwde met de punt van haar stok de sluiting van haar ski naar beneden, waarna ze met haar skischoen in de sneeuw stapte. Ze glimlachte voorzichtig naar haar moeder, die haar omhelsde.
'Goed gedaan, meisje van me.' Ze drukte haar dochter stevig tegen zich aan. 'Ik ben zo trots op je,' zuchtte ze.
Haar man streek Bas vaderlijk over zijn bol en liep naar Manon. Hij stak zijn hand uit.
'Hallo, ik ben Hans Verhoek, de vader van Bas en Merel.'

Manon schudde zijn hand. 'Aangenaam kennis met u te maken.'
'Dat is wederzijds, Manon. Gisteravond hebben de kinderen het constant over je gehad. Ze zijn helemaal idolaat van je.'
De lovende woorden brachten haar in verlegenheid. Bas hielp haar uit deze ongemakkelijke situatie door in haar richting te wijzen.
'Morgen ga ik jou op de blauwe piste voorbij!'
Manon wees terug. Ze trok een boos gezicht en gromde vervaarlijk.
'Ik lust je rauw, tijger.'
Bas gniffelde om haar mimiek.
Merel wurmde zich uit de omhelzing van haar moeder. Ze liep naar Manon, pakte haar hand en keek haar bijna smekend aan.
'Jij bent er morgen toch wel?'
'Euh...'
'Morgen wordt ze opgegeten door Bas de Tijger!' Hij vond zichzelf ongelofelijk grappig. De familie Verhoek zwaaide haar gedag en ze liepen gezamenlijk naar de uitgang. Manon legde haar ski's over haar schouder. Om haar heen stonden ouders, leerlingen, instructeurs en wintersporters die de piste wilden verlaten.
Kirsten had zich losgemaakt van een groepje belangstellende ouders. Ze had haar ski's op de grond gelegd en liep naar Manon toe. Ze keek verwachtingsvol.
'En?' sprak ze op samenzweerderige toon. 'Wat heeft hij tegen je gezegd?'
'Niets bijzonders,' antwoordde ze desondanks. 'Hij zei dat Bas en Merel het prima naar hun zin...'
Met een abrupte beweging van haar hand kapte Kirsten de zin af. 'Die bedoel ik niet,' zei ze snel. 'Wat heeft Rutger tegen je gezegd?'
Manon keek haar veelzeggend aan.
'Aha, je bedoelt die knapperd die met Stuart stond te praten? Heb je soms een oogje op hem?'
Kirsten slaakte een diepe zucht.
'Die ja, en ik heb inderdaad een oogje op hem. Net als negentig procent van alle meiden op de piste. Maar dat is niet de reden waarom ik het vraag. Hij is toevallig ook nog eens mijn baas.'

'Je bedoelt dat Rutger de baas is van...'
'Skischool SFun. Helemaal goed, je mag door naar de volgende ronde.'
Manon dacht aan het gesprek dat ze met Rutger had gevoerd. Ze probeerde zich woordelijk te herinneren wat er precies was besproken.
'Niets bijzonders. Hij zei dat ik vooral zo moest doorgaan.'
'Geen opmerkingen over mij? Misschien een sneer dat ik voor zo'n klein klasje een assistent nodig had?'
Manon schudde van nee.
'Hij heeft het niet over je gehad,' sprak ze beslist.
'Mooi,' antwoordde Kirsten. Het klonk opgelucht. 'Kan ik morgen weer op je rekenen?'
'Natuurlijk.'
De Duitse gaf haar een vriendschappelijke knipoog en liep richting uitgang. Manon volgde even later. Omdat ze met haar gedachten nog bij de laatste afdaling was en in het bijzonder bij de ontmoeting met Rutger, reageerde ze pas in tweede instantie op haar naam.
'Hallo,' zei ze afwezig. De man was klein van stuk en droeg een bril. De diepe lijnen in zijn gezicht gaven hem een vermoeide uitstraling.
'Ik ben de vader van Rufus,' sprak hij op zachte toon. Vanwege het rumoer om hen heen moest ze goed luisteren om hem te kunnen verstaan.
'U bent toch de instructrice van Rufus?'
'Niet echt, ik assisteer Kirsten. Zij is de instructrice.'
'Rufus ziet u anders als zijn lerares.'
'Dat komt omdat ik me voornamelijk met de Nederlandse kinderen bezighou.'
De man knikte.
'Het is u vast wel opgevallen dat Rufus, hoe zal ik het zeggen, anders reageert dan andere kinderen?'
'Het lijkt soms alsof hij in zijn eigen wereldje is, maar hij doet absoluut goed mee,' probeerde Manon zo neutraal mogelijk te antwoorden.
'Zijn moeder is vier maanden geleden overleden.' Hoewel hij Manon aankeek, leek het alsof zijn gedachten even ergens anders waren.

'Voordat ze stierf is mijn vrouw een jaar lang heel ziek geweest. Rufus heeft daar een flinke klap van gekregen.'
Manon slikte moeizaam. 'Dat kan ik me voorstellen. Wat vreselijk voor hem. En voor u natuurlijk,' voegde ze er snel aan toe.
'Ik heb me erbij neergelegd. Het geaccepteerd, voor zover dat mogelijk is. In gedachten ben ik nog elke minuut van de dag bij haar.' Hij wreef even over zijn gezicht. Toen hij haar weer aankeek, dacht ze iets van strijdlust in zijn blik te zien.
'Sorry dat ik u hiermee lastigval.'
Manon schudde ontkennend.
'U valt mij hier helemaal niet mee lastig. Het verklaart inderdaad waarom hij regelmatig in zijn eigen wereldje verkeert.'
De man knikte meegaand.
'Daarom heb ik voor een klasje gekozen. Hopelijk doet hij in deze vreemde omgeving nieuwe contacten op. Wordt hij misschien wat losser in de omgang.'
Hij glimlachte voor de eerste keer.
'Tegen mij praat hij steeds over u. En dat is al heel wat.'
Hij keek schuin over zijn schouders en zag dat Rufus nog op de plek stond waar hij de jongen had achtergelaten.
'Bedankt voor al uw inspanningen, die waardeer ik zeer.'
Ze schudden elkaar de hand, waarna hij in de richting van Rufus liep.
Manon bleef staan. Ze voelde zich betrokken. Even leek het alsof de wereld stilstond.
Enkele minuten staarde ze voor zich uit zonder daadwerkelijk wat te zien. Uiteindelijk haalde ze diep adem en verliet de piste.

14

‘Het gaat ons lukken,’ zei Kirsten met een brede lach. De kinderen knikten haar zonder uitzondering enthousiast toe.
‘We hebben de hele dag keihard geoefend. Nu gaan we vanaf de top in één keer naar beneden!’
Manon speelde het spel mee dat ze tijdens de lunchpauze kort hadden doorgenomen.
‘Wat is jullie beloning als er niemand valt?’
‘In de sneeuw, in de sneeuw!’ klonk het in koor. Het inzepen van de twee begeleiders was de hele dag al hét gespreksonderwerp onder de leerlingen geweest. Ze deden allemaal hun uiterste best nog beter te worden, zodat ze de laatste krachtproef met succes konden doorstaan. Op wat lichte glijpartijen na was er nog niemand serieus onderuitgegaan.
‘Succes, allemaal,’ moedigde Kirsten haar leerlingen over haar schouder aan. De helft antwoordde met een strijdkreet, terwijl de overigen zich concentreerden op de afdaling die nu begon. In de vertrouwde opstelling gleden ze naar beneden.
Het eerste deel verliep soepel. Kirsten hield er een tempo op na dat haar leerlingen makkelijk konden volgen. Ze zag feilloos de ruimtes die in de namiddag op de piste ontstonden.
Het is ongelofelijk hoe snel die kinderen dingen oppakken, dacht Manon. Ze daalde als laatste af en zag hoe de kinderen in het spoor van Kirsten bleven. Vanaf haar positie hield ze alle ‘zeven dwergen’ in het oog, maar haar speciale aandacht ging toch uit naar de achterste drie. Tussen hen was in die korte tijd een hechte band ontstaan. Ze was begaan met het lot van ‘Tijger’, ‘Muisje’ en ‘*Lone Wolf*’ zoals ze het drietal in gedachten noemde.

Ze waren inmiddels op het tussenstuk beland waar de splitsing van de blauwe en de zwarte piste was. Kirsten draaide weg van de helling die naar de zwarte piste leidde. Een langgerekt stuk blauwe piste lag voor hen.
Mooi, dacht Manon, nog niemand gevallen. Technisch was het verre van perfect, maar ze bleven wel staan en de afdaling ging in een heel redelijk tempo.
Rufus wankelde. Zijn rechterstok had even contact met de sneeuw, waarna hij zijn evenwicht weer hervond. Bas ging in zijn ijver te diep door zijn knieën, zodat hij bijna tegen zijn voorganger botste. Met een korte rembeweging herstelde hij de onderlinge afstand. Merel keek niet op of om. Haar lichaam was goed in balans. Ze slalomde zonder dat het haar zichtbaar moeite kostte. Manon betrapte zichzelf erop dat ze met trots naar het drietal keek.
Terwijl ze over een smal stuk gleden dat in de volksmond 'het bospad' heette, realiseerde Manon zich opeens sterk dat dit haar laatste afdaling met deze groep was. Ze had de beslissing gisteravond genomen. Tijdens een pauze had ze Bas, Merel en Rufus even apart genomen. Ze waren hevig teleurgesteld door haar mededeling. Dat zij ook een privéleven had, en tijdens de vakantie tijd met haar eigen familie wilde doorbrengen, wilde er bij hen niet in.
Kirsten had haar beslissing wel begrepen, maar liet ook doorschemeren het jammer te vinden dat hun samenwerking stopte. Ze hadden als tandem goed gefunctioneerd. Manon had haar nogmaals duidelijk gemaakt dat de enige reden om te stoppen haar eigen vakantie met haar familie was. Meer dan ooit wilde ze dat het beter ging tussen haar, haar zus en haar ouders.
Het bospad ging over in de laatste helling van het parcours. Hierin zaten een paar scherpe bochten die op een rode piste niet zouden misstaan. Voor dit gedeelte hield Manon haar hart vast.
De eerste bocht liep lekker. Bas ramde er met zijn robuuste stijl doorheen, Merel stond nog steeds met de houding van een prinses op haar ski's en Rufus slipte dat het een lieve lust was. In gedachten slaakte Manon een diepe zucht. Nog drie bochten te gaan.
De bocht naar links draaide lang door. Het was een flauwe, overzichte-

lijke bocht waardoor je geneigd was de snelheid er flink in te houden. Het einde van deze curve had echter een verraderlijke haarspeldbocht naar rechts. Om deze risicoloos te nemen moest je flink afremmen en scherp aansnijden.
Het tweede jongetje in de rij nam geen enkel risico. Hij remde krachtig af en nam de bocht uiterst voorzichtig. Door zijn vertraging kwamen de kinderen achter hem in de problemen. Met name Bas moest vol remmen. Hij wist zijn voorganger maar net te ontwijken.
Merel skiede met de minuut meer op techniek. Ze was zelfverzekerder en beter dan haar klasgenootjes geworden. Door in de breedte van de bocht te glijden, nam haar snelheid af. In tegenstelling tot haar medeleerlingen boog ze nauwelijks haar knieën. Manon vond het prachtig om te zien hoe een kind met zo weinig ervaring deze moeilijke techniek redelijk beheerste.
Tien meter voor het einde van de bocht ging het toch mis. Merel draaide met de achterkant van haar ski's te veel door, waarna ze abrupt haar snelheid en evenwicht verloor. Ze viel op haar linkerheup en gleed enkele meters door. Tegen de opstaande sneeuwrand kwam ze tot stilstand. Rufus nam de bocht met een mix van techniek, kracht en bravoure. Met zijn blik op oneindig zoefde hij langs haar heen.
Manon stopte naast Merel die overeind krabbelde. Ze leek geen fysieke pijn te hebben, maar ze schaamde zich duidelijk wel voor haar val en zei teleurgesteld: 'Geen inzepen.'
Manon trok haar overeind. Merel stapte in haar rechterski, die door de val was losgeschoten. Toen Manon opkeek, zag ze nog net hoe Rufus met zijn merkwaardige stijl de laatste bocht bedwong. Vanaf dat punt was de route naar het eind van de piste een makkie, wist ze.
'Als jij me kunt volgen gaat het inzepen door,' zei ze snel. Toen ze even later omkeek, zag ze hoe Merel eveneens snelheid maakte. Ze wilde met alle geweld volgen, maar de onzekerheid in haar houding was na de onverwachte val weer teruggekeerd.
Manon nam de bocht zonder te remmen. Het was de enige kans om nog bij het groepje te komen voordat ze het einddoel bereikten. Eenmaal op

het rechte stuk nam ze een zithouding aan om de snelheid op te voeren. Ze keek schuin onder haar oksel door en zag tot haar opluchting dat Merel nog steeds haar spoor volgde.

Met nog vijftig meter te gaan zat Manon vlak achter Rufus. Ze minderde vaart en gaf met een kort handgebaar aan dat Merel haar plekje weer moest innemen. Het meisje aarzelde geen moment. Ze passeerde Rufus, voegde in en remde licht af. Toen de groep naast de skiliften tot stilstand kwam, stond ze keurig tussen Bas en Rufus.

Kirsten stak haar rechterstok in de lucht. 'Een hoeraatje voor jezelf,' zei ze luid en blij. In het gejoel dat hierop losbarstte, kruiste haar blik die van Manon. Die begreep de hint en keek de rest van de groep aan.

'Kom maar op jullie. Wie durft mij in te zepen?'

De eerste sneeuwbal werd wat aarzelend door Bas gegooid. De kinderen uit het groepje van Kirsten hadden echter minder moeite met het bekogelen van Manon. De sneeuwballen vlogen om haar oren. Ze ging door haar knieën en legde haar handen op haar hoofd alsof ze ernstig gewond was. Als een roedel losgeslagen wolven vlogen de kinderen op haar af.

Opgezweept door de lachende ouders, bedolven de kinderen Manon binnen enkele minuten onder een laag van sneeuw. Ze voelde zelfs hoe de sneeuw in haar nek smolt en langs haar rug in haar ondergoed kroop. Toen ze het welletjes vond, riep ze: 'En nu Kirsten!' Joelend van plezier stortten ze zich op de Duitse instructrice.

Manon klopte de sneeuw van zich af. Terwijl Kirsten de volle laag kreeg, pakte ze haar ski's en liep ongemerkt weg.

Vlak voor het draaihek keek ze nog eenmaal om. In hun enthousiasme hadden de kinderen haar vertrek niet opgemerkt. Prima. Geen klef gedoe. Morgen, misschien overmorgen, waren ze haar alweer vergeten. Zo ging dat met kinderen, toch?

Ook de ouders hadden haar aftocht gemist. Geen afscheid en uitvoerige bedankjes. Toen ze zich wilde omdraaien, zag ze hoe de vader van Rufus zijn hand naar haar opstak. Hij liet zijn hand bewust even in de lucht hangen, een gebaar waaruit vooral waardering sprak. Ze groette kort terug en verliet de piste. Het was leuk geweest. En leerzaam.

15

'Je laatste kans op een leuke jongen,' zei Manon plagerig toen ze het restaurant verlieten.
Fleur slaakte een diepe zucht. 'Ik moet er niet aan denken. Het enige wat ik wil is een zachte bank waarop ik kan uitbuiken. Met mijn hoofd op de leuning, lekker lui naar een wedstrijd schansspringen kijken, met deelnemers die onuitspreekbare namen hebben. Héérlijk!'
Manon haalde haar schouders op.
'Eigenlijk heb ik ook weinig zin om naar de kroeg te gaan. Maar, ja, beloofd is beloofd.'
Ton pakte voorzichtig de mouw van haar jas en boog licht naar haar toe.
'Drink een wijntje en pak een taxi. Ben je je afspraak nagekomen en toch op tijd thuis.'
Een windvlaag gierde door de straat. Hij zette snel de kraag van zijn jas op, al bood die weinig bescherming tegen de droge, snijdende kou.
'Ja, ik denk dat ik dat doe. Om een uur of tien ben ik waarschijnlijk toch gebroken.'
Marga gaf haar dochter een vluchtige kus op haar wang.
'Dan heb je nog anderhalf uur. Veel plezier.'
Ze keek naar hun auto die aan de overkant van de straat stond geparkeerd.
'We gaan er nu vandoor, anders vries ik vast aan de stoep.' Snel liep ze samen met Fleur naar de auto. Ton aarzelde. Hij kneep Manon nog even kameraadschappelijk in haar arm en glimlachte.
'Topdag, of niet?'
Manon knikte.

'Topdag, pap. Het is lang geleden dat ik het zo naar mijn zin heb gehad.'
Ton gaf haar een knipoog en liep snel naar de auto.
'Fijne avond, pop. Ik zie je straks.'
Manon trok haar muts verder over haar oren en wandelde naar het centrum van Zell am See, dat een paar honderd meter verderop lag. In de namiddag had het flink gesneeuwd, zodat bij elke stap de hak van haar leren laars in de witte ondergrond verdween. In tegenstelling tot het trottoir was er op straat geen sneeuwvlokje te vinden. De pekelwagens hadden hun werk goed gedaan. De vrolijke, verse sneeuw was veranderd in een zielig bruin goedje dat tegen de trottoirband een langzame smeltdood stierf.
Het pak sneeuw had de binnenstad van Zell am See van een feeëriek tintje voorzien. Omdat op architectonisch gebied weinig commerciële concessies waren gedaan, leek het alsof ze in een middeleeuws stadje liep. Ondanks de snerpende kou hing er door de authentieke straatverlichting en de ouderwetse, soms Anton Pieck-achtige gevels en daken met een dikke sneeuwlaag, een knusse sfeer in de straatjes.
Ze had die ochtend flink aan de techniek van haar moeder gewerkt. Tijdens de lunch hadden ze haar lesdagen met het kinderklasje besproken. Manon was op de piste verschillende keren door instructeurs gegroet. Ze waren Kirsten en haar klasje een paar keer tegengekomen, en ook Heather had ze gezien. Blijkbaar waren de afgelopen dagen goed geweest voor Kirstens zelfvertrouwen, want ze leidde de groep nu in haar eentje. En zo te zien ging haar dat prima af.
Na de lunch was het gezin naar de rode piste gegaan. Het was voor Marga de eerste keer. Tot op dat moment had ze de steile hellingen vermeden. Pas tegen vieren gaf ze aan dat het voor haar genoeg was geweest. In de skilift sprak ze verwonderd en een beetje trots over haar overwonnen angst. Eenmaal beneden, dronken ze bij een après-skitent een wijntje. Om halfzes waren ze naar het chalet gereden om te douchen en zich om te kleden. Daarna waren ze naar Zell am See gereden om een hapje te eten.
Op haar gemak liep ze nu langs Hotel Steinerwirt. Volgens het uithang-

bord was het eigendom van de familie Schwaninger en bestond het sinds 1493. De straat ging over in een plein, de Stadtplatz. Eén gebouw viel op door de prachtige rood met witte luiken.
De kerk lag nu schuin rechts van haar. Volgens de aanwijzingen van Kirsten liep ze door tot Café Konditorei Mosskommer en ging naar links. Recht voor haar lag de kroeg waar ze naartoe ging. De straat maakte deel uit van het uitgaanscentrum van Zell am See. Toch waren de uitbaters erin geslaagd een groot deel van de authenticiteit te behouden. Schreeuwend neon was uit den boze. Op een enkel beschaafd uithangbord na, waren de namen van de cafés en winkels op de ramen geplakt of geschilderd.
De straat eindigde in een brede T-splitsing die sterk op een pleintje leek. Op de hoek rechts van haar bevond zich onder Gasthof Grüner Baum de après-skipub Greens, volgens Kirsten een van de tenten waar tot diep in de nacht werd gefeest. Manon hoefde daar vanavond niet te zijn en stapte aan de linkerkant kroeg Diele binnen.
Van het ene op het andere moment bevond ze zich in een andere wereld. Harde muziek schalde door de luidsprekers. Zeker de helft van de bezoekers zong mee. Er werden grote glazen geheven, waarbij het bier rijkelijk over de rand gutste.
Mijn god, dacht Manon. Ze kende deze taferelen nog van vorige wintersportvakanties en had hier totaal geen behoefte aan. Ze was nog steeds wat sloom en rozig door de overvloedige maaltijd en de actieve dag die ze op de piste had doorgebracht. Even overwoog ze om rechtsomkeert te maken.
'Manon!' Kirsten had haar ontdekt en schreeuwde boven het lawaai uit. Ze wurmde zich door de menigte en pakte Manon stevig vast.
'Leuk om je te zien.' Manon liep door de deinende menigte achter haar aan. Uit de vanzelfsprekendheid waarmee ze zich een weg baande bleek dat ze hier vaker kwam. Ze belandden bij een rond tafeltje in een hoek. Zes mannen en twee vrouwen stonden eromheen. Schijnbaar ongestoord door de muziek stonden ze te praten. Veel zwarte instructeursjacks. Ze telde er maar liefst vier. Met Kirsten erbij vijf.

'Hoi Manon,' zei Kurt.
Ze knikte hem vriendelijk toe.
'Hé kanjer,' grijnsde Stuart.
Hij kreeg een knipoog.
'We hebben hier een landgenoot van je,' zei de Engelsman. Hij wees naar een jonge man van hooguit begin twintig die met twee leeftijdsgenoten stond te praten. Omdat zijn collega hem niet verstond, trok hij stevig aan de mouw van diens zwarte jack.
'Wat is er?'
Stuart knikte in de richting van Manon. 'Mijn heldin is er,' zei hij met een scheve grijns.
De jongeman boog naar voren en stak zijn hand uit. Hij glimlachte guitig, waarbij hij een perfect gebit toonde. Met zijn zwarte krullen en donkere ogen zag hij er goed uit en hij had een grappige uitstraling.
'Hallo, ik ben Dirck van Laere,' zei hij met een Vlaamse tongval. 'Ik heb veel over je gehoord.' Hij priemde met zijn duim naar Stuart. 'Vooral van die brokkenmaker.'
Stuart gaf hem quasibeledigd een duw. 'Kon jij maar half zo goed skiën als die dame, sukkel. Dan had je nu wel bij een fatsoenlijke skischool gezeten.'
Dirck trok een gezicht. 'Zeker bij die Tsjechen...' zei hij sceptisch.
Er viel een stilte. Kurt praatte snel over het ongemakkelijke moment heen.
'Hoe kun jij nu weten dat ze goed kan skiën, maffe Engelsman? Volgens mij lag jij toen vol met je snufferd in de sneeuw!'
Een oorverdovend gelach volgde. Manon glimlachte braaf mee, maar kon zich niet aan de indruk onttrekken dat er naast vrolijkheid ook iets anders doorklonk. Opluchting, de instructeurs waren blij dat met een geintje een heikel onderwerp van tafel was geveegd.
Wat hadden Tsjechen hiermee te maken?
Dirck nam het woord van Kurt over. 'Wij zijn trouwens geen landgenoten, Stuart. Nederland en België zijn twee verschillende landen. Wij noemen jou toch ook geen Ier, sukkel!'

Stuart maakte een wegwerpgebaar. '*Who gives a shit...*'
Kirsten zette een glas witte wijn voor haar neer. Zelf nam ze een slok van haar bier.
'Op je gezondheid en bedankt voor de hulp.'
Manon nipte van de wijn. Na de uitstekende wijn die ze vanavond had geproefd, smaakte deze naar azijn. Met moeite wist ze haar gezicht in de plooi te houden.
'Hoe is het met je groepje?' vroeg ze snel. Praten was een prima excuus om deze troep niet te drinken.
'Best wel goed. Vandaag hebben we de hele dag op de blauwe piste doorgebracht. Een stuk of vijf valpartijen, waaronder twee van Merel. Niets ernstigs. Verkeerde inschatting, onzekerheid, gebrekkige techniek, je kent het wel. Die kleintjes zijn pas net bezig, joh.'
Hoewel ze het met de gebrekkige techniek van Merel niet eens was, knikte ze instemmend. De progressie die het groepje had gemaakt was inderdaad bewonderenswaardig.
'Die drie missen je wel, hoor. Vooral Merel. Bas doet gewoon zijn ding en van Rufus kan ik geen hoogte krijgen. Wat een apart kind is dat, een echte einzelgänger.'
Uit haar woorden bleek dat ze niets van Rufus' historie wist. Blijkbaar had zijn vader hierover alleen met haar gesproken. Ze twijfelde of ze Kirsten op de hoogte moest brengen. Beter van wel.
'Zijn moeder is nog niet zo lang geleden overleden. Daarom is hij zo stuurs.'
Voordat Kirsten kon reageren, sprak de jongen die naast Dirck stond Manon aan. Hij had donkerblond haar, een mager gezicht en was de puberteit nauwelijks ontgroeid.
'Manon, wij zijn morgen op de rode piste.' De Duitser had duidelijk nog wat moeite met Engels. Hij wees met zijn vinger naar de jongen die naast hem stond. 'Wil... je, euh... ik bedoel... heb je soms zin om met ons mee te gaan?' Terwijl hij het vroeg, leek hij te blozen.
De schuchterheid van de jongen vond ze vertederend.
'Dat is heel vriendelijk van je...' Ze keek hem vragend aan.

'Tillman.' Zijn tong struikelde bijna over zijn eigen naam.
'Tillman. Maar ik heb mijn familie beloofd dat ik morgen met ze optrek. Misschien dat we elkaar nog op de piste tegenkomen, oké?'
Het diplomatieke antwoord scheen hem te bevallen. Tevreden knikte hij.
'Cool.'
Zijn vriend leek minder gecharmeerd van de verkapte afwijzing. Hij was van dezelfde leeftijd als Tillman, maar hun uiterlijk was totaal verschillend. Hij had een kaalgeschoren hoofd, minstens twintig kilo overgewicht en zijn kraaloogjes keken venijnig de wereld in.
'Je familie zie je elke dag,' zei hij provocerend. 'Ons maar één keer in je leven.' Hij grijnsde hautain. 'Of ben je soms bang dat we te hard voor je gaan?'
Dirck reageerde meteen.
'Doe even normaal, Stephan! Anders blijf jij morgen lekker thuis.'
De Duitser keek hem geringschattend aan, draaide zich een kwartslag om en luisterde naar een gesprek dat een instructeur met twee jonge vrouwen voerde.
Dirck keek Manon aan. 'Sorry,' zei hij. 'Haantjesgedrag en hormonen.'
'Het is wel goed, joh. Laat hem maar stoer doen. Ik ben het alweer vergeten.'
Tillman wist zich duidelijk geen raad met de situatie. Hij keek een beetje ongemakkelijk. Ze gaf hem een vriendschappelijke knipoog.
Na een uur had ze met al haar tafelgenoten gesproken. Stephan hing nog even rond en merkte dat zijn gepoch door niemand in dank werd afgenomen. Opeens was hij verdwenen. Na wat gedraai ging zijn vriend Tillman hem toch achterna.
'Ik ga ervandoor,' zei Manon nadat ze met veel moeite haar tweede glas wijn half had opgedronken. Iedereen aan de tafel groette haar, waarna ze opstond en richting uitgang liep.
De twee mannen die aan de bar zaten waren haar niet opgevallen. Ze hadden doorsneegezichten en droegen donkere, leren jassen. Een beetje

het type lokale bosarbeider van middelbare leeftijd. 'Ben benieuwd,' zei de magere man cynisch.
'Waarnaar?' wilde de ander weten. Hij was lang, had brede schouders en borstelige wenkbrauwen.
'Of hij haar probeert te rekruteren. Volgens onze jongens voldoet die meid aan de toelatingseisen.'
De grote man schudde vertwijfeld.
'Haal die militaristische termen uit je systeem, Ondrej. Die tijd is voorbij.'
De magere man gromde vervaarlijk. 'Je weet anders donders goed wat ik bedoel. Trouwens, in die tijd was het nooit zover gekomen. Het is toch te gek voor woorden dat we nu geintjes verzinnen die we vroeger op de lagere school uithaalden? Dit is volstrekt zinloos, hiermee krijg je nog geen kleuter aan het schrikken.'
Zijn partner haalde zijn schouders op.
'Het is niet anders. De zaken gaan hier anders dan thuis. Waarschijnlijk wil Pavel het juiste moment afwachten.'
De magere man beet op zijn lip.
'Jan denkt er inmiddels anders over. Als het aan hem ligt pakken we het op de ouderwetse manier aan.'
Lukas Skacel glimlachte. Gedurende een lange periode in zijn leven had hij dingen gedaan en gezien waarvan hij tegenwoordig weleens slecht sliep. Gewelddadigheden hoorden nu eenmaal bij het beroep waar hij vanaf zijn jeugd in was gerold. Het had niet anders gekund. Meestal dommelde hij na deze geruststelling weer in. Al leek hij zichzelf steeds vaker te moeten geruststellen. Hij zou toch niet na al die jaren echt last van zijn geweten krijgen?
'Pavel is de baas,' antwoordde hij. 'Jan is een heethoofd, hij moet nog veel leren.'
Hij nam een slok van zijn bier.
'Waar maak jij je eigenlijk zo druk over? Overdag hangen we wat rond in de shop en 's avonds houden we de concurrentie een beetje in de gaten. Een hele verbetering met de situatie thuis. Of ben jij soms verge-

ten dat we daar letterlijk moesten knokken voor onze poen?'
Ondrej Bokuva liet het glas bier tussen zijn handen draaien.
'Dat is ook een manier om het te bekijken,' antwoordde hij. Uit zijn toon bleek dat het niet zijn visie was.

16

Manon bleef de bochten ruim nemen. Hiermee gaf ze haar moeder de tijd om het parcours in te schatten en in haar eigen tempo naar beneden te slalommen. Het samenspel van aansnijden en souplesse was haar moeders grootste probleem. Sneed ze een bocht aan zoals het moest, wat ze steeds vaker deed, dan wilde het nog weleens gebeuren dat haar lichaam in onbalans raakte. De lichamelijke reactie van haar moeder was begrijpelijk, dacht Manon terwijl ze een beetje afremde. Die rode piste bleef nog eng, daar was je na één afdaling niet vanaf. Elke keer zou ze met minder angst kunnen afdalen, als ze het maar bleef proberen. Er bestond een wereld van verschil tussen het bijslijpen van haar moeders vaardigheden en het leren skiën aan beginners. Ze vond beide situaties interessant. Jong en onbevangen, tegenover middelbare leeftijd en geestelijke bagage.

Ze matigde haar snelheid en verkleinde de afstand tot haar moeder.

'We krijgen nu een vrij vlak stuk, probeer je te ontspannen. Rechtop blijven staan, niet te snel willen corrigeren en pas remmen als het echt nodig is.'

Marga glimlachte nerveus. 'Jij hebt makkelijk praten, mevrouwtje de instructrice.'

Manon zag een vleugje paniek in haar moeders ogen. Ze stak haar duim op.

'Maak je niet druk, mam. Je doet het geweldig.'

Ze hield de snelheid betrekkelijk laag om het voor haar moeder aangenaam te houden. Om haar vader en Fleur maakte ze zich niet druk. Die volgden of gingen soms voor op gepaste afstand. Ze werkten zelf aan hun techniek en dolden vaak met elkaar. Wel zorgden ze constant dat ze in de buurt bleven.

Manon zag een instructeur van SFun achter haar moeder opduiken. Toen hij haar op een meter of twintig was genaderd, zag ze dat het Dirck van Laere was. Hij maakte een wijde bocht, zodat haar moeder alle ruimte kreeg voor eventuele correcties. Op één na, kopieerden zijn leerlingen zijn route. Een man in een rood skipak nam niet de moeite van een kleine omweg, maar schoot rechtdoor. Omdat de man vlak langs haar heen vloog, schrok haar moeder. Ze raakte uit balans en haar bovenlichaam helde vervaarlijk over naar links. Haar rechterski kwam los van de grond. Toen ze dat probeerde te corrigeren, ging de punt van haar rechterski te snel naar beneden en boorde zich in de sneeuw. Haar moeder viel.

Manon onderdrukte een vloek. Haar vader en Fleur hadden het zien gebeuren en waren snel ter plekke. Tot haar opluchting zag ze hoe haar moeder opkrabbelde.

'Alles goed, mam?'

Het knikje was niet zo overtuigend.

'Die klootzak,' gromde Manon met op elkaar geperste kaken.

'Gaat het?' vroeg ze voor de zekerheid nog een keer.

'Niets aan de hand,' antwoordde haar moeder nog een beetje geschrokken.

'Ik zie jullie zo beneden.' Zonder op een reactie te wachten, maakte Manon snelheid. Ze was nog steeds woedend op de man in het rode pak. Het was een stomme actie geweest, waardoor haar moeder zich lelijk had kunnen bezeren. Asociaal. Terwijl ze zich opwond over het voorval, naderde ze het groepje van Dirck snel. Die had niets gezien, want hij was hen op het moment dat die rare vent haar moeder inhaalde al voorbij. De groep van Dirck telde zes leerlingen. De man in het rode pak was nummer vier in de rij. Als hij echt bij deze groep hoorde dan had Dirck toch wat beter moeten opletten, vond ze. Er kwam een scherpe bocht naar rechts aan. Dirck vertraagde, waardoor ze hen nog makkelijker kon inhalen. Met een perfecte techniek sneed ze de bocht uiterst scherp af. Ze passeerde de laatste twee leerlingen van de groep. Even later was ze op gelijke hoogte met de man in het rode pak.

Manon draaide haar hoofd naar hem toe en keek recht in het gezicht van Stephan, de gezette Duitser met de grote mond.
'Toch maar gekomen?' schreeuwde hij op een arrogant toontje. Hij zakte door zijn knieën om snelheid te maken. 'Wedden dat je me niet kunt bijhouden?'
Voordat Manon kon antwoorden, sneed hij zijn voorganger af om de ideale lijn voor een snelle afdaling te behouden. Manon gaf een kreet van verontwaardiging, maar daar trok hij zich niets van aan. Ze ging op haar hurken zitten en maakte zich zo klein mogelijk. Eenmaal in deze houding en met haar techniek waren maar weinig mensen sneller dan zij. Wat haar betrof behoorde patsertje Stephan niet tot dat selecte groepje.
Toen ze Dirck bijna waren genaderd, had ze Stephan ingehaald. Ze ging vlak naast hem skiën. Zo dichtbij dat ze hem kon aanraken.
'Wat ga je snel,' sprak ze met gespeelde bewondering. Ze rolde opzichtig met haar ogen en zag lichte irritatie bij de Duitser ontstaan. Ze hield haar hand voor haar mond en gaapte.
'Dit schiet niet op. Laten we het wat spannender maken.'
Toen haar ski's de bult die ze al had zien aankomen, raakten, veerde ze vanuit haar knieën op. Ze kwam los van de sneeuw en hing even in de lucht. Vliegensvlug draaide ze honderdtachtig graden. De timing was perfect. Door de korte snelheidsexplosie was ze drie meter voor hem geland. Ze bleef moeiteloos op de been en keek recht in het gezicht van de verbouwereerde Stephan.
'Zo,' zei ze zo koelbloedig mogelijk. 'Nu liggen de kansen ongeveer gelijk. Ik ski achteruit namelijk even snel als jij vooruit.'
De jonge Duitser kon geen bewondering voor haar kunststukje opbrengen. Hij trok zijn bovenlip op en keek haar boos aan. Hij stuurde naar rechts om langs haar heen te kunnen. Manon reageerde meteen door met hem mee te bewegen. Om hem nog meer te intimideren, hield ze de snelheid hoog. Het gat van drie meter tussen hen bleef intact, waardoor het leek alsof hij haar probeerde te volgen terwijl zij achter hem aan was gegaan.

Hij maakte een snelle bocht naar links. Manon draaide weer met hem mee. Voor de mensen die het tafereel van op afstand volgden, was het net alsof de twee met een onzichtbaar lint aan elkaar waren verbonden. Een harmonieuze, maar merkwaardige duo-afdaling. Af en toe wierp Manon een korte blik onder haar arm door om de situatie achter haar in te schatten. Ze passeerden Dirck die een vragend gebaar met zijn handen naar haar maakte. Hij had hun vreemde capriolen gevolgd en wilde weten wat zich tussen hen afspeelde. Manon gaf met een achteloos handgebaar aan dat hij zich geen zorgen hoefde te maken. Ze had de situatie onder controle.

Het kat-en-muisspelletje hield nog twee bochten stand. Toen riep ze verveeld naar een gefrustreerde Stephan: 'Ik ben het zat. Dit is zó slaapverwekkend. Je moet nog veel leren, ventje.'

Ze gleed heuvelopwaarts van hem weg en draaide haar heupen naar links. Door deze vloeiende beweging wezen de punten van haar ski's even later weer bergafwaarts. Ze maakte vaart. Toen ze op gelijke hoogte met Stephan kwam, hield ze een paar meter afstand tussen hen in.

'Ik ben nog wat vergeten,' schreeuwde ze lachend.

De vernedering die hij voor het oog van zijn medeleerlingen en zijn instructeur had ondergaan maakte Stephan furieus. Nota bene een vrouw had hem voor aap laten staan.

'Geniet ervan,' riep Manon voordat ze uiterst scherp naar Stephan toe draaide. Hij schrok van haar onverwachte beweging en was ervan overtuigd dat ze zouden botsen. Even voordat de punten van haar ski's de zijne zouden raken, draaide Manon plotseling naar links en remde keihard af. De sneeuw achter haar stoof omhoog. Stephan werd bedolven onder een golf van wit poeder. Hij raakte uit balans, maar wist zich met een reeks knullige bewegingen staande te houden.

Manon lachte hardop. Ze zwaaide even uitdagend naar hem en skiede ontspannen naar beneden.

Ruim voor de skilift kwam ze tot stilstand. Ze deed haar ski's uit en keek omhoog. Op dit gedeelte van de piste was het druk. Ze zag het zwarte jack van Dirck afsteken tegen de uitbundig gekleurde jacks die de hel-

ling bevolkten. Hij nam geen enkel risico en gidste zijn leerlingen in een laag tempo tussen de overige wintersporters door. Toen hij langs haar heen gleed, zag ze een brede grijns op zijn gezicht. Stephan keek recht voor zich uit. Zijn gezicht was rood van woede.
Manon zag hoe haar familieleden rustig naar beneden skieden. Ze liep alvast naar de lift. Het was wel een beetje een impulsieve actie geweest. Ze had wijzer moeten zijn. Een puber voor schut zetten was niet bepaald volwassen. Geduld. Tot tien tellen voordat je iets zegt of handelt. Dat was de les die ze zelf had geleerd toen ze de afgelopen dagen les had gegeven. Daarom was ze meer dan opgelucht dat Dirck er de humor van had ingezien. Manon wachtte haar familie op bij de lift.

'Alles goed, mam?'
Marga knikte.
'Maar ik ben best wel geschrokken. Goh, wat ging die vent vlak langs me heen.'
'Belachelijk,' stelde Fleur. 'Het is dat ik mam moest helpen, anders had ik hem onderweg pootje gehaakt.'
Manon beet op haar lip. Ze draaide zich om en zag dat het lekker opschoot. Het liefst wilde ze in de lift stappen en een ander onderwerp aanroeren. Ze dacht na over een ander onderwerp.
'Als het jullie geruststelt, die wildebras heeft zijn lesje geleerd. Voorlopig snijdt hij geen mensen meer af.'
Manon herkende de stem onmiddellijk. Ze draaide haar hoofd en keek recht in het gezicht van Rutger. Hij stond vlak achter Fleur en keek zeer geamuseerd.
'Een knap staaltje techniek.'
Manon haalde haar schouders op. Wat moest ze daar nu op antwoorden? En hoe had hij het eigenlijk kunnen zien? Het leek wel alsof hij elke keer dat ze iets deed dicht in de buurt was.
'Gebruikt voor een merkwaardige actie, dat dan weer wel. Ik geloof niet dat ik zoiets eerder bij mijn skischool heb meegemaakt.'
Zowel haar ouders als Fleur keken hem verbaasd aan. Ze hadden geen

flauw benul waarover het ging. Manon wierp een korte blik op de rij. Er stonden nog vier mensen voor hen. De volgende gondel kon haar niet snel genoeg komen. Ze stapte naar voren, zo ver mogelijk bij Rutger vandaan. Dat complimentengedoe ook steeds.

'Kun je vanavond een uurtje vrijmaken, Manon? Ik wil graag met je praten. Rond zes uur bij het kantoor van SFun, lukt dat?'

Een viertal mensen voor haar nam plaats. De deuren sloten automatisch en de volgende gondel diende zich aan. Op het moment dat ze met haar familie naar het precieze instappunt liep, knikte ze naar Rutger.

'Ja, dat lukt wel.'

Toen ze ging zitten, waren alle ogen op haar gericht. Ze had het nodige aan haar familie uit te leggen.

17

Het kantoor van skischool SFun was door het zwart-witte uithangbord niet te missen. Net buiten het centrum van Zell am See liep aan de linkerkant van het Talstation een smalle weg naar boven. In een zijstraat waarvan de ingang loodrecht op het Talstation stond, bevond zich het thuishonk van SFun. Om twee minuten voor zes stapte Manon binnen.
De ruimte was nauwelijks gemeubileerd. Op de grond lag grijs vinyl en aan de beige getinte muren hingen drie doorsneepanoramafoto's van de omgeving en een moderne klok. Waar ze de gemoedelijkheid van de piste had verwacht, zag ze alleen maar zakelijkheid. Maar goed, dit was dan ook een kantoor en geen piste of après-skicafé.
Rutger stond alleen achter een smetteloze toonbank. Aan de muur achter hem hing een kaart van het gebied waarin zijn instructeurs werkten. De afdalingen waren in verschillende kleuren met een viltstift gemarkeerd. De meeste routes waren blauw en rood.
'Hoi, Manon.' Ze schudden elkaar de hand. 'We gaan naar mijn kantoor, daar is het wat rustiger,' grapte hij. Onder de toonbank haalde hij een dik boek met een stevige kaft tevoorschijn en hield het omhoog. 'Het heilige schrift van de school. Hierin worden alle reserveringen geboekt.'
Hij ging haar voor naar een deur, achter in de ruimte. Een smalle gang bracht hen bij zijn kantoor, dat even steriel oogde als de ontvangstruimte. Rutger liep naar een metalen kast, borg het boek op en sloot de deur af. De sleutel stak hij in de zak van zijn jack.
'De reserveringen zijn het hart van de zaak. Zonder die gegevens loopt alles in het honderd. 's Avonds gaat het boek achter slot en grendel en neem ik de sleutel mee.

Zoals je gezien hebt, ligt het overdag onder de toonbank. Er is altijd iemand aanwezig. Ik druk alle medewerkers regelmatig op het hart dat ze het boek nooit mogen laten slingeren.'

Manon begreep hoe belangrijk een reserveringsboek was, maar de manier waarop Rutger erover sprak vond ze wel een beetje paranoïde. En in strijd met de relaxte houding die hij op de piste had. Maar wat kon het haar ook schelen, ze was niet gekomen om het over zijn heilige boek te hebben. Het hoorde waarschijnlijk bij zijn introductiepraatje.

'Een paar dagen geleden hebben we elkaar kort gesproken,' begon Rutger. Ze waren inmiddels gaan zitten. 'Als ik het goed begrepen heb, heb je nu in Nederland geen vaste baan. Klopt dat?'

Manon beaamde dit.

'Ik heb met Kirsten en een aantal andere instructeurs gesproken. Ze waren zonder uitzondering enorm positief over je. Hoewel je geen ervaring hebt in lesgeven, ging het je met dat kinderklasje uitstekend af. Je hebt ook een meer dan gemiddelde techniek en een prettige uitstraling. Geknipt voor het instructeurschap, is het eerste wat ik dacht.'

Het was prettig om te horen dat iedereen zo positief over haar had geoordeeld. Maar ski-instructeur? Als beroep? Dat was wel het laatste waar ze aan gedacht zou hebben. Ze was hier voor haar vakantie gekomen en had de skischool een paar dagen geholpen. Daar had ze zelf niet meteen een carrière in gezien.

'Tja, wat moet ik daar nu op zeggen. Je overvalt me...'

Rutger stak beide handen omhoog.

'Laat me eerst vertellen over SFun. Daarna hoef je niet meteen te antwoorden. Neem gerust je tijd, maar hoor eerst mijn verhaal aan, oké?'

'Oké.'

'Zoals je misschien hebt opgemerkt zijn er in Zell am See drie skischolen actief. Wij zijn er als laatste bij gekomen. Wij, dat zijn mijn vriendin Sabine en ik. Zij is Oostenrijkse en een soort van stille vennoot die zich nergens mee bemoeit. In de praktijk run ik de school in mijn eentje. Met behulp van mijn medewerkers, natuurlijk. Zonder hen zou er helemaal geen skischool zijn.'

Manon knikte begrijpend, al baalde ze een beetje dat hij al bezet bleek te zijn. Ze vond hem erg aantrekkelijk.
'Ik werkte hier als instructeur en hoorde dat de eigenaar ermee wilde stoppen. Hij liep tegen de zestig en had geen kinderen. Na dertig jaar vond hij het welletjes. Zoals je begrijpt waren er veel geïnteresseerden. Als je het goed aanpakt, is het een lucratieve business. Met de hulp van mijn schoonvader heb ik de financiën en de vergunningen weten te regelen.'
'Fijn, zo'n schoonvader.'
'Ja, zonder hem was het nooit gelukt.'
Hij glimlachte en rolde met zijn ogen om aan te geven dat er blijkbaar ook een andere kant aan die fijne schoonvader zat.
'Maar goed, dat was afgelopen zomer. De definitieve opening werd wat vertraagd door partijen die achter het net visten, ik zal je de details besparen, maar tegen het eind van dat jaar konden we eindelijk beginnen. Omdat het hoogseizoen al was begonnen, zag ik het voornamelijk als een leerjaar. We startten met tien instructeurs en dat waren er eind april al vijfentwintig.'
'Het liep dus prima.'
'Absoluut. We maakten vooruitgang en de meeste medewerkers zegden toe de volgende winter weer bij SFun te komen werken.'
Rutger stond opeens op.
'Wat ben ik toch onbeleefd. Koffie?'
'Lekker. Melk en suiker, alsjeblieft.'
Hij liep naar de gang. Manon hoorde hoe een machine opstartte. Even later kwam Rutger terug met twee plastic bekertjes. Hij zette de koffie neer en ging weer zitten.
'Tijdens die zomer hield ik me voornamelijk bezig met het verkrijgen van vergunningen voor zomeractiviteiten. De S van SFun moest naast *snow* ook voor *summer* staan. Mountainbiken, kajakken, abseilen, bergtochten, noem maar op. Zo hebben we nog een hoogseizoen. Ik heb de vergunningen inmiddels binnen, zodat we in mei kunnen starten.'
Manon vond zijn motivatie en visie indrukwekkend. Rutger wist wat hij wilde. Daar kon zij nog wat van leren.

'Dat vergt een hele organisatie,' zei ze. 'Want wat ik eruit heb begrepen gaan de instructeurs eind april naar huis.'
'Bijna iedereen. We werken voor vijfennegentig procent met buitenlanders. De Oostenrijkse instructeurs kiezen voor de scholen die door hun landgenoten worden geleid. Ook in dat opzicht zijn ze hier nog heel traditioneel.'
Manon stak haar hand op. 'Wacht even, je gaat te snel. Ik heb eerst nog een vraag over die andere partijen die achter het net visten, zoals jij het noemde.'
Rutger leunde achterover in zijn stoel. 'Ga je gang.'
'Ik heb de afgelopen week op de piste twee vreemde incidenten meegemaakt. Voor mijn gevoel gebeurden die dingen met opzet. Ik heb het over de val van Stuart en over een rij met ski's die omgestoten werd. Over beide gevallen heb ik trouwens met niemand gesproken, maar het schoot me weer te binnen toen een van jouw instructeurs het in de kroeg over Tsjechen had, waarna het meteen stilviel. Alsof er een soort van taboe op rustte.'
Rutger knikte en haalde daarna zijn schouders op.
'Een van de geïnteresseerde partijen waren Tsjechen. Pavel en Jan, twee broers die een skischool in Kaprun runnen. Zij waren *not amused* dat ik het allemaal zo snel voor elkaar gekregen had, omdat ze vonden dat zij recht hadden op deze school. Belachelijk natuurlijk, maar dit soort toestanden kom je in elke business tegen. Ik heb vroeger in de zomer voor een duikschool in Egypte gewerkt. Daar haalde de concurrentie doorlopend rotgeintjes uit. *It's all in the game*, broodnijd en jaloezie heb je overal.'
Hij boog wat naar voren.
'Het is altijd afwachten of mijn instructeurs daadwerkelijk terugkomen. Om een terugval in het personeel op te kunnen vangen, wil ik langzaam maar zeker met een duurzame staf gaan werken. Jonge mensen die graag hier willen werken en op wie ik kan vertrouwen. Een vaste kern die het hele jaar door het gezicht van SFun vertegenwoordigt, multifunctionele mensen, voor van alles inzetbaar. Instructeurs met de goede uitstraling die skiles kunnen geven, maar een dag later net zo makkelijk een groep

instructeurs briefen of reserveringen boeken en die meteen inplannen. Een managementfunctie waarin alle facetten van dit bedrijf om de hoek komen kijken.'

Hij wees met zijn vinger naar haar.

'En voor zo'n functie heb ik jou dus op het oog.'

Manon was verrast. Het was logisch dat hij haar niet had uitgenodigd om over het weer te babbelen en hij had al aangegeven dat hij haar een baan wilde aanbieden, maar een functie als manager?

'Loop je niet te hard van stapel? Ik bedoel... ik kan aardig skiën en het lijkt me heel leuk om les te geven. Maar ik heb bijvoorbeeld niet eens een instructeursdiploma.'

Rutger nam een slok van zijn koffie en schudde daarna met zijn hoofd. 'Je moet dit groter zien. Dat instructeursdiploma is een wassen neus. Vooral het eerste diploma, de *Anwärter*, heb je zo gehaald. Daarmee mag je de beginners lesgeven, maar je hebt al laten zien dat je het kunt. Jij zult daar zo doorheen fietsen. Voor het tweede diploma, het Landesdiploma, moet je twee keer tien dagen een cursus doen. Bundesland Schiverband van het Bundesland Salzburg organiseert deze cursus in zowel Zell am See als Kaprun. Dat is iets pittiger, er zit ook theorie bij waarin lawinegevaar, offpiste en jurisdictie aan de orde komen. Dan ben je bevoegd iedereen les te geven. Het allerhoogste papiertje kun je in tien weken halen. De Staat organiseert het en mocht je slagen, dan ben je officieel Staatlich Schilehrer. Vooral een prachtige titel die vrij weinig toevoegt aan je bevoegdheden.'

Hij zuchtte spottend.

'Iemand met skivaardigheden en gezond verstand doorloopt het spelenderwijs. En dan kom ik weer terug bij mijn stokpaardje. Waar het wat mij betreft namelijk allemaal om draait is talent. Je kunt nog zoveel cursussen doorlopen, als je geen talent hebt, wordt het nooit wat. Jij hebt talent, dat zie ik zo. Bovendien heb je de juiste leeftijd, niet te jong en zeker niet te oud, een prettige uitstraling en volgens mij ben je een doorzetter. Je haakt op de piste niet snel af. Hopelijk doe je dat met andere dingen ook niet, maar dat kan ik niet beoordelen.'

Je moest eens weten, dacht Manon. Ze mocht Rutger wel. Zijn enthousiasme en oprechtheid werkten aanstekelijk. Ze was zo in zijn verhaal opgegaan dat haar koffie nog onaangeroerd stond.
'We zijn er bijna,' ging hij verder. 'Mocht je tussendoor een vraag hebben, onderbreek me dan gerust.'
Manon nam een slok van haar koffie ten teken dat ze niets wilde vragen.
'Een instructeur bij SFun verdient tussen de 800 en 1200 euro netto in de maand. Als alles verloopt zoals ik hoop dat het zal gaan, is dit voor jou een aanvangssalaris. Na verloop van tijd krijg je meer verantwoordelijkheden en stijgt je inkomen.
De inwoning van de medewerkers wordt verzorgd en betaald door SFun.'
'Daar heb ik inderdaad een vraag over. Ik heb gehoord dat...'
'Vijfentwintig instructeurs die door de leiding met z'n allen in één huis worden geduwd. Een soort van zwijnenstal waar nauwelijks ruimte is om te bewegen en de stinkende toiletten overlopen, toch?'
'Euh, ja. Dat heb ik gehoord. Ik weet niet of het waar is.'
'Het komt voor, maar niet bij SFun. Op dit moment huren wij drie chalets waarin maximaal tien instructeurs per chalet mogen wonen. Dat is conform de regels die door Bundesland Salzburg zijn opgesteld. Het vervoer naar de piste en weer terug wordt ook door ons verzorgd. Elke instructeur heeft een gratis skipas en één dag in de week vrij. Vanwege de flexibiliteit van het bedrijf wordt die vrije dag in overleg bepaald.'
Hij leunde achterover en tikte met zijn handpalmen tegen de leuning van zijn stoel.
'Dit waren zo'n beetje de hoofdpunten. Brand maar los.'
Manon nam nog een slok van haar koffie en zette het plastic bekertje weer op zijn bureau.
'Om je de waarheid te zeggen ben ik een beetje overdonderd.'
Rutger dronk het laatste beetje van zijn koffie en mikte het lege bekertje in de prullenbak die twee meter verderop stond.

'Beschouw dit als een oriëntatiegesprek. Hoe lang blijf je nog?'
'Een kleine week.'
'Goed zo. Dan heb je voldoende tijd om wat rond te kijken. De chalets bijvoorbeeld, of kom eens een uurtje meedraaien op kantoor. Krijg je meteen een idee hoe het werkt met de reserveringen en het inroosteren.'
Hij stond op en stak zijn hand uit.
'We zullen elkaar deze week ongetwijfeld nog tegen het lijf lopen. Voor het geval dat niet gebeurt, geef ik je mijn kaartje. Ik stel voor dat je me belt als je eruit bent zodat we hopelijk nog een keer om de tafel kunnen gaan zitten.'
Hij ging haar voor naar de uitgang. Toen hij de deur opende gleed de vrieskou langs haar gezicht. Een koude rilling gleed over haar ruggengraat.
'Ik spreek je snel.' Hij sloot de deur en liep terug naar zijn kantoor. In gedachten verzonken wandelde ze naar de brede straat die werd verlicht door lantaarns en koplampen van voorbijrijdende auto's. Instructeursopleiding, lesgeven, flexibiliteit, management, huisvesting, salaris. Het was nogal wat informatie en een groots aanbod.
Ze bleef naast een lantaarnpaal staan. Een serieuze skischoolhouder had de eens zo onverantwoordelijke losbol een baan aangeboden met interessante toekomstmogelijkheden! Wat zouden haar ouders opkijken.

18

Het was bomvol en lawaaierig in Diele. Iedereen probeerde boven de muziek uit te komen. Manon en Fleur schuifelden naar het achterste gedeelte, waar de mensen van SFun hun eigen plekje in het café hadden. Maar liefst twaalf zwarte jacks zaten en stonden rond de tafels. Het was handig om als instructeur je werkjas aan te houden en herkenbaar te blijven. Je genoot niet alleen aanzien, maar kon ook rekenen op gratis drankjes van andere gasten. Vooral de instructeurs die nog maar kort aan de slag waren genoten volop van de aandacht en de extra's die deze baan met zich meebracht.
'Hé Manon!' Dirck was de eerste die haar opmerkte. Toen ze de tafel naderde werd ze door meerdere instructeurs begroet. Ze ging tussen Dirck en Kirsten staan en wees op Fleur.
'Dit is mijn briljante zus. Omdat het onze laatste avond is, is ze meegekomen.'
Ze werd meteen verwelkomd. Instructeurs en leerlingen die op een afstandje stonden, staken spontaan hun hand op. Fleur glimlachte verlegen terug.
'Het lijkt wel een grote familie,' zei ze tegen Manon, die een beetje stond te glunderen. Hun entree was precies zo verlopen als zij zich had voorgesteld. De herrie en de drukte konden de intieme sfeer die in dit hoekje hing niet verjagen. Uitgaan met deze club mensen voelde eigenlijk als thuiskomen.
Dirck richtte zich tot Manon en keek haar verwachtingsvol aan.
'Vertel.'
Ze nam ten opzichte van de Vlaming een afwachtende houding aan en knipoogde naar Fleur.

'Ik heb eigenlijk wel dorst...' Ze sprak de woorden met opzet langzaam uit.
Dirck keek verzoekend omhoog.
'De hele dag laat ze ons in spanning zitten. Eindelijk komt ze binnen en begint gelijk over drank te zeuren. Wat een heks!'
'Wat een instructeur zul je bedoelen,' haakte Stuart in. 'Ze weet nu al waarom het allemaal draait.' Hij balde zijn rechtervuist in de lucht. 'Drank!'
Een gejuich steeg op. De stemming zat er goed in.
'Wie haalt er een biertje en een...' Hij keek Fleur vragend aan. Toen zij knikte vervolgde hij: 'Doe maar drie bier, ik sta droog.'
Een blonde jongen in een lichtblauw jack stak zijn hand op.
'Ik haal het wel,' zei hij. Uit zijn mond klonk het alsof Dirck hem een gunst verleende.
'Jij bent een goeie kerel,' antwoordde de Vlaming. 'Ik zal je morgen wat minder achter je vodden aan zitten.'
De jongen lachte en stak zijn duim op.
'En?' wilde Dirck weten. 'Wanneer kom je terug?'
'Volgende week,' probeerde Manon zo nonchalant mogelijk te antwoorden, al kon ze haar blijdschap nauwelijks verbergen.
'Yes!' zei Kirsten. Ze stapte naar voren en omarmde Manon.
'Heel goed,' begon Stuart. 'Beginnende instructeurs geven standaard rondjes aan de oude garde.'
Iedereen in de groep wilde weten hoe ze over haar nieuwe leven dacht. Ondanks de voortdurende herrie op de achtergrond lukte het haar om alle belangstellenden te antwoorden.
De jongen met het blauwe jack gaf het bier door. Ze bedankte hem en nam meteen een slok. Het koude bier voelde als balsem voor haar keel en smaakte prima. Stukken beter dan de witte wijn die ze hier serveerden. Daar was ze na de eerste avond in Diele resoluut mee gestopt.
Gelukkig waren de anderen weer met elkaar in gesprek en was de aandacht voor haar alweer wat afgenomen. Ze had het altijd heerlijk gevon-

den om in de belangstelling te staan, maar merkte dat ze daar minder behoefte aan had dan voorheen.

'Op een topdag glijden hier vijftienduizend mensen van de berg af,' hoorde ze Dirck tegen Fleur zeggen. 'Dan is het op de pistes net een mierennest.'

Fleur glimlachte beleefd. Mede door haar bijbaantje in de kroeg had ze tegenover mannen een bepaalde terughoudendheid gekregen. Iemand die haar niet kende zou haar als afstandelijk omschrijven. Manon kende haar zus beter en wist dat ze altijd eerst de kat uit de boom keek. Ze nam nog een slok van haar bier en genoot van het moment.

Na het gesprek met Rutger was ze direct naar hun chalet gegaan en had tot diep in de nacht met haar ouders en Fleur over het aanbod gesproken. Haar moeder zag het wel zitten, haar vader niet en Fleur was neutraal. Die kon net zoveel voors als tegens noemen, waardoor je nog niet echt wist wat ze vond. Diep in haar hart had Manon op dat moment haar beslissing al genomen, maar ze wilde haar familie niet kwetsen en hen eerlijk hun mening laten geven.

Rond etenstijd had ze gisteren een bezoek gebracht aan het chalet met drie verdiepingen waar ze zou gaan wonen en dat net buiten het centrum van Zell am See lag. Het huis telde vier ruime en twee kleine slaapkamers. Verder waren er drie badkamers met toilet en op de benedenverdieping waren er een huiskamer en een gemeenschappelijke keuken. Het chalet was uitstekend onderhouden. In niets leek het op de bende die ze min of meer had verwacht aan te treffen.

In de gangen hing een geur van verschillende maaltijden. Haar aanstaande collega's vertelden haar dat er een corveeschema was. Iedereen droeg zijn of haar steentje bij, zodat het huis op orde bleef en er 's avonds fatsoenlijk werd gegeten. Ook de afwas werd volgens het corveeschema gedaan.

Het uurtje meedraaien, zoals Rutger had voorgesteld, viel reuze mee. Agnetha, een vlotte Zweedse, boekte de reserveringen en paste de bestaande roosters erop aan. Tussen de reserveringen door probeerde ze een beeld te schetsen van haar werkzaamheden. Uiteindelijk bleef Manon twee uur op het kantoor hangen. Vanmorgen had ze nogmaals met Rutger gesproken. Anderhalf uur later hadden ze elkaar de hand geschud. Volgende week zou ze bij SFun aan de slag gaan.

Vanmiddag had ze afscheid genomen van Bas, Merel en Rufus. Dat was nog best een emotioneel moment geweest, waarover ze met haar moeder had gesproken. Die had tenslotte heel veel ervaring met jongeren, al had Manon haar eigenlijk altijd alleen maar als moeder gezien. Ze had veel van het gesprek opgestoken. Het was nu ook pas tot haar doorgedrongen hoe weinig ze de laatste jaren echt met haar ouders had gepraat. Over henzelf, over hun levens, over het leven in het algemeen...

'Wat sta je daar toch te doen?' De stem van Fleur trok haar uit haar gedachten.

'Euh, niets. Ik was dat drukke gedoe even zat.'

Fleur trok haar wenkbrauwen hoog op.

'Jíj was de drukte even zat? Maar dat is onmogelijk. Voel je je wel goed?'

Manon haalde half naar haar uit.

'En toch is het zo,' sprak ze vol overtuiging. Ze legde een arm om de schouders van haar zus en boog naar voren.

'Wordt het wat tussen jou en Dirck?' fluisterde ze in Fleurs oor.

Fleur zuchtte oprecht.

'Ik kneep 'm even. Maar je bent gelukkig nog geen steek veranderd!'

Vanuit zijn ooghoeken zag Ondrej Bokuva hoe Manon en Fleur afscheid namen van de groep. Hij nam een slok van zijn bier en stond op.

'Ik moet pissen.'

Lukas Skacel trok zijn brede schouders op.

'Dat moet je zelf doen,' antwoordde hij ongeïnteresseerd.

De magere man baande zich een weg door de menigte. Toen hij de ingang van het toilet bereikte, hield hij even zijn pas in. Hij keek over zijn schouder en zag dat de blik van zijn vriend op de borsten van de bardame rustte. Hij gebruikte het moment om met een snelle manoeuvre vier mensen te passeren en in het midden van een groepje lange kerels

te belanden. Soepel gleed hij buiten het blikveld van zijn partner langs de ruggen van de wintersporters naar buiten.
Eenmaal buiten haalde hij een muts uit de zak van zijn jack en trok deze diep over zijn ogen. Hij kon nu zijn gang gaan.

19

Manon en Fleur liepen gearmd over straat. Nadat ze van iedereen afscheid hadden genomen, hadden ze met veel geduw en getrek de uitgang van Diele bereikt. Toen ze eindelijk buiten waren, haakte Manon spontaan in.
'Dit heb ik sinds de lagere school niet meer gedaan,' giechelde Fleur.
'Dan kunnen we elkaar een hand geven.'
'Twee zussen aan de boemel,' reageerde Fleur lacherig. 'Hoe laat is het eigenlijk? Een uur of twaalf? We zijn serieuze stappers, hoor!'
Manon gaapte. 'Je zult het niet geloven, maar als ik mijn bed zie, slaap ik.'
'Ik ben ook kapot en dat op vakantie' zei Fleur. 'Vroeg op, de hele dag actief bezig zijn, de kou...'
'Vijf glazen bier.'
'Schei uit, ik breng evenveel tijd door in de kroeg als op de universiteit. Vijf biertjes stop ik in mijn holle kies.'
Manon lachte. Het geluid weerkaatste tegen de gevels van de straat waarin ze liepen. Geschrokken van de harde echo, sloeg Manon een hand voor haar mond.
'Kijk maar uit, anders pakken ze je nog op voor openbare dronkenschap.'
Fleur was nog niet uitgesproken of ze hoorden het gelal van een groep aangeschoten Engelsen.
'Over openbare dronkenschap gesproken... Zeg, wat anders. Dirck zag jou wel zitten. Hebben jullie nog nummers of e-mailadressen uitgewisseld?'
Fleur schudde van nee. 'Aardige jongen, maar...'

De klap kwam uit het niets. Fleur vloog naar voren en viel met haar gezicht op de keien. Versuft bleef ze liggen. Voordat Manon de kans kreeg te reageren, pakte een man haar bij haar jack. Hij drukte haar krachtig tegen de muur.
Ze was verlamd van schrik en had moeite met ademhalen. De greep van de man was zo krachtig dat weerstand bij voorbaat kansloos leek. Ze wilde gillen, maar omdat de angst haar volledig verlamde, stokte de gil in haar longen.
Terwijl hij haar in een ijzeren greep hield, boog de man naar voren. Manon zag nu zijn ingevallen wangen en de zwarte ogen vlak onder de muts. Ze rook de walm van verschaald bier toen zijn gezicht haar op enkele centimeters naderde.
De vingers van Fleur klauwden opeens in zijn schouder. Met alle kracht die ze bezat probeerde ze hem van haar zus vandaan te trekken. De man wankelde slechts even. Hij herstelde zich snel en haalde met zijn linkerarm krachtig naar Fleur uit. Ze viel naar achteren en kwam hard op haar zij neer.
Opeens werd Manon woedend. Deze schoft had recht voor haar ogen haar zusje geslagen. De adrenaline maakte haar alert. Niet langer verlamd wilde ze hem een knietje in zijn kruis geven, maar hij wist haar been vaardig met zijn onderarm af te weren. Omdat hij meteen naar voren stapte, werd ze opnieuw tegen de muur gedrukt. Hij fluisterde, nee, siste iets in haar oor. Ze had nog nooit zoiets bedreigends gehoord. Ervan overtuigd dat de man haar nog meer kwaad wilde aandoen, spande ze haar spieren. Ze wilde terugvechten. Niemand deed haar en haar zusje ongestraft kwaad!
Voordat ze de kans kreeg iets te ondernemen, trok een grote hand haar aanvaller naar achteren. Ze zag het postuur van een beroepsworstelaar. Hij hield de agressieveling op zo'n vastberaden manier vast dat de magere man iets hulpeloos over zich kreeg.
'Hij is dronken, sorry,' zei de reus in het Engels met een Slavisch accent. Na deze korte verklaring trok hij de magere man met zich mee. Even later waren ze uit beeld verdwenen.

Manon stond onvast op haar benen. Ze waggelde naar haar zus, die probeerde op te staan. Ze pakte voorzichtig haar armen vast en hielp haar overeind.
'Gaat het?'
Fleur trok een grimas van pijn. Ze vocht tegen de opkomende tranen. Ze keek Manon totaal verbouwereerd aan.
'Wie was die hufter?'
Manon schudde ontredderd haar hoofd. Ook zij voelde een huilbui opkomen.
'Ik weet het niet,' fluisterde ze.

20

Fleur pakte haar handtas van de straat en klopte met een venijnige handbeweging de aangekoekte sneeuw van haar linkerzij. Ze trok een pijnlijk gezicht.

'Die eikel heeft me in mijn ribben geraakt en ik ben keihard op mijn heup terechtgekomen.'

Manon keek haar bezorgd aan.

'Heb je iets gebroken?'

Fleur tastte haar lichaam af en schudde van nee.

'Hooguit wat gekneusd. Maar het doet wel verrekte zeer.'

Manon bekeek de schaafwond op het voorhoofd van haar zus. Een straaltje bloed sijpelde naar beneden en bleef in Fleurs wenkbrauw hangen. Ze pakte een papieren zakdoekje uit haar handtas en depte de wond.

'Dat ziet er naar uit. We moeten het eerst schoonmaken.'

Fleur wuifde de suggestie weg.

'Ben je gek. Een schaafwond stelt niets voor.' Ze wees naar het eind van de straat, die uitliep op een plein. Ongetwijfeld zouden ze daar een taxi vinden.

'Kom, we gaan naar huis.'

Toen ze bijna bij het plein waren, pakte Manon Fleurs hand en knikte naar de ingang van een café.

'Daar kunnen we even bijkomen. Jij gaat naar het toilet en ik bestel koffie als ze dat nog schenken.'

Fleur kreeg niet de kans te protesteren.

'Kijk eerst eens in de spiegel. Zo kunnen we niet thuiskomen.'

Fleur ging schoorvoetend akkoord, en zei terwijl ze de kroeg binnen

stapten: 'Misschien hebben we iets sterkers nodig dan koffie.' Ze lachte, maar vertrok meteen haar gezicht van de pijn.
Het lokaal was een pijpenlade. Niet meer dan vier meter breed en driemaal zo lang. Aan de linkerkant van het smalle pad stonden tafels met banken. Ongeveer in het midden aan de rechterkant was de bar. De zaak telde slechts vier klanten. De jazzmuziek stond op een prettig volume, zodat je elkaar tenminste gewoon kon verstaan.
Fleur liep meteen door naar het toilet. Manon ging zitten en bestelde bij de serveerster twee koffie. Ze twijfelde even of ze er inderdaad niet iets als cognac bij moest bestellen. Tegen de schrik en de pijn. Maar het leek haar geen goed idee na al dat bier. Ze pakte een spiegeltje uit haar handtas en wierp er een korte blik in. Op de uitgelopen make-up na, kon het ermee door. Ze zou het zo in het toilet even wegvegen, vergeleken bij de schaafwond van Fleur stelde het niets voor. Even later kwam Fleur tegenover haar zitten. Tot haar opluchting zag de schaafwond er stukken beter uit. Het bloeden was gestopt en de wond was minder groot dan ze hadden gedacht.
'Ze leren je echt wel wat op de medische faculteit, hoor,' grapte Fleur.
Manon lachte, maar dat was meer van de zenuwen. Eigenlijk drong het nu pas tot haar door in wat voor een penibele situatie ze hadden verkeerd. Als die grote vent niet had ingegrepen, dan...
De serveerster zette de koffie voor hen neer. Toen ze wegliep zei Fleur: 'Het is toch ongelofelijk dat we in een Oostenrijks dorp zo'n idioot tegen het lijf lopen? Zoiets heb ik in het "criminele" Utrecht nog nooit meegemaakt.'
Manon klakte uit ergernis over wat hen was overkomen met haar tong.
'Ik heb best het een en ander meegemaakt. Maar zo heftig... Nee, gelukkig niet.'
Fleur keek haar een beetje sceptisch aan.
'En waar ging het nou over? Het was in elk geval geen overval, want hij toonde geen interesse voor onze tassen. Hij viel ons zomaar aan. Het slaat echt helemaal nergens op. Zinloos geweld.'

Manon knikte.
'Hij was dronken. Toen hij dicht bij me kwam, rook ik een walgelijke bierlucht.'
Fleur trok een vies gezicht.
'Wat een geluk dat zijn vriend opdook. Je moet er toch niet aan denken... Volgens mij waren het Oostblokkers. In elk geval die grote. Dat accent pik je er zo uit.'
'Ik gok op Tsjechen,' antwoordde Manon. 'Op de piste heb ik een praatje gemaakt met een stel Tsjechen en hun uitspraak klonk precies zo.'
De deur van het café werd geopend. Twee mannen kwamen binnen. Hoewel ze in de verste verte niet op de Tsjechen van daarnet leken, bekeek Fleur ze meteen argwanend. De schrik zat er nog goed bij haar in. Ze richtte zich weer tot Manon.
'Nadat ik voor de tweede keer op de grond werd gesmeten, probeerde ik op te staan en zag ik hoe hij naar jou toe boog. Ik zou zweren dat hij wat tegen je zei. Dat hij iets fluisterde wat ik niet kon horen.'
Manon maakte een wegwerpgebaar.
'Smerige woorden.'
'Wat dan?'
'Dat wil je niet weten.'
'Natuurlijk wel. Kom op, zeg.'
Ze zuchtte diep en keek om zich heen zodat ze er zeker van was dat niemand haar hoorde.
'Hij zei: "Ik wil je neuken."'
'Jezus, wat een varken.'
'Een dronken varken.'
'Precies.'
Manon dronk terwijl ze opstond snel haar koffie op en liep naar het toilet. Toen ze terugkwam keek ze op het bonnetje en legde het bedrag plus een fooi op het schaaltje.
'Wat zeggen we tegen pa en ma?' vroeg ze langs haar neus weg.
'Wat dacht je van de waarheid?'

Ze verlieten de kroeg. Op het plein stonden drie taxi's op klanten te wachten.
'We moeten iets anders verzinnen,' zei Manon voordat ze instapten.
'Wat bedoel je?'
'Ik leg het je in de taxi wel uit.'
Samen namen ze plaats op de achterbank.

21

De confrontatie met de dronken man had haar hele leven op zijn kop gezet. Het klonk misschien overdreven, maar zo voelde het wel. Het vertrouwen en de zekerheden die ze de afgelopen dagen had gekregen over een leven hier, waren in één klap weggeslagen. Ze keek naar de wekker. Al vier uur lag ze hier te piekeren. Haar ogen waren inmiddels zo aan de duisternis gewend dat ze het plafond kon uittekenen.

Na een stevige discussie die bijna tot een ruzie had geleid, was Fleur overstag gegaan en had toegezegd dat ze hun ouders een andere versie zou vertellen. Ze was uitgegleden en met haar hoofd op straat gevallen. Omdat haar ouders hun jongste dochter onvoorwaardelijk geloofden, viel Fleur bij thuiskomst enkel bezorgdheid ten deel. Het kwam niet eens bij haar ouders op dat de wond op haar voorhoofd misschien een andere oorzaak kende.

Een leugentje om bestwil, maar toch. Maakte Manon het zichzelf juist niet moeilijker door de waarheid te verdoezelen? Was ze daar al niet eerder op de avond mee begonnen? Ze had ook al tegen Fleur gelogen. 'Ga naar huis, instructeur,' had hij gezegd. Hij had haar bang willen maken. En dat was hem gelukt.

Voor de zoveelste keer probeerde ze alles op een rijtje te zetten. Na wat er vanavond was gebeurd, was ze er nog meer van overtuigd geraakt dat de ongelukkige manoeuvre van de skiër waardoor Heather op de zwarte piste belandde, opzet was geweest. Het was een aanslag geweest. Net als het omgooien van de ski's. Toen in de kroeg het woord 'Tsjechen' viel leek het alsof er een dominee voorbijkwam, en de man die haar had bedreigd kon best een Tsjech zijn. Manon ging rechtop zitten. Ze haalde diep adem. Dit was toch allemaal niet meer toevallig

te noemen? Was het wel goed om hier volgende week terug te keren? *Hou je kop erbij, je bent overstuur en trekt voorbarige conclusies. Je ziet spoken. Je krijgt hier de kans van je leven.*
Verdomme, ze had eindelijk iets gevonden waar ze voor kon gaan. Iets waarvoor ze zich in kon zetten, waarbij ze zich nuttig kon maken en, niet onbelangrijk, waar ze heel veel plezier in zou hebben. Als ze zich door dit voorval bang liet maken, zou ze nooit iets doen waar ze gelukkig van werd. Ze wilde niet weglopen. Deze keer niet. Dat had ze ook tegen Fleur gezegd. Behalve bij de aanranding en mishandeling van de dronkaard, was er geen enkel bewijs van opzet, alleen maar wat zij gezien dacht te hebben. Ze snapte nog niet helemaal waarom de magere man haar bedreigd had. Misschien had hij haar met de mensen van SFun gezien en daaruit geconcludeerd dat zij ook als instructrice in dienst was. Het leek onwaarschijnlijk, maar zou het mogelijk zijn dat hij zijn baan had verloren aan een buitenlandse instructrice? Dan had hij wel een duidelijke reden gehad om zo te drinken. Maar wat had hij eraan om een wildvreemde te bedreigen? Trouwens, die Tsjechen zaten in Kaprun, dus konden zij nooit concurrenten van SFun zijn. Hetzelfde gebied, andere berg.
Even voor zes in de morgen was Manon eruit. Ze zou haar plannen doorzetten. De 'nieuwe' Manon was een doorbijter die zich niet door tegenslagen liet afschrikken. Ze zag hier een toekomst voor zichzelf weggelegd. Weg uit Nederland. Opnieuw beginnen. Ze moest die Tsjechen, of wie het ook waren, gewoon zo snel mogelijk vergeten.

Januari

22

Manon pakte de laatste borden uit de vaatwasser en zette ze terug in het keukenkastje. Ze schonk voor zichzelf een wijntje in, liep door naar de salon en ging op de bank zitten. Voldaan legde ze haar voeten op de tafel. Op dit moment was zij als enige van de negen bewoners in de woonkamer. Ze had het rijk voor zich alleen en wilde daarvan genieten.
De afgelopen dagen waren voorbij gevlogen. Zoals ze vooraf met Rutger was overeengekomen, hadden deze dagen in het teken gestaan van kennismaking, observatie en oriëntatie. Van haar huisgenoten had ze er drie eerder ontmoet. Dirck en Stuart deelden een kamer, wat ook gold voor Agnetha en een Servisch meisje, genaamd Sojka Petrovic. De overige vier waren Duitse jongens die erg op zichzelf waren. Met een van hen, Bernd uit Hannover, had ze gisteren tijdens het eten enkele zinnen uitgewisseld. Zijn drie landgenoten waren beleefd in de omgang, maar kwamen wat stug op haar over. Ze twijfelde er niet aan dat ze wat losser in de omgang zouden worden als ze elkaar beter leerden kennen.
Vanavond hadden ze met z'n vieren gegeten. Na afloop had Agnetha afgeruimd en was naar haar kamer gegaan. Dirck en Stuart waren naar het station vertrokken om iemand op te halen. Hoewel ze best wel nieuwsgierig was om wie het ging, had ze er niet naar gevraagd.
Nu ze heerlijk met haar voeten omhoog zat, voelde Manon hoe de vermoeidheid toesloeg. Het was hollen en draven geweest. Een paar uurtjes hier, een paar uurtjes daar. Van kantoor naar de piste om te assisteren bij een les voor beginners. Daarna snel naar Kinderland, een afgezet terrein waar de kleuters ski-ervaring konden opdoen, om met de allerkleinsten in wandeltempo langs kunststofpoppen te skiën. Tussendoor had ze gelukkig tijd gevonden voor een snelle hap op de piste.

Tijdens die eerste drie dagen had ze allemaal tips van haar collega's gekregen. Ze waren goedbedoeld geweest, maar niet allemaal even nuttig. Afgaande op Rutgers woorden, hadden weinig van haar collega's bij deze skischool ditzelfde traject doorlopen. Wel hadden ze stuk voor stuk meer ervaring in lesgeven en wat daar allemaal bij kwam kijken. Ze wilde graag leren en stelde zich daarom open op voor ideeën en opmerkingen van anderen.
De stilte in het chalet was opmerkelijk, want meestal maakte er wel iemand lawaai, maar het was wel lekker rustgevend. Voor zover zij wist waren de vier Duitsers nog niet thuisgekomen, zat Agnetha op haar kamer en genoot Sojka buitenshuis van haar vrije dag. Hoewel ze zich hier lekker voelde, was het nog niet helemaal haar thuis. Natuurlijk kon ze bellen en was er internet, maar toch. Ze zat een héél eind bij haar familie vandaan. Wat ze in Nederland altijd fijn had gevonden, viel haar nu een klein beetje tegen.
Ze hoorde gestommel op de trap. Even later stak Agnetha haar hoofd door de deuropening.
'Ik ga ervandoor.'
'Nieuw vriendje?' vroeg Manon.
'Was het maar waar. Eerder een verplicht nummertje. Twee stelletjes hebben me uitgenodigd voor een borrel.'
Ze haalde haar schouders op. 'Ik geef die mensen twee uur per dag privéles, dus kon ik moeilijk weigeren. Als het me niet bevalt, verzin ik wel een smoes om weg te komen.'
Ze stak haar hand op en liep naar de deur.
'Fijne avond,' riep Manon haar na. Toen de deur achter Agnetha dichtviel, pakte ze de afstandsbediening en zette de televisie aan. Met haar duim zapte ze van actualiteitenprogramma's naar spelshows en de onvermijdelijke wintersportprogramma's waar de Oostenrijkers maar geen genoeg van konden krijgen. Ze werd steeds lomer door het hoge saaiheidsgehalte van de programma's. Haar oogleden werden zwaarder en ze had moeite haar ogen open te houden. Nu ze toegaf aan haar vermoeidheid, kwam ze in een prettige roes. Ze zag zichzelf weer thuis in

Deventer met haar ouders praten en even later de papierwinkel regelen die haar vertrek met zich meebracht. Het afscheid op het station van haar familie, de treinreis, de aankomst in Zell am See. De ontvangst van Rutger en haar huisgenoten en de eerste nacht in de eenpersoonskamer waar ze de slaap maar moeilijk kon vatten. Het was ook allemaal zo nieuw en vreemd.

Ze hoorde in de verte een deur openen. Kwam iemand haar kamer binnen? Met een klap viel de deur dicht en zat ze rechtop. Ze was nog steeds in de woonkamer. De stemmen van Dirck en Stuart galmden door de gang. De derde stem herkende ze niet.

'Hoi Manon, we zijn er weer,' zei Dirck.

'En ook zo weer weg,' vulde Stuart aan. 'Er wachten in Diele twee Ierse dames met smart op ons.' Hij keek haar betekenisvol aan. Dirck schudde zijn hoofd. 'Ik maak het vanavond niet laat.' Hij keek Manon aan. Ze dacht een verontschuldigende blik in zijn ogen te zien, die ze niet begreep. Als hij met Ierse vrouwen uit wilde, was dat zijn zaak.

De man die ze hadden opgehaald, stapte de woonkamer binnen. Hij was lang en had blond haar en felblauwe ogen. Hij stak zijn hand uit naar Manon en stelde zich voor.

'Hallo, ik ben Marek Bilek.'

Manon schudde zijn hand.

'We hebben onze eerste Tsjech,' lachte Stuart. 'Hij krijgt de andere eenpersoonskamer. Ik heb hem meteen duidelijk gemaakt dat hij zich niet per ongeluk moet vergissen in de deur, want dan zit hij zwaar in de problemen.'

Marek keek haar bijna verontschuldigend aan. 'Dat zal absoluut nooit gebeuren,' verzekerde hij Manon. Dirck liep naar hem toe en sloeg hem vriendschappelijk op zijn schouder.

'Maak je niet druk, joh. Die idioot zit je te dollen. Daar heeft hij een handje van.'

Marek lachte als een boer met kiespijn.

'Kom op, dan brengen we je naar je kamer,' sprak Stuart gehaast. 'Wij hebben een belangrijke afspraak.'

Marek groette haar en volgde de anderen naar zijn kamer.
Nauwelijks een minuut later groetten Dirck en Stuart haar vanuit de hal. Toen ze hun haastige voetstappen hoorde verdwijnen, drong het tot Manon door dat ze niet meer alleen in het huis was. De andere persoon was een Tsjech.

23

Manon en Marek wandelden het centrum van Zell am See in. Het restaurant waar ze om zeven uur werden verwacht heette Weissberger en lag aan de oever van het meer. Vanaf de bar kon je bij helder weer de lichtjes van het tegenovergelegen Thumersbach zien, had Rutger hun verteld. Een belevenis die ze vanavond echter niet zouden meemaken, want mistflarden dreven door het skidorp en beperkten het zicht tot veertig meter.

Het verzoek van Rutger had hun wat vreemd in de oren geklonken. Nadat ze vanmiddag de laatste dag van hun opleiding tot Anwärter hadden voltooid, hoorden ze via Dirck dat hij hen op zijn kantoor verwachtte. Daar aangekomen zei Rutger dat hij hen beiden vanavond onder het genot van een drankje wilde spreken. Hij maakte een verstrooide indruk en meldde bij hun vertrek dat ze pas na hun borrel wat moesten gaan eten.

'Misschien ziet hij alsnog van onze diensten af,' zei Marek terwijl ze langs het statige Hotel Hirschen liepen.

'Welnee, joh. Nu we gediplomeerd zijn wil hij ons onder zes ogen naar een hoger niveau brengen. Daarbij kan hij geen pottenkijkers gebruiken.'

Marek lachte voorzichtig om haar grapje. Eigenlijk had ze niet anders verwacht. De Marek Bilek die zij de afgelopen tien dagen had leren kennen had een karakter dat niet bij zijn uiterlijk paste. De lange, knappe blonde man met zijn Slavische gelaatstrekken was een onzeker iemand. Een piekeraar die regelmatig aan zijn eigen capaciteiten twijfelde. Hij was prettig in de omgang en ze hoopte oprecht dat hij zich staande zou houden in de wereld van de ski-instructeurs waar veel machogedrag

voorkwam. Ze schaamde zich ook een beetje dat ze meteen haar bedenkingen had gehad toen hij net was aangekomen.
'Al met al was die opleiding pittiger dan ik me had voorgesteld,' zei Manon. 'Het was goed te doen, maar niet zo simpel als Rutger had voorgespiegeld.'
'En er zat wel theorie bij,' vulde Marek droog aan.
'Inderdaad, al viel dat weer reuze mee.'
Ze passeerden een groepje luidruchtige wintersporters die op het punt stonden een café in te duiken. Marek legde zijn arm om haar heen en duwde haar langzaam maar zeker van de druktemakers weg. Toen ze hen voorbij waren, zag ze weer die blik in zijn ogen. Het was een droevige oogopslag. Alsof hij het gewicht van de wereld op zijn schouders droeg en op het punt stond eronder te bezwijken.
'Je weet maar nooit met die aangeschoten gasten,' verklaarde hij zijn actie. Hierna gleed zijn arm van haar schouder af.
Typisch Marek. Een verlegen en bescheiden man die eventuele moeilijkheden het liefst ontweek. Ze had het helemaal niet erg gevonden als hij zijn arm had laten liggen. Voor zover zij het kon inschatten, was hij een gevoelige man met een zacht karakter. Daartegenover stond zijn passie voor avontuur. Die schijnbare tegenstelling maakte hem interessant. Bovendien zag hij er ook nog eens goed uit.
Hij was geen grote prater, maar uit hun beperkte conversaties was wel naar voren gekomen dat hij was opgegroeid in Liberec, een plaats in het noorden van Tsjechië, nabij het drielandenpunt met Duitsland en Polen. De Duitse naam voor zijn woonplaats was Reichenberg, maar er was niet veel te doen of te halen, had hij cynisch gezegd. Behalve skiën. Zijn liefde voor het skiën had Marek opgedaan tijdens de afdalingen van de berg Ještěd die hij vanuit het raam van zijn ouderlijk huis kon zien liggen.
Na zijn middelbare school had hij veel gereisd. Met tientallen baantjes in evenveel landen had hij in zijn onderhoud weten te voorzien. Nu hij in de twintig was, koos hij voor meer zekerheid. Hij was voorlopig klaar met reizen en wilde wat rust in zijn leven. Een stabiele woon- en werk-

omgeving. Op haar vraag waarom hij voor SFun en niet voor de Tsjechische skischool in Kaprun had gekozen, had hij geantwoord dat hij al vroeg had geweten dat Tsjechië niet het land was waar hij oud wilde worden. Hij wilde de wereld zien, vandaar zijn reizen. Het sprak hem juist aan om met mensen uit andere culturen om te gaan. Daarom had hij weinig in Kaprun te zoeken. Veel te veel Tsjechen. Hij voegde eraan toe dat de mensen die daar de leiding hadden weinig sympathiek op hem overkwamen. Hij had ze weliswaar maar één keer vluchtig ontmoet, maar toch. Zijn gevoel had hem verteld dat hij niet bij die skischool paste. Ze begreep hem helemaal.
'Ik denk dat het daar is,' zei Marek. In de mistflarden konden ze de contouren van een groen bord zien waarop waarschijnlijk Weissberger stond. Manon kneep haar oogleden samen en zag de ingang, waarachter een vaag licht brandde.
'We zijn er,' beaamde Manon. Ze liepen naar een zware eiken deur die soepel opende. Eenmaal binnen werden ze verwelkomd door de aangename warmte van een ouderwetse kachel die in de gang stond. Ze hingen hun jassen aan de kapstok en stapten de eetzaal binnen.
Tot hun verrassing zat niet alleen Rutger hen op te wachten, maar waren al hun huisgenoten er ook. 'Gefeliciteerd!' riepen ze in koor. Daarna applaudisseerde de hele groep. Rutger stond op en liep naar hen toe. Hij omarmde Manon en gaf Marek een ferme handdruk.
'Sorry van dat toneelstukje. Ik moest het wel zo doen, anders hadden jullie misschien argwaan gekregen.'
Marek stond hem verbouwereerd aan te kijken. 'Ik weet even niet wat ik moet zeggen.'
'Nu begrijp ik waarom iedereen opeens weg moest,' reageerde Manon lachend. 'Wat ontzettend leuk van jullie.'
Rutger wees ze hun plek aan de tafel. Toen ze gingen zitten, zag Manon dat één stoel nog onbezet was. Dit raadsel werd meteen opgelost door Stuart die met een rood hoofd kwam binnenstormen. Hij had zijn jack nog aan en om zijn nek hingen schaatsen die met de veters aan elkaar waren geknoopt.

‘Ah, de feestvarkens zijn er al.’ Hij gaf Marek een kameraadschappelijke klap op zijn schouder en Manon een kus op haar wang. Hij ging zitten en stak zijn duim op naar Rutger.
‘Langs de kanten is het ijs dik genoeg voor een tocht. Ga je verder naar het midden, dan begint het akelig te kraken.’
Rutger keek tevreden.
‘Dat is goed nieuws. Het is namelijk de hoogste tijd dat SFun wat schaatspret op het meer gaat organiseren. Al zou het fijn zijn als de vorst nog even goed doorzet.’
Hij pakte een stapel menukaarten en gaf deze door aan zijn medewerkers.
‘Maar eerst geeft SFun een feestje ter gelegenheid van onze twee nieuwe instructeurs.’

24

Fleur zette de twee cocktails op het tafeltje. Zowel de man als de vrouw bedankte haar met een glimlach en een hoofdknik. Daarna zetten ze hun conversatie voort. Fleur draaide zich om en liep naar de bar. Dit waren de ideale klanten, dacht ze. Ruime fooi en geen babbels. Helaas was dat eerder uitzondering dan regel.

Ze betrapte zichzelf erop dat ze zich de laatste tijd steeds sneller ergerde, steeds negatiever dacht over haar werk. Misschien was het beter om met dit werk te stoppen en vakkenvuller te worden. Hoewel ze het nu al heel lang deed, leek het kroegwerk steeds moeizamer te gaan. Ze was er de laatste tijd ook niet meer bij met haar hoofd.

Ze tapte vier biertjes en deed haar uiterste best haar humeur niet van haar gezichtsuitdrukking te laten afstralen. Ze had haar baas vaak tegen anderen zijn flauwe slogan horen zeggen: 'Een chagrijnig smoelwerk aan de tap is voor mij een dure grap. Ik betaal mijn personeel om de klanten te behagen en niet om ze weg te jagen.' Ze probeerde te glimlachen, maar haar gezicht voelde strak aan. Ze zette de volle bierglazen op het dienblad en liep naar een tafeltje waaraan vier jongeren zaten. *Stelletje verwende nesten. Zeker niets beters te doen.*

Ze zette de vier glazen neer. Een jongen met donkerblond haar keek haar flirtend aan.

'Dank je wel, schoonheid.' Hij probeerde zijn stem te verlagen. Ze vond hem eerder lachwekkend dan aantrekkelijk. En waarom kon hij die zelfvoldane grijns niet van zijn gezicht halen? Haar eerste reactie was om hem op zijn nummer te zetten, maar ze besloot haar mond te houden. Ze glimlachte vriendelijk naar zijn drie tafelgenoten en negeerde hem verder. Toen ze van het tafeltje wegdraaide, hoorde ze het drietal ingeto-

gen lachen. De jonge versierder werd door zijn vrienden bespot. Terwijl ze naar de bar liep, moest ze zelf ook een beetje lachen. Arme jongen. Ze had hem alsnog voor schut gezet. Had hij misschien niet verdiend, maar ze voelde zich nu wel iets beter. Ze had de hele avond al aan Manon gedacht. Terwijl ze weer een bestelling opnam, probeerde ze voor zichzelf uit te maken wat ze moest doen. Ze had regelmatig contact met haar zus en haar intuïtie zei haar dat Manon iets voor haar achterhield. Ze had het sterke vermoeden dat het te maken had met het voorval op hun laatste vakantiedag. Manon was er niet meer op teruggekomen, wat ook zo merkwaardig was. Tenslotte had ze wel tegen haar zin een kulverhaaltje tegen hun ouders opgehangen. Het was toch niet meer dan normaal dat twee zussen die een soort geheim deelden daar met elkaar over praatten? Waar was het saamhorigheidsgevoel? Ze was een beetje teleurgesteld. Hun relatie, die tijdens de vakantie zo was verstevigd, leek opeens niet meer dan een losse familieband. Bovendien was ze ongerust. Iets zei haar dat haar zus gevaar liep. Van de onzin die ze tegen haar ouders had opgehangen had ze oprecht spijt. Het was een leugentje om bestwil geweest, maar nu vroeg ze zich af of het wel het beste was geweest. Was het niet beter geweest om gewoon de waarheid te vertellen? Daarmee...
'Hallo? Gaat het?'
De man die recht voor haar stond, keek haar bezorgd aan. Het drong nu pas tot Fleur door dat ze met haar handen om de glazen geklemd voor zich uit staarde. Ze zette de knop meteen om en schonk de man een routinematige glimlach.
'Sorry. Ja, het gaat prima, hoor. Ik was met mijn gedachten even bij de vakantie.'
De man knikte begrijpend.
'Volgens mij ben jij daar wel aan toe.'
Fleur haalde haar schouders op. Misschien was een baan als vakkenvuller niet eens zo'n slecht idee.

25

Manon trok de capuchon van haar jack verder naar voren. Na de warmte van de kroeg voelde het alsof ze door een reusachtige vrieskist liep. Het liep tegen elven en het vroor dat het kraakte. Links van haar hing boven een winkelpand een bord waarop de tijd en temperatuur werden aangegeven. Het was 22.53 uur en de buitentemperatuur was -12 graden.
Daar deden ze in Nederland een moord voor, dacht ze. In dit soort omstandigheden zouden de rayonhoofden van Friesland ongetwijfeld bij elkaar komen om de mogelijkheid van een elfstedentocht te bespreken. In tegenstelling tot Nederland vroor het hier 's nachts in de winter altijd. Zelfs overdag kwam de temperatuur vaak niet boven de nul graden uit. Ze merkte hier in Oostenrijk nog niet veel van de opwarming van het klimaat.
Ze kroop nog dieper in haar jas. Ze moest nog steeds wennen aan de vrieskou. Ze was hier nu ruim twee weken en de avonden bleven een kwelling. Tenminste, als je buiten liep. Overdag in het zonnetje was het heerlijk.
Vandaag was het tot een uur of vier onbewolkt geweest. Tijdens het lesgeven had de zon regelmatig op haar gezicht gebrand. Haar leerlingen hadden het ook heerlijk gevonden. Het was nog even wennen om volwassenen van dik in de vijftig leerlingen te noemen, maar Dries en Annie moesten nou eenmaal nog leren skiën. Ze hadden er jaren over gedaan om de beslissing te nemen hun wandelschoenen om te ruilen voor skischoenen en lange latten. Het waren schatten van mensen die nooit klaagden en van het leven genoten. De perfecte leerlingen voor haar eerste officiële les.
Omdat ze afgepeigerd waren van de les, gingen ze rechtstreeks naar hun

hotel. Wel nodigden ze haar uit voor een late après-ski, een uitnodiging die ze niet kon weigeren. Ze spraken af in een café waarvan ze wist dat het niet zo'n dolle boel was als bij Diele. Ze kletsten een uurtje, waarna ze afscheid nam. Dries en Annie rekenden af. Ook zij waren moe en wandelden op hun gemakje naar het hotel. Heel even speelde ze met de gedachten om nog een afzakkertje in Diele te nemen. Ze wist de verleiding echter te weerstaan en liep in de richting van het chalet.
Het centrum van Zell am See lag nu achter haar. Vanaf dit punt liep de weg gestaag omhoog. Schuin aan haar linkerhand lag de opstapplaats van CityXpress. Ze liep een stukje door en keek automatisch naar rechts. In het voorbijgaan waren de witte letters op het bord van SFun duidelijk zichtbaar.
Manon hield haar pas in. Ze keek nogmaals de smalle straat in. Had ze het zich verbeeld of was er een vreemde gloed te zien? Ze bleef staan, kneep haar oogleden samen en zag dat ze zich niet had vergist. Er kwam inderdaad een rode gloed van het kantoor van SFun af. Het was slecht waarneembaar, maar ze vertrouwde het niet. Even stond ze in dubio. Ze vond dat ze als werknemer van SFun de morele plicht had om te controleren waar dit schijnsel vandaan kwam, maar ze zag ertegen op om op dit tijdstip alleen de verlaten straat in te lopen. *Niet aanstellen. Kom op.*
Voorzichtig liep ze naar het kantoor terwijl ze in haar binnenzak op zoek ging naar haar telefoon. Ze moest zo snel mogelijk een alarmnummer bellen. Ze zag nu duidelijk dat het vuur was, hoewel het niet echt oplaaide. Ze aarzelde. Kon ze zelf actie ondernemen? Ze had geen sleutel, toch probeerde ze de deurknop om te draaien. Tot haar verbazing ging de deur open. Een windvlaag uit haar rug gierde door het pand. Hierdoor sloeg de tussendeur naar de gang open.
Ze keek nu recht in de vlammenhaard en schrok toen ze een man zag staan die haar kant op keek. Hij droeg een spijkerbroek en een jack. En een bivakmuts. De man aarzelde geen moment. Met grote passen kwam hij recht op haar af. Ze verstijfde van angst. Ze sloeg haar handen voor haar gezicht om zichzelf te beschermen. De harde klap die ze verwachtte bleef echter uit. De man glipte langs haar heen en rende weg.

De adrenaline gierde door haar lichaam. Ze wilde wegrennen, maar iets weerhield haar daarvan. Misschien wachtte die vent haar wel op. Ze bleef staan. Bellen. Nee, blussen. Eerst blussen, dan bellen.
Snel liep ze naar de brandblusser, trok de rode fles uit de houder en liep naar de brandhaard. De vlammen likten inmiddels aan de plinten van de gang. Ze spoot de brandblusser helemaal leeg.
Een verschrikkelijke lucht drong in haar neusgaten. Ze kokhalsde, legde de blusser op de vloer en doofde met de zool van haar laars een paar kleine vlammen die aan de witte lawine waren ontsnapt. Overal waren vlokjes papier te zien.
Toen ze zichzelf ervan had overtuigd dat het grote brandgevaar was geweken, liep ze door naar het kantoor van Rutger. De deur was geforceerd en de hele boel overhoopgehaald. De vloer lag bezaaid met papier. De ijzeren dossierkast stond nog overeind. Zelfs in de duisternis kon ze zien dat de deur flink was ingedeukt. Ze stapte naar achteren, liep door de gang terug naar de ingang en pakte haar telefoon.

26

Rutger was er binnen tien minuten. Ze bracht hem met een kort verslag op de hoogte, waarna hij resoluut het pand binnenstapte. Op zijn verzoek wachtte Manon buiten. Terwijl Rutger in het donkere kantoor was, keek ze meerdere malen schichtig om zich heen. De ontmoeting met de indringer had haar voorzichtig gemaakt. Haar handen trilden.

Blijkbaar had Rutger het gevaar op kortsluiting gecheckt, want het licht floepte aan. Hij wenkte haar, en ze stapte naar binnen. De ontvangstruimte lag er keurig bij. Uit niets bleek dat enkele meters verderop een brand had gewoed.

In de hal trof ze de rotzooi aan die ze had verwacht. De vloer was bedekt onder resten papier en de witte smurrie van de blusser. Er was bijna geen rook. Wel hing er nog die walgelijke lucht waarvan ze weer moest kokhalzen.

Rutger stapte zijn kantoor binnen. Nu het licht functioneerde zag Manon hoe omvangrijk de puinhoop was. Het bureau van Rutger was leeg. Waarschijnlijk schoongeveegd, want alles lag op de grond.

'Dat hebben wij weer,' sprak Rutger met ingehouden woede. 'De enige hardcore junk van Zell am See dacht dat er bij SFun wat te halen viel. Christus, wat een puinhoop.'

Hij knikte in de richting van de metalen kast. Rond het slot zaten diepe deuken en er waren sporen van braak.

'Toen het hem niet lukte om de kast te openen moet hij woedend zijn geworden.'

Hij pakte Manon bij haar arm en kneep er zachtjes in. De felheid uit zijn blik verdween. Opeens leek hij heel opgelucht.

'Godzijdank is het goed afgelopen en heeft die mafkees je met geen vinger aangeraakt.'
Manon knikte timide. Ze begon zich steeds meer te realiseren dat ze erg goed was weggekomen.
Rutger keek om zich heen, maakte een inschatting en nam een beslissing.
'Goed,' sprak hij op een montere toon die uit zijn tenen leek te komen. Hij maakte een weids gebaar. 'Dit is nu eenmaal de situatie en jij en ik gaan daar het beste van maken.'
Manon keek hem verbaasd aan.
'Wat bedoel je daarmee? Moeten we niet naar de politie? Aangifte doen, of zo? Dit is toch inbraak en brandstichting?'
Rutger wuifde haar voorstel resoluut weg.
'Ben je gek. Dan zitten we de halve nacht op het politiebureau, daar schieten we niets mee op. Uiteindelijk komt het neer op verzekeringswerk. Mocht ik iets willen claimen, dan kan ik dat ook van achter mijn bureau.'
Manon vond het een vreemde redenatie. Als je iets wilde claimen moest je eerst aangifte doen.
Ze wilde er net iets van zeggen toen Rutger zijn schouders ophaalde en gelaten naar de bende in zijn kantoor keek.
'Als je kritisch kijkt valt de schade wel mee. Niet dramatisch genoeg om te gaan claimen. Alleen al de tijd die ik daaraan besteed kost me meer dan het oplevert.'
Hij pakte zijn portefeuille uit zijn binnenzak, haalde er vier briefjes van vijftig euro uit en gaf deze aan haar. Zij maakte een afwerende beweging met haar handen.
'Jij hebt uitstekend gehandeld door zo koel te blijven en mij meteen te bellen,' sprak Rutger op beslissende toon. 'De komende uurtjes zijn we bezig om hier de boel weer op orde te krijgen. Het geld is voor de overuren die je gaat maken.'
Hij stopte de bankbiljetten in de buitenzak van haar jack. 'Dit blijft onder ons.' Met een hoofdknik in de richting van de puinhoop maakte hij duidelijk wat hij bedoelde.

Manon keek hem vol ongeloof aan.
'Dat is toch onmogelijk, Rutger. Kijk eens om je heen. Het vuur heeft de vloer en de muren aangetast, die kast is rijp voor de sloop en jouw bureau lijkt op een vuilnisbelt.'
Ze trok een vies gezicht. 'En dan laat ik die walgelijke lucht nog buiten beschouwing. En je hebt echt te veel schade om niet te claimen. Dit kan toch niet zo.'
Rutger ging op zijn bureau zitten en keek haar strak aan. 'Ik rij naar huis. Daar haal ik vuilniszakken, witte verf en luchtverfrissers. Jij scheidt hier alvast de gespaarde papieren van het verbrande spul en ruimt op waar mogelijk. Samen geven we de hal een lik verf. In combinatie met de luchtverfrissers verdrijft dat de stank die er nu hangt. Morgenochtend bestel ik een nieuwe kast en een brandblusser. Tegen Agnetha hang ik een smoes op dat er geschilderd wordt en dat ze voorlopig uit de gang moet blijven.'
Manon vond het een idioot idee, maar Rutger was de baas. Hij zou zijn redenen wel hebben om het zo te doen. Rutger stak zijn duim op en liep naar de deur. Het was duidelijk dat hij geen tijd wilde verspillen.
Het duurde ruim een halfuur voordat Rutger terugkwam met de benodigde spullen. Intussen had Manon over de situatie nagedacht en alvast wat rommel opgeruimd.
Ze nam zich voor om vanaf morgen zeer alert te zijn op alles wat zich in haar omgeving afspeelde en er misschien bij Rutger op terug te komen. Ze betwijfelde dat de man een junk was geweest. De verklaring van Rutger was er iets te snel en gemakkelijk uit gekomen. Ze had de man nauwelijks gezien, maar zijn postuur kwam niet overeen met het magere lichaam van een junk. Hij was eerder gespierd geweest. Ook begreep ze niet waarom Rutger dit voorval voor het overige personeel wilde verbergen. Ze moest er eigenlijk iets van zeggen, maar ze wilde Rutger niet voor het hoofd stoten. Niet nu het allemaal zo goed ging. Ze wilde niet weg hier.

27

De voet van de berg lag tegenover het centrum van Kaprun en op steenworp afstand van de weg die langs het skidorp liep. De organisatoren hadden flink uitgepakt om met deze show indruk op de wintersporters te maken. Het toneel waarop de topskiërs hun kunsten gingen vertonen baadde in het licht van tientallen schijnwerpers. Mannen met bezems en schoppen liepen het parcours nogmaals na voor een laatste check. Zij hadden de sneeuw speciaal geprepareerd voor deze demonstratie en het gebied afgezet met linten. Door de luidsprekers galmde opzwepende rapmuziek.
Onder aan de berg stonden twee skiscooters. De bestuurders droegen marineblauwe overalls. Op hun rug stonden in opvallend grote, witte letters twee K's in spiegelschrift geschreven. Ze hadden een bijpassende, witte muts met daarop het logo in blauwe letters.
De muziek stopte. Het geroezemoes van het driehonderdkoppige publiek gonsde over de helling. De sfeer zat er goed in. Er werd veel gelachen en flacons gingen van hand tot hand. Stuart tikte Manon aan. Hij hield een metalen flesje omhoog.
'Schnaps?'
'Nee, bedankt. Als ik jullie moet geloven warmt het komende spektakel me wel op.'
Stuart grijnsde.
'Dan zou ik toch voor de drank gaan.'
Manon sloeg kruislings tegen haar armen en wreef hard. Het was net acht uur 's avonds en de kou liet zich nauwelijks tegenhouden door warme kleding. Misschien moest ze toch een slokje nemen.
'Hoezo? Volgens iedereen zien we dadelijk de absolute top van skiënd Kaprun. Ik heb me er enorm op verheugd!'

Stuart knipoogde naar Dirck die naast hem stond.
'Vrouwen zijn allemaal hetzelfde. Ze happen meteen.'
Dirck bemerkte de felle twinkeling in Manons ogen.
'Let maar niet op die gekke Engelsman,' sprak hij sussend. 'Die gasten zijn echt goed. De meesten van ons kunnen nog veel van ze leren.'
Stuart maakte een wegwerpgebaar. Hij had het afgelopen halfuur regelmatig slokken uit aangereikte flacons genomen. Zijn stem werd luider en hij benadrukte zijn woorden met venijnige gebaren.
'Hou op, man. Die gasten doen een aardig kunstje. Maar dat mag ook wel, ze krijgen van de leiding twee dagen per week om te oefenen. Twee dagen! Als wij twee dagen mogen oefenen blazen we ze helemaal weg. Hoor je wat ik zeg? He-le-maal weg!'
Dirck legde zijn arm om de schouders van zijn vriend.
'Je hebt he-le-maal gelijk, Stu.'
De Engelsman keek hem even argwanend aan, maar begon daarna keihard te lachen.
'Jij moet in de politiek gaan.' Opeens werd zijn aandacht getrokken door een vrouw die verderop stond.
'Jullie moeten het zonder mij doen,' klonk het afwezig. Hij baande zich een weg door de menigte.
'Hij staat over twee minuten weer naast ons, of we zien hem voorlopig niet meer terug,' zei Dirck. 'Met Stuart weet je het nooit.'
'Hoe zit het nu echt met dat stuntteam?' wilde Manon weten. Sinds vanmorgen was ze op de hoogte van het bestaan van The Blue Devils. Volgens haar huisgenoten een elitekorps van een skischool in Kaprun, dat vanavond zou gaan optreden. Ze hadden gezegd allemaal te gaan kijken, maar meer was Manon niet te weten gekomen omdat iedereen haast had gehad en een ontbijt naar binnen propte. Zoals gewoonlijk bleef iedereen zo lang mogelijk in bed liggen om zich op het laatste moment snel te douchen en aan te kleden en in razend tempo een ontbijt naar binnen te werken. In de bus op weg naar de briefing werd er soms gesproken over alledaagse dingen. Vandaag was bijna iedereen stil geweest en had suf voor zich uitgekeken. Het feestje van gister-

avond had tot in de late uurtjes geduurd. Toen ze naar de chagrijnige gezichten van haar collega's keek, wist ze dat het de juiste keus was geweest om gisteravond thuis te blijven. Net als Marek. Hij was vroeg naar bed gegaan. Ze had hem met rust gelaten en een relaxte avond alleen gehad.
'Ze zijn best wel goed,' antwoordde Dirck. 'Maar Stuart heeft ook een beetje gelijk. Ze hebben een vaste samenstelling en trainen veel.'
Een opgewonden mannenstem klonk door de speakers. Met veel gevoel voor theater bedankte hij in het Engels en Duits het opgekomen publiek en stelde in één langgerekte kreet The Blue Devils voor. Het zestal zwaaide uitbundig naar de menigte, die hen met luid applaus ontving. De muziek schalde weer uit de boxen en de schijnwerpers zorgden voor een kleurig lichtspektakel over de helling. The Blue Devils reden op twee sneeuwscooters omhoog en verdwenen uit het zicht.
'Waar staan die gespiegelde K's voor?' vroeg Manon aan Dirck.
'Kraus Kaprun.'
'Maar die school wordt toch door Tsjechen geleid?'
'Klopt. De naam Kraus Kaprun was en is echter een begrip in deze regio. De nieuwe eigenaren hebben de school overgenomen en de naam gehandhaafd. Met het oog op het klantenbestand lijkt het me een goede zet.'
Manon wilde het gesprek over de Tsjechische eigenaren voortzetten, maar ze had haar mond nog niet opengedaan of de eerste twee van The Blue Devils vlogen door de lucht. Het publiek applaudisseerde hard.
'De helikopter. Niet echt spectaculair.'
Dat vond Manon ook. De draaisprong was voor de meeste ervaren skiers goed te doen. Ze hoorde Stuart van een afstand afkeurend joelen.
Dirck boog zich naar haar toe. Zijn mond was nu vlak bij haar oor.
'Het gerucht wil dat Rutger zijn eigen skiteam gaat formeren. Dat groepje zou dan volgend jaar gaan optreden in Zell am See. Je snapt wel dat hij alleen de toppers selecteert.'
Hij keek even met een bedenkelijke blik in de richting van Stuart.
'Ik denk dat hij de bui al voelt hangen. Begrijp me goed, hij is mijn

beste maat en geen kwaad woord over hem. Maar... hij is een prima skileraar, snap je?'
Manon begreep precies wat hij bedoelde.
'Dit blijft onder ons,' zei Dirck. Hij keek weer naar de helling.
'Absoluut,' bevestigde Manon.
De twee skiërs kwamen gelijktijdig met een dubbele salto van de schans. Ze voerden het perfect uit. De toeschouwers waren enthousiast. Manon zag vanuit haar ooghoek dat Stuart met een vrouw stond te praten en zijn rug demonstratief naar het spektakel had gedraaid.
'Over geruchten gesproken,' vroeg ze zogenaamd onverschillig. Ze wist dat ze een gok nam, maar had besloten dit ballonnetje toch op te laten. 'Wat is er waar van het praatje dat die Tsjechen de boel bij SFun proberen te saboteren?'
Dirck klapte voor het derde tweetal dat synchroon een dubbele salto voorover maakte.
'Welke Tsjechen?' antwoordde hij even later verbaasd.
'Die Tsjechen van KK natuurlijk, wat dacht jij dan?'
'Dat zijn helemaal geen Tsjechen.'
'Je staat me net te vertellen dat...'
'De eigenaren, ja. Dat zijn Tsjechen, plus een paar medewerkers. Kraus Kaprun heeft zo'n tweehonderd instructeurs in dienst. De meesten zijn Duitsers, Britten en Oostenrijkers. Er zullen heus wel wat Tsjechen bij zitten, maar het is echt geen Tsjechische clan.'
Hij glimlachte op een manier waar Manon uit opmaakte dat hij vond dat ze iets raars gezegd had.
'Ik ken aardig wat instructeurs die bij Kraus Kaprun werken. Eens in de zoveel tijd gaan we met een groepje van onze school naar Saalbach-Hinterglemm, dat ligt even verderop. Dit is het favoriete uitgaansgebied van die gasten uit Kaprun. Zo lang ik daar kom is er nog nooit een onvertogen woord gevallen. Altijd gezellig, niets mis mee. Natuurlijk dollen we met elkaar, maar daar blijft het ook bij.'
De teamleden van The Blue Devils daalden nu in een slalom af. Ze skieden op één lijn en zwaaiden allemaal met een fakkel. Vlak voor de

eerste rij toeschouwers remden ze gelijktijdig af en strekten hun arm. De brandende punten van hun fakkels wezen recht omhoog. Precies op dat moment schoten uit de fakkels vuurpijlen omhoog. De timing was grandioos. Een daverend applaus volgde.
'Ik weet wel wat je bedoelt,' ging Dirck verder toen de stuntmannen weer met skiscooters bergopwaarts reden.
'Er gaat inderdaad een hardnekkig gerucht dat de eigenaren van Kraus Kaprun hun oog op SFun hebben laten vallen. Vervolgens werden onbenullige incidenten op de piste in verband gebracht met die roddel. Volgens mij slaat het nergens op. Op de piste gebeuren nu eenmaal ongelukken en andere vervelende dingen. Dat is het risico van de wintersport. Ik heb Rutger er nog nooit wat over horen zeggen en hij zou het echt wel melden als we in de problemen zaten. Daarom hou ik het op spannende praatjes van de instructeurs onderling.'
Manon knikte, al had ze haar twijfels over Rutger. Wat had ze Dirck graag willen vertellen over de incidenten op de piste; ze was er nog steeds van overtuigd dat er opzet in het spel was. Of over de man die haar bedreigd had. En wat te denken van die brand in SFun?
The Blue Devils begonnen aan een freestyleshow. Stuk voor stuk maakten ze ingewikkelde sprongen. Opgezweept door de harde muziek en drank ging een deel van het publiek helemaal los. Er ging een wave door de menigte en de mensen sprongen, klapten en dansten.
'Wat een feest, hè?' schreeuwde Dirck haar toe. 'Begrijp je nu waarom Rutger een eigen stuntteam wil? Betere promotie voor je skischool kun je toch niet bedenken?'
Voordat Manon de kans kreeg te reageren, duwde een brede schouder haar opzij. Ze behield haar evenwicht en keek geïrriteerd naar de man die haar een por had verkocht. De grote man juichte als een voetbalsupporter wiens club zojuist had gescoord.
'*Go, go, go*!' bralde hij in de richting van de helling. In zijn kielzog stonden drie beren van kerels eveneens te schreeuwen. Het hele groepje baande zich een weg naar voren om vanaf de eerste rijen de stuntskiërs toe te juichen.

Manon bemerkte dat ze door de toegenomen drukte om haar heen geïsoleerd kwam te staan. Stuart was uit haar blikveld verdwenen. Van Dirck zag ze nog net zijn achterhoofd. Ze keek rond. Agnetha en Sojka waren nergens te bekennen. Ze wurmde zich uit de beklemming van nog een oprukkend groepje en vond wat ruimte voor zichzelf.
Haar huisgenoten Bernd, Udo, Felix en Rolf stonden nog steeds bij elkaar. Ze keken met grote ogen naar het spektakel en leken zich nergens aan te storen. Manon glimlachte om de stoïcijnse houding van haar vier Duitse huisgenoten. Zoals ze daar stonden met hun bewonderende blikken en afhangende schouders, hadden ze weinig weg van instructeurs. Ze waren het tegenovergestelde van Dirck en Stuart.
Ze zocht in de menigte naar Marek. Het duurde even voordat ze hem had gevonden. Hij stond een meter of tien links van haar. Een beetje krom. Hij keek wat schichtig om zich heen.
'Waar was je nou?' hoorde ze Dirck zeggen. Hij had zich uit het gewoel van de menigte losgemaakt toen hij haar niet meer naast zich zag staan.
Manon verloor Marek uit het oog toen ze Dirck antwoordde.
'Het werd me daar te druk.'
Dirck knikte. 'Jammer van dat gezuip. In het begin is het allemaal leuk en aardig, maar op den duur gaat de sfeer ervan naar de knoppen.'
Hij wees naar de schans. Twee leden van The Blue Devils maakten een sprong met een driedubbele schroef. Ze landden gelijktijdig.
'Let op hun techniek en timing,' zei Dirck serieus. 'Daar heb je de volgende winter misschien wat aan.'
Manon zuchtte theatraal.
'Ja, vast.'
Dirck grinnikte. 'Niet zo bescheiden, meiske. Ik moet me sterk vergissen als jij geen zekerheid in Rutgers stuntteam bent.'
Manon zweeg en overdacht zijn woorden. Haar collega's waren stuk voor stuk prima skiërs. Of ze beter waren dan zij, was voor haar lastig te beoordelen. Ze dacht van niet. Al zou ze dat natuurlijk nooit hardop zeggen. Dat liet ze aan Dirck over.

Met zijn woorden in haar achterhoofd, keek ze opeens op een andere manier naar de leden van The Blue Devils. Die vlogen nu gezamenlijk van de schans, waarbij ze tot aan de landing gearmd bleven. Knappe timing en balans. Ze vroeg zich af of dit niveau niet te hoog gegrepen was voor haar.
Toen ze weer op de skiscooters naar boven reden, trok een beweging van een van de leden haar aandacht. De wijze waarop hij een korte bocht naar links nam, riep herinneringen bij haar op. Ze focuste op deze man. Toen hij een sprong uitvoerde en vlak voor het publiek een scherpe bocht maakte, wist ze het zeker. Ze herkende zijn stijl.
'Heb je het koud?' vroeg Dirck. Hij legde zijn arm om haar heen en trok haar tegen zich aan. Het onverwachte contact voelde prettig aan.

28

Fleur pakte de sleutel uit haar jack en stak deze in het slot. Ze duwde de deur van haar ouderlijk huis open en liep naar de kapstok. Toen ze haar jas ophing was er direct dat geborgen gevoel: ze was weer thuis. Daar kon de binnenkomst in haar appartement niet aan tippen. Ze woonde al een tijdje in Utrecht, maar van een echt thuis was nog geen sprake. Dat was en bleef hier in Deventer.

Ze liep door de gang naar de woonkamer. De stemmen op de achtergrond klonken vertrouwd. Zoals bijna elke avond keek haar vader rond dit tijdstip naar een actualiteitenprogramma. Hij zat in zijn fauteuil voor de televisie en gromde binnensmonds als hij het ergens niet mee eens was.

Ze vond het heerlijk om weer thuis te komen, maar ze zag wel enorm op tegen het gesprek dat ze met haar ouders moest hebben. Toen haar vader en moeder blij opkeken toen zij binnenstapte, speelde ze even met het idee om het uit te stellen. Maar van uitstel kwam afstel en dit onderwerp was gewoon te belangrijk om het te laten rusten.

Haar moeder omhelsde haar. Daarna liep ze naar haar vader die opstond en haar stevig tegen zich aan drukte.

'Dag, lieverd. Goede reis gehad?'

'Ja. Ik pak even wat te drinken. Kan ik voor jullie iets meebrengen?'

'Nee, dank je,' zei haar moeder.

'Je moet je werk nooit mee naar huis nemen,' grapte Ton, terwijl ze de keuken in liep. Hij vond hem zelf wel goed gevonden.

Met een glas in de hand ging Fleur op de bank zitten. Ze zag dat de aftiteling van het programma al liep. Haar vader drukte op een toets van de afstandsbediening en de televisie ging uit.

‘Wat ben je laat, Fleur,’ zei Ton. ‘Moest je soms onverwacht werken?’
Fleur schudde van nee. ‘In principe draai ik geen dagdiensten. Ik had vandaag gewoon duizend en één dingen te doen. Het was hollen en vliegen, maar ik wilde hier gewoon vanavond nog zijn.’
Ze knipoogde naar haar vader.
‘Ik weet toch dat jij trouw naar je actualiteitenprogramma kijkt.’
‘Sinds jullie de deur uit zijn, maakt hij zich steeds drukker over allerlei zaken die in het nieuws voorbijkomen. Binnenkort krijgt hij nog een hartaanval,’ zei Marga een beetje spottend.
‘Flauwekul, Marga. Zo druk maak ik me niet en het zijn geen bijzaken waarop ik commentaar lever.’
Fleur keek het gekibbel glimlachend aan. Verder dan dat zou het toch niet gaan. Haar ouders gingen nooit met ruzie naar bed.
‘Ik moet met jullie praten,’ zei ze op neutrale toon.
‘Dat klinkt serieus,’ zei Ton. Hij ging rechtop zitten en keek haar bezorgd aan.
‘Ik heb tegen jullie gelogen. Kunnen jullie je nog herinneren dat ik de laatste avond van onze wintersportvakantie met een schaafwond thuiskwam?’
‘Je was uitgegleden,’ zei Marga meteen.
‘Geduwd. Toen wij die avond uit de kroeg kwamen, werden we overvallen door een dronken vent. Hij duwde mij zodat ik op de grond viel en hij drukte Manon tegen een muur. We zijn gered door een grote kerel die hem meetrok en zijn excuses aanbood voor het gedrag van zijn vriend.’
‘Waarom hebben jullie niet gewoon de waarheid verteld?’ was Tons eerste reactie.
‘Manon wilde dat niet,’ antwoordde Fleur.
‘Waarom niet?’ vroeg Marga.
Fleur wreef met haar vingertoppen over haar wenkbrauwen. Ze voelde zich gevangen tussen twee kampen. Tegenover haar ouders wilde ze gewoon haar geweten zuiveren. Tegenover Manon voelde ze zich nu een verraadster. Om nog maar te zwijgen over een ander onderwerp dat steeds vaker door haar hoofd speelde.

'Met het oog op haar vertrek naar Oostenrijk wilde ze jullie geen onnodige angst aanjagen. Ze was bang dat als wij de waarheid vertelden jullie helemaal door het lint zouden gaan. Vooral papa. Ik was er in eerste instantie geen voorstander van om te liegen, maar Manon heeft me toch weten te overtuigen. In het kort kwam het erop neer dat zij deze baan als de grote kans van haar leven zag. Dat voorval met die dronkaard mocht geen roet in het eten gooien. Uiteindelijk heb ik ingestemd.'

'En nu heb je spijt,' concludeerde Marga.

'Zowel tegenover jullie als tegenover Manon. Tegen jullie heb ik gelogen en op dit moment zit ik mijn zus te verraden. Ik voel me hier niet bepaald lekker onder.'

Ton keek afwezig voor zich uit. Hoewel haar vader razendsnel kon denken en oordelen, sprak hij over familiezaken zelden direct zijn mening uit.

'Weet je, ik kan het wel begrijpen. Van jou en van Manon. Jij stond voor het blok en Manon zag haar toekomst in rook opgaan, al vind ik het nogal voorbarig van haar. Ze is oud genoeg, of ze wijs genoeg is weet ik niet zeker, om over haar eigen toekomst te beslissen. Misschien raakte ze wel in paniek. Maar ze zag dit voor het eerst als een kans op een nieuw leven na die verbroken relatie en haar werkloosheid.' Hij haalde diep adem door zijn neus en knikte bevestigend. 'Ja, ik kan me wel iets voorstellen bij haar keuze om de waarheid niet te vertellen. Wat mij betreft zand erover.'

Hij keek zijn vrouw aan.

'Marga?'

'Voor het grootste gedeelte ben ik het met je eens. Om het nu over details te hebben lijkt me een beetje drammerig, het is ook niet eerlijk tegenover Manon, dus doe ik met je mee. Zand erover.'

Ze keek Fleur aan en zag allesbehalve opluchting in Fleurs blik.

'Speelt er soms nog iets?'

Fleur wreef in haar handen. Een gewoonte van vroeger die opspeelde als ze ergens onzeker over was.

'Dit ligt anders, mam. Niet zo zwart-wit, weet je wel? Over dat gedoe met die dronkaard heb ik gewoon op Manons verzoek keihard gelogen.'
Uit haar zucht klonk zoveel oprechtheid dat Marga en Ton een snelle blik uitwisselden. Op hetzelfde moment voelden ze dat hun dochter écht ergens mee zat.
'Gooi het eruit, meid. Je zit nu toch op de biechtstoel.'
'Het is een gevoelskwestie,' begon ze. 'Pure intuïtie.'
Marga boog onbewust een stukje naar voren om goed te kunnen luisteren en om op Fleurs lichaamstaal te letten. Op dit vlak was zij de 'expert' van de familie.
Fleur vertelde het verhaal vanaf het moment dat zij de kroeg hadden verlaten tot het instappen in de taxi. Ze deed haar best om zo gedetailleerd mogelijk verslag te doen van de gebeurtenissen. Daarna vertelde ze over de telefoongesprekken die ze met Manon had gevoerd.
'Die telefoontjes hebben mij dus aan het denken gezet. Nogmaals, ik kan niets hard maken of concreet op tafel leggen. Het is een gevoelskwestie. Ik kan er helemaal naast zitten, maar mijn intuïtie zegt me dat er wat aan de hand is.'
Ton probeerde te begrijpen wat zijn dochter bedoelde. Hij had tot nu toe alleen maar gehoord dat Manon het prima naar haar zin had.
'Kun je je iets herinneren uit die gesprekken waaruit je kon opmaken dat het niet goed met haar gaat?' vroeg Marga.
Fleur schudde ontkennend.
'Dat is dus het hele probleem, mam. Als we bellen doet ze heel normaal en vertelt vol enthousiasme over haar werk. Het is een ondertoon die ik gewoon niet kan definiëren. Mijn verstand spreekt alles tegen wat mijn gevoel zegt.'
'Ik begrijp wat je bedoelt, lieverd,' antwoordde Marga. 'Sommige dingen zijn nu eenmaal niet onder woorden te brengen.'
Fleur haalde haar schouders op. Het was een machteloos gebaar.
'Hoe zit het dan met jullie telefoontjes met haar? Is jullie nooit iets opgevallen waarvan je dacht: hé, wat vreemd?'

‘Nooit,’ zei Ton beslist. ‘Maar dat zal ongetwijfeld aan mij liggen. Intuïtie is niet bepaald mijn sterkste kant.’
Marga dacht even na. Uiteindelijk schudde ze beslist met haar hoofd. ‘Nee, ik kan me ook niets herinneren.’
‘Dan zal het wel aan mij liggen,’ concludeerde Fleur. ‘Laten we het maar vergeten. Sorry dat ik jullie ongerust heb gemaakt.’
Er viel een stilte. Ton en Marga keken bedachtzaam. Het was overduidelijk dat het verhaal van Fleur hun niet lekker zat.
‘Wat vinden jullie ervan als we Manon gaan opzoeken?’ zei Ton even later. ‘Het is binnenkort voorjaarsvakantie.’ Hij keek naar Marga. ‘Jij bent vrij en ik regel wel wat.’ Zijn blik schoot naar Fleur. ‘Red jij het met je studie en je werk?’
Fleur knikte. Met haar studie lag ze op schema en voor haar werk kon ze een vervanger regelen.
‘Wat denken jullie?’ ging Marga verder. ‘Moeten we Manon laten weten dat we komen?’
‘Tja,’ antwoordde Ton. ‘Als we ruim van tevoren aankondigen dat we komen, geef je haar de kans bepaalde zaken, mochten die er überhaupt zijn, onder het vloerkleed te schuiven. Dan heeft ze in elk geval de mogelijkheid zich voor te bereiden, waardoor we dan nog niets te weten zullen komen.’
‘Maar als we onaangekondigd komen,’ reageerde Marga, ‘heeft ze hoogstwaarschijnlijk het gevoel dat we haar overvallen.’
‘En dan is de kans heel groot dat ze dichtklapt,’ vulde Fleur aan.
‘Dus?’ vroeg Ton.
‘We bellen haar een paar dagen, hooguit een week voor vertrek op. Dat we via internet op een aanbieding zijn gestuit die we gewoon niet konden laten lopen, of zoiets.’
‘Prima,’ vond Ton.
‘Fijn,’ zei Fleur. Ze stond op, liep naar vader en gaf hem een kus op zijn wang.
‘Bedankt voor je begrip, pap. Ik ga naar boven. Ben doodop.’
‘Slaap lekker, schat.’

Ze omhelsde haar moeder.
'Waarom wilden jullie niet sowieso tijdens de voorjaarsvakantie naar Manon? Ik kan me voorstellen dat jullie haar willen zien,' zei Fleur toen ze al bij de deur stond.
'Dat wilden we ook,' antwoordde Ton. 'Je moeder en ik hebben het er meerdere malen over gehad. Uiteindelijk hebben we besloten om het niet te doen. Omdat Manon er niet op aandrong dat wij moesten komen, konden we nog wel even wachten. Maar nu ligt de situatie anders.'
'Duidelijk, welterusten,' zei Fleur.
'Slaap lekker.'

29

De instructeurs van SFun stonden op verzamelpunt CityXpress Talstation bij de ingang van de skiliften. Lijndiensten, busjes en taxi's stopten op het plein recht voor hen om wintersporters af te zetten. Van alle kanten stroomden leerlingen toe. Het was tien voor tien en voor de werknemers van de skischolen begon de werkdag nu pas echt. De briefing die net was geweest beschouwden de meesten toch als een verplicht nummertje waarbij ze langzaam wakker konden worden.
Stuart speelde met de nieuwe portofoon die ze vanmorgen hadden gekregen. Het was een handig, compact apparaat met een speciale clip voor het ski-jack. Volgens Rutger was het bereik groter dan de vorige uitvoering en het geluid veel beter. Kanaal 7 was voor SFun. Hij had dit kanaal laten voorprogrammeren, zodat er nooit misverstanden konden ontstaan.
Een donkere stem klonk door de portofoon van Stuart, die van kanaal naar kanaal switchte, en enkele meters bij Manon vandaan stond. Hij keek verrast naar het apparaat.
'Zo, dit ding heeft inderdaad meer bereik dan die oude portofoon. Volgens mij zijn dat die gasten van Kraus Kaprun.' Hij grijnsde en drukte de zendknop in.
'Zijn The Blue Devils vandaag op de piste?' vroeg hij spottend. 'Of liggen onze helden nog in bed bij te komen van hun circustrucjes?'
'Kanaal 7,' klonk de stem van Rutger. Rustig, maar dwingend.
'Fuck. Ik was in mijn enthousiasme vergeten dat de baas meeluistert.'
Dirck schudde moedeloos zijn hoofd. 'Wat ben je toch een eikel. Op het kantoor staat een centrale die alle kanalen opvangt. Weet je dat nou nog niet?!'

Stuart zuchtte. 'Het is ook nog zo vroeg...'
Manon wachtte op haar leerlingen. De komende twee uur gaf ze privéles aan een echtpaar uit Rotterdam en hun dochter. Voor het drietal was dit de eerste kennismaking met de skisport, had Babette haar gisteren gezegd. Het Duitse meisje had gisteren baliedienst en vertelde de instructeurs tijdens het afmelden hoe het schema van de volgende dag eruitzag. Voor Manon was dat een privéles in de ochtenduren en 's middags een aantal afdalingen op de groene piste met licht gevorderden.
'Agnetha?' Ze hoorden de stem van Sojka alsof ze ook bij de skiliften stond, in plaats van op het 900 meter hoger gelegen Kinderland. Nadat ze vanmorgen de nieuwe portofoons in ontvangst hadden genomen, was de Servische vertrokken. Elke dag moest de instructeur die dienst had in Kinderland eerst het parcours opbouwen met sprookjesfiguren van plastic en grote hoepels. Deze attributen lagen opgeslagen in een houten keet en moesten daar elke dag weer worden neergezet.
'Ja?' antwoordde Agnetha.
'Kun jij hierheen komen?'
Het antwoord van Agnetha liet even op zich wachten. Ze stond tussen een groepje van zes opgewonden kinderen. Om hinderlijke bijgeluiden op de portofoon te vermijden, deed ze een stapje terug.
'Niet nu. Mijn leerlingen zijn er al. Volgens mijn schema kom ik over een uur naar Kinderland.'
'Tja... euh...'
'Wat is er aan de hand?' wilde Rutger weten. Manon zag dat alle instructeurs van SFun belangstellend meeluisterden.
'Dat zeg ik liever niet in dit ding,' liet Sojka weten.
'Heb je een mobiele telefoon bij je?'
'Ja.'
'Bel me dan.'
De drie Nederlanders kwamen in Manons richting gelopen. De beschrijving die Babette haar had gegeven klopte aardig. Ze zag hoe het drietal naar de zwarte jacks keek en probeerde bij de vrouwelijke instructeurs de naamplaatjes te lezen. Ze stak haar hand op en zwaaide.

'Familie De Groot?'
Er werd direct bevestigend geknikt. 'Dat zijn wij.'
Ze begroette de Nederlanders met een handdruk en een glimlach. Haar welkomstpraatje werd echter verstoord door Rutger.
'Manon, jij brengt nu jouw leerlingen naar Dirck en gaat naar Sojka in Kinderland. Dirck neemt deze mensen mee naar boven en levert ze af voor de deur bij Gasthof Mittelstation. Daar wachten ze op jou. Het duurt niet langer dan een kwartier, hooguit een halfuur. Ik sluit mijn kantoor af en kom eraan.'
Dirck reageerde als eerste.
'Begrepen.' Hij had een groep ervaren skiërs die het onder zijn leiding op de zwarte piste wilden proberen. Deze mensen kon hij gemakkelijk zonder begeleiding naar boven sturen zodat hij zelf de Nederlanders op het Mittelstation kon afleveren. Het restaurant lag veertig meter verderop en de ingang was zichtbaar vanaf het moment dat ze uitstapten.
'Jullie horen het,' zei Manon zo opgewekt mogelijk tegen het drietal. 'De grote baas heeft me dringend nodig.' Ze boog naar voren en sprak op samenzweerderige toon: 'Dit oponthoudje pakt goed voor jullie uit, let maar op. Ik weet bijna zeker dat ik jullie als compensatie straks wat langer les mag geven.'
In de hoop dat ze de familie De Groot met een goed gevoel had achtergelaten, stapte ze snel in de gondel. Dat Rutger haar had uitgekozen om naar Sojka te gaan, leek een logische beslissing. Van de instructeurs die vandaag hun werkdag vanaf het Talstation begonnen, was zij degene met de minste leerlingen.
Kinderland lag schuin tegenover het uit- en opstappunt Mittelstation, de eerste halte van de CityXpress. Ze stapte uit, deed haar ski's aan en gleed naar het gedeelte waar Kinderland was gevestigd. Het eerste wat haar opviel was dat Sojka nog niets had opgebouwd. Op de afzettingen na, was er niets te zien wat op een attractie leek. Er was ook iets mis met de afzettingen. Sommige linten hingen naar beneden, alsof ze waren doorgeknipt voor een speciale, feestelijke gelegenheid.
Sojka stond voor de houten keet. De deur was open. Toen Manon dich-

terbij kwam, werd haar duidelijk dat de deur was geforceerd. Het slot hing open en er lagen houtsplinters voor de ingang. Sojka schudde vertwijfeld haar hoofd.
'Het is vreselijk.'
Manon stapte naar binnen. Ze schrok van de ravage. Van de sprookjesfiguren was weinig meer over. Ze waren stuk voor stuk onthoofd en hun kunststoflichamen waren bijna onherkenbaar. Ook de grote, halve hoepels waar de kleintjes onderdoor konden skiën, waren kapot. De grond lag bezaaid met de restanten. Het had geen zin om ze voor de lessen van vandaag nog te proberen te repareren. Dat had sowieso geen zin. Alles zou vervangen moeten worden.
'Zo trof ik het aan,' stamelde Sojka. 'Ik heb eerst wat verdwaasd rondgelopen met het idiote idee dat ik misschien materiaal kon herstellen. Toen het me duidelijk werd dat dat onmogelijk was, heb ik jullie opgeroepen. Ik had Rutger natuurlijk meteen moeten inlichten, maar ik dacht het eerst aan Agnetha.'
Manon stapte over een sprookjesfiguur heen dat meer thuis leek te horen in een horrorfilm dan op een skispeelplaats voor kinderen. Achter de mismaakte pop ontdekte ze de resten van een vernield minischansje.
'Maakt niet uit,' antwoordde Manon afwezig. Ze vroeg zich af wie verantwoordelijk was voor deze ravage. Terwijl haar blik over de chaos gleed, liep er een rilling over haar rug. Dit was complete verwoesting, dacht ze. Een uitbarsting van geweld, gericht op het stukmaken van andermans spullen.
'Jullie zijn vriendinnen, dus het is logisch dat je Agnetha eerst opriep. Het lijkt me stug dat Rutger daarover valt.'
Ze begonnen in de puinhoop te zoeken naar materiaal dat eventueel nog bruikbaar was. Het hield op bij twee hoepels die door de indringers over het hoofd waren gezien. Toen ze de schamele buit naar buiten brachten, kwam Rutger aangelopen. Hij droeg laarzen en ploegde in een straf tempo door de sneeuw.
Toen hij de ruïne zag, vloekte hij stevig. Hij balde zijn vuisten en zijn neusvleugels trilden van woede.

'Tuig,' siste hij. 'Als ik die gasten te pakken krijg, flikker ik ze persoonlijk van de berg af.' Hij haalde diep adem, de aderen in zijn hals klopten zichtbaar.

'Wie doet nou zoiets?' vroeg Manon.

'Een stelletje opgeschoten klootzakjes, natuurlijk.' Hij wees naar links waar achter de bomenrij een geasfalteerd pad liep.

'In principe kun je met de auto overal op de berg komen. Zo'n wandeling naar de piste is best te doen. Ze zullen wel gezopen hebben voordat ze echt losgingen. Niks leukers dan andermans spullen vernielen. O, wat zijn we stoer...'

Terwijl Rutger nog even doorfoeterde, keek Manon in de richting van het pad. Er liep een bomengrens van enkele honderden meters, waardoor het pad vanaf deze positie niet waarneembaar was. Het leek haar sterk dat iemand zo'n wandeling in het donker ondernam met als doel kunststofpoppen te vernielen.

'Jullie proberen de afzetting weer aan elkaar te knopen en sluiten de keet af. Ik ga naar beneden, regel wat pionnen en laat die door iemand brengen. Daarna ga ik wat telefoontjes plegen.'

De felheid in zijn ogen was afgezwakt, de toon waarmee hij sprak minder dwingend.

'Sojka, jij zet met die pionnen een parcours uit en probeert er het beste van te maken. Een superpositieve uitstraling doet wonderen. Concentreer je op de kinderen, maak ze aan het lachen, doe spelletjes met ze.'

Hij stak zijn duim op. 'Het wordt een lastige dag voor je, maar ik weet zeker dat het je lukt.'

Hij richtte zich tot Manon.

'Je hebt een kwartier om haar te helpen met die afzetting. Daarna als de duivel naar beneden. Geef die mensen een halfuur langer les. Zie je toch ontevreden gezichten, dan plak je er nog een kwartiertje aan vast. Ga op je gevoel af, dat werkt meestal het beste.'

Hij draaide zich om en liep naar de skilift.

30

Felix en Udo kwamen klokslag acht uur de woonkamer binnen. Zij hadden hun vrije dag in Salzburg doorgebracht en waren op verzoek van Manon eerder teruggekomen dan ze hadden gepland. Met een kort 'Hallo' begroetten zij hun huisgenoten. Rolf en Bernd schoven een stukje op, zodat hun vrienden ook op de bank konden zitten. Alle ogen waren nu gericht op Manon.
'Goed dat jullie er allemaal zijn,' zei Manon. 'Voordat ik aan mijn verhaal begin, wil ik jullie zeggen dat ik geen paniekzaaier wil zijn en me niet voor de lol bezighou met complottheorieën.'
Iedereen luisterde aandachtig. Zelfs Stuart waagde het niet om een opmerking of grap te maken.
'Na de vernielingen op Kinderland heb ik besloten om met jullie te praten. Ik heb nu al een aantal van dit soort incidenten gezien en volgens mij is het geen toeval meer, maar wordt SFun serieus bedreigd. Wie erachter zit, weet ik niet. Dat het foute boel is weet ik wel en daarom heb ik jullie gevraagd om vanavond bijeen te komen. Tien mensen weten tenslotte meer dan één.'
Terwijl ze sprak zag Manon de scepsis in Dircks ogen. Hoezeer ze ook op hem gesteld was, ze wist dat het lastig zou worden om hem van haar gelijk te overtuigen. Dirck was een man van keiharde bewijzen. Hij had niet zoveel met intuïtie. In dit soort zaken deed hij haar sterk aan haar vader denken.
'Voor degenen die de vernieling van Kinderland niet met eigen ogen hebben gezien; het was een complete chaos.' Manons blik gleed langs de vier Duitsers en Marek. Rolf was die dag vrij geweest en de overige vier waren hun werkdag op de opstapplaats Schmittental begonnen.

'Het was verschrikkelijk,' zuchtte Sojka.
'*A fucking mess*,' reageerde Stuart. Samen met Dirck en Agnetha had hij in hun pauze de ravage aanschouwd. Dirck knikte meegaand.
'Het was zeker een puinhoop,' zei hij. 'Aangericht door een groepje idioten onder invloed die de boel voor een ander wilden verzieken. Dit soort dingen gebeurt gewoon. Vandaag zijn wij aan de beurt, morgen zijn de buren de klos. Dus wat wil je nou eigenlijk beweren?'
Manon wist dat hij zo zou reageren. Ze had zich voorgenomen rustig te blijven en tegenwerpingen met redelijkheid te benaderen. Haar gevoel zei dat niemand tegen haar was of een hekel aan haar had. Als ze met redelijke argumenten kwam, zou ze zelfs Dirck kunnen overtuigen. Haar Duitse huisgenoten kon ze moeilijk inschatten. Sojka en Agnetha kon ze aan haar kant krijgen. Als Dirck eveneens haar zijde koos, ging Stuart ongetwijfeld met hem mee.
'Ook ík heb die gebeurtenissen afgedaan met "*shit happens*". Keer op keer heb ik tegen mezelf gezegd dat ik het me verbeeldde. De dingen te zwaar inzag. Ik kan jullie nu echter verzekeren dat het geen toeval was.' Ze telde op haar hand af.
'De val van Stuart, waardoor dat Engelse meisje Heather in moeilijkheden raakte, de honderden ski's die bij het restaurant als dominostenen omvielen, de brand in het kantoor van SFun, de vernielingen op Kinderland en de mishandeling van mijn zus en mijzelf op de laatste avond van onze vakantie.'
Omdat niemand wist van deze aanval, keek iedereen haar verbaasd aan.
'We kwamen net uit Diele, toen Fleur op de grond werd geduwd. Nou ja, gegooid is een betere beschrijving.' Terwijl ze haar verhaal deed, keken vooral Sojka en Agnetha haar verontwaardigd aan. De mannen luisterden gespannen. Stuart reageerde als eerste toen ze klaar was met vertellen.
'Jezus, Manon. Wat klote voor jullie, maar hoe wist je zeker dat het Tsjechen waren?'
'Dat weet ik niet zeker. Op de piste heb ik een tijdje geleden staan praten

met een groepje Tsjechen en hun accent leek op dat van die kerels.'
Stuart keek naar Marek. 'Hoe zit dat? Verschilt jullie accent veel van Russen, Polen, Roemenen of Bulgaren?'
Marek haalde zijn schouders op. 'Je gaat wel erg kort door de bocht. Het voormalige Oostblok heeft veel staten. Ons accent kun je bijvoorbeeld vergelijken met dat van Slovenen.'
'Dus het hadden bijvoorbeeld ook Russen kunnen zijn?' vroeg Dirck.
'Daar kan ik geen antwoord op geven. Pas als ik iemand hoor spreken kan ik enigszins inschatten waar hij of zij vandaan komt. En dan nog is het lastig.'
'Ga naar huis, instructeur,' mompelde Sojka. 'Dat is behoorlijk bedreigend.' Agnetha knikte instemmend.
'Maar waarom?' vroeg Udo zich hardop af. 'Ik mis de logica. Manon was op dat moment nog geen instructeur.'
Manon voelde hoe ze de grip kwijt begon te raken. Het verhaal van de aanval had ze bewust vroeg verteld, zodat ze alle aandacht had en duidelijk kon maken hoe serieus het haar was. Het was niet de bedoeling dat de speculaties over wie, wat en waarom te vroeg heen en weer vlogen. Ze nam weer het initiatief.
'De val van Stuart was geen ongelukkige samenloop van omstandigheden. Het was een bewuste botsing. Die snowboarder wist precies waarmee hij bezig was. Ik heb het met mijn eigen ogen gezien.'
'Ik niet,' reageerde Stuart spontaan. 'Voordat ik wist wat er precies gebeurde lag ik met mijn snufferd in de sneeuw.'
Bernd schoof enkele centimeters naar voren, keek Manon recht aan en stelde een vraag.
'Jij bent er zeker van dat het opzet was. Wat heb je dan precies gezien?'
Manon gaf hem uitgebreid antwoord. De afgelopen dagen had ze de situatie in gedachten nog vele malen teruggehaald, waardoor ze zich steeds meer details herinnerde. Ondanks haar sterke verhaal wilde Dirck er niet aan.
'Ik kan me voorstellen dat als je het vanaf het begin al vreemd vond, je steeds overtuigder raakte van opzet,' sprak hij rustig. 'Maar je moet je

wel realiseren dat er dagelijks tientallen botsingen en valpartijen zijn waarbij het in eerste instantie lijkt alsof een van de partijen het erom doet. In praktisch alle gevallen is dat niet zo. Onkunde, inschattingsfouten, overmoedigheid, noem maar op. Schijn bedriegt. Al zeg ik er meteen bij dat het in deze situatie anders kan zijn geweest. Ik heb het niet gezien, dus kan ik er niet over oordelen. Omdat ik verder niemand op de piste over opzet heb gehoord, ben ik niet overtuigd. Je kunt je vergissen.'

'Klopt, maar heeft niemand van jullie de afgelopen weken toevallig iets soortgelijks meegemaakt? Een situatie die je vreemd voorkwam? Een botsing die je afdeed met "ongelukkig toeval"?'

Er viel een stilte. Elke seconde die wegtikte voelde aan als een minuut. Toen het er alle schijn van had dat niemand wat ging zeggen, schraapte Agnetha haar stem.

'Ik weet niet zeker of dit ter zake doet, maar vorige week had ik het idee dat mijn groep door iemand werd achtervolgd.'

Manon probeerde haar opluchting te verbergen door de Zweedse fronsend aan te kijken.

'Ik was met een kinderklasje aan het afdalen, toen mijn oog toevallig op een skiër viel die constant achter mijn groepje bleef hangen. Aan zijn stijl zag ik dat hij gevorderd was, dus kon ik geen enkele reden bedenken waarom hij zo extreem rustig skiede.'

'Hij had geen haast, genoot van de omgeving, het was de vader van een van de kinderen of hij was in gedachten over zijn scheiding,' spotte Stuart. 'Kom op, zeg. Zo lust ik er nog wel een paar.'

Hij kreeg bijval van het Duitse viertal dat vanaf de bank bevestigend knikte.

'Toch had ik er een slecht gevoel over. Noem het vrouwelijke intuïtie. Toen hij na een hele tijd nog geen aanstalten maakte om voorbij te gaan, heb ik de groep net na een scherpe bocht van het ene op het andere moment hard laten afremmen. We waren heel even uit zijn zicht.'

'En toen?' drong Manon aan.

'Nog voordat de laatste van mijn groep stilstond, kwam hij met volle

vaart door de bocht. Ik zou zweren dat hij schrok toen hij ons daar zag staan.'
Sojka ging helemaal op in het verhaal van haar vriendin. 'Dat klinkt wel als opzet, anders zou hij toch nooit opeens snelheid gaan maken op het moment dat jullie uit het zicht waren,' concludeerde ze.
'Of hij wilde dwars door de groep heen en had de situatie verkeerd ingeschat,' zei Manon scherp, terwijl ze Dirck recht aankeek. Ze wist dat ze nu een beetje aan het provoceren was, maar dat moest ze wel doen, wilde ze negen collega's van haar gelijk zien te overtuigen.
'*No way*,' zei Dirck. 'Wat ik tot nu toe heb gehoord is voornamelijk gebaseerd op vermoedens en gevoelens. Ook jouw verhaal van die aanranding, hoe vervelend ik dat ook voor je vind, bewijst nog niets over een aanval op SFun. "Ga naar huis, instructeur" kan ook gewoon dronkemanspraat zijn geweest.'
Hij stak direct zijn handen omhoog om Manons protesten bij voorbaat af te kappen.
'Ik geloof je honderd procent dat het gebeurd is en nogmaals, ik vind het heel vervelend voor je en had die vent graag zelf een klap verkocht. Alleen de link naar de Tsjechen van Kraus Kaprun, want daar wil jij volgens mij naartoe, kan ik niet leggen. Nog niet, misschien kun je me straks nog overtuigen.'
Hij stond op. 'Ik ga eerst een biertje pakken.'
De ingelaste adempauze kwam Manon prima uit. Nu hadden haar huisgenoten even de tijd om alles te laten bezinken. Tot haar genoegen zag ze in verscheidene blikken de eerste twijfels. Ze nam zich voor om er de tweede ronde nog feller tegenaan te gaan. Ze had nog een troef.

31

Iedereen had wat te drinken gepakt en was weer gaan zitten. Manon had zich de afgelopen minuten bewust afzijdig gehouden van de onderlinge gesprekken en was even naar de wc gegaan. Ondanks de onenigheid tussen vooral haar en Dirck was de stemming goed gebleven. Haar huisgenoten namen de discussie in elk geval serieus. Agnetha en Sojka stonden aan haar kant, Marek, Bernd, Felix en Rolf kon ze niet goed inschatten, terwijl Dirck, Stuart en Udo nog niet geloofden in haar idee van een complot tegen SFun.

'De brand in het kantoor van SFun was geen kortsluiting,' begon ze. 'Het was inbraak en brandstichting.' Ze vertelde het verhaal van die bewuste avond.

'Dus Rutger heeft tegen ons gelogen?!' sprak Agnetha fel.

Manon maakte direct een sussend handgebaar.

'Nee, zo moet je het niet zien. Hij heeft er een andere draai aan gegeven om onrust en ongemak te voorkomen.'

'Dat is een eufemisme voor liegen,' reageerde Agnetha meteen.

'Ik kan me wel vinden in de verklaring van Rutger,' zei Dirck. 'Zijn idee van een junk die probeerde zijn slag te slaan vind ik behoorlijk geloofwaardig. Jammer dat we het achteraf van jou moeten horen, maar als eigenaar van een skischool heeft hij grote verantwoordelijkheden. Hij heeft geen onrust willen zaaien en dat is gelukt. Het is ook een manier om te laten zien dat je je niet laat kennen. Hij moet soms zaken tegen elkaar afwegen en beslissingen nemen die voor de één logisch en voor een ander vreemd of zelfs onbegrijpelijk zijn.'

Na deze woorden keerde Agnetha zich tegen hem. Het was Manon al opgevallen dat de Zweedse zich had zitten ergeren wanneer Dirck haar

vermoedens probeerde te ontkrachten. Blijkbaar had ze er genoeg van. 'Waarom zit jij Manon zo af te zeiken en Rutger zo op te hemelen? Waar liggen jouw prioriteiten eigenlijk? Bij onze veiligheid of bij SFun?'
'Bij allebei,' reageerde Dirck ongewoon fel voor zijn doen. 'Uit wat ik tot nu toe heb gehoord blijkt nog niet dat SFun bewust wordt gesaboteerd. Natuurlijk, die aanval op Manon en Fleur was beangstigend. Maar het bewijst niet dat de Tsjechen van Kraus Kaprun ons bang willen maken. En over die Tsjechen gesproken, op een handvol instructeurs na zijn daar dus helemaal geen Tsjechen. Alleen de leiding is in Tsjechische handen. Ik kan me nauwelijks voorstellen dat die mensen in een dronken bui een aankomend instructeur van SFun gaan bedreigen. Trouwens, die geruchten dat Kraus Kaprun de school van SFun wil overnemen gonzen al een tijdje. Het is oudewijvenpraat waar ik zo langzamerhand behoorlijk misselijk van word. Als Kraus Kaprun ons over had willen nemen was dat allang gebeurd.'
Hij schudde krachtig met zijn hoofd. 'Ik begrijp de commotie. Het is een aantal gebeurtenissen op rij waaraan een luchtje hangt. Maar ik geloof niet dat ze samenhangen. Het zijn, zeg maar, voorbijtrekkende wolken die toevallig op die tijd en plek langs dreven. Laten we vooral ons hoofd koel houden en bij de feiten blijven. Alleen dan kom je tot een eerlijke conclusie.'
'Het zijn zeker geen lieftallige schapenwolkjes, Dirck,' antwoordde Manon droog. 'En je geeft dus wel toe dat er een luchtje aan hangt. Luister, de voordeur van het kantoor was niet geforceerd, hij stond gewoon op een kiertje. Ken jij een junk die met de sleutel van SFun op zak loopt?'
Het sloeg in als een bom. Dirck en Stuart keken elkaar aan. Manon zag dat ze begonnen te twijfelen.
'De brandhaard was in de gang. Later realiseerde ik me dat dat toch wel een vreemde plek was om brand te stichten. De dader moest eerst de papieren uit het kantoor halen, ze op een hoopje leggen en in brand steken. Het is raar dat je zo koelbloedig bent, terwijl je net daarvoor je woede op een metalen kast hebt gekoeld. Die kast is eerder een kluis dan een boksbal om je woede op te bekoelen. Er is bewust geprobeerd

hem te openen voor de inhoud. Ik kan me ergens nog wel indenken dat als het iemand was die op geld uit was, hij dacht dat hij daar moest zijn. Maar omdat die papieren zo doelbewust verbrand zijn, kan de indringer maar op één ding uit zijn, of hij wil ons in elk geval doen geloven dat hij daar op uit was. Het reserveringsboek.'

Felix stak zijn hand op.

'Sorry, maar ik kan het niet meer volgen. De inbreker heeft een sleutel, maar krijgt de kast niet open? En omdat hij het reserveringsboek niet te pakken krijgt, stookt hij een vuurtje op een onlogische plek?'

Manon knikte.

'Zoiets, ja. Hij is binnengekomen met de sleutel en heeft wat rotzooi gemaakt om het geheel een chaotischer aanzicht te geven. Daarna heeft hij de kast gemolesteerd, wat papieren onder zijn arm genomen en op een ongevaarlijke plek een brandje gesticht. Waarschijnlijk stond hij te wachten tot het doofde toen ik hem betrapte.'

Bernd nam een slok van zijn bier en zette het flesje hard neer op de tafel.

'Je bracht me aan het twijfelen, maar na deze theorie ben ik weer helemaal terug bij af. Wat een onzin, zeg. En wat zou hij met dat reserveringsboek willen? Klanten stelen?'

Stuart klikte met zijn tong om zijn ongenoegen te uiten. 'Ik vind je een schat van een meid, Manon. Maar met deze verklaring voor de brandstichting ga je echt te ver. Dat wil er bij mij gewoonweg niet in.'

Manon deed zijn kritiek af met een kort schouderophalen.

'Het was een waarschuwing. Als de indringer had gewild, was die kast heus opengegaan. In plaats van het reserveringsboek te stelen, maakte hij een statement. Nu houden we het bij een rotzooitje en een onschuldig brandje, de volgende keer pakken we wat we werkelijk willen en steken de tent echt in de fik. Een tactiek die niet echt bij een junk past, lijkt me.'

Stuart nam een slok van zijn bier en liet binnensmonds een boer.

'Het klinkt misschien gek, maar ik begrijp jouw standpunten wel. Alleen past dit scenario beter bij een spannende film dan bij een Oostenrijks

skioord. Kijk, jij bent nieuw, ziet spannende dingen gebeuren en beoordeelt ze anders dan wij. Dit is niet lullig bedoeld, maar wat voor jou in eerste instantie de absolute waarheid lijkt, blijkt later heel anders te liggen. Toeval, een samenloop van omstandigheden, noem maar op.'
'Dus de stelling dat het Kinderland vannacht door een stelletje baldadige jongeren in puin is geslagen valt onder de absolute waarheid,' sprak Manon op afgebeten toon. 'Volgens mij is dát dus onzin, want bezopen jongeren rijden niet een berg op waarna ze honderden meters door de sneeuw ploegen om als hoofdprijs wat kunststofpoppen te kunnen vernielen. Dát gaat er bij mij niet in.'
Bernd stak zijn hand op. 'Waarom zo moeilijk? Stel nu eens dat jij gelijk hebt, Manon. Dan zijn er toch veel makkelijkere manieren om de boel te saboteren? Het materiaalhok is het eerste wat me te binnen schiet. Als ze ons materiaal stelen of in stukken slaan, hebben we echt een probleem. Dan ligt de hele school plat.'
Manon dacht na over zijn stelling. In de opslagplaats die twee straten van het kantoor verwijderd lag, konden de instructeurs hun spullen opslaan. In de praktijk kwam het erop neer dat iedereen hier 's middags zijn ski's en skischoenen dropte en ze de volgende morgen weer oppikte. Materiaalman Norbert werkte er parttime. Hij was verantwoordelijk voor het onderhoud van het skimateriaal en had net als iedere instructeur een sleutel van het gebouw.
Dirck zag dat Manon de woorden van Bernd overdacht en speelde daar handig op in door rustig af te sluiten.
'Rustig aan. Met verwijten schieten we niets op. Het is duidelijk dat Manon best wel een punt heeft. Er gebeuren merkwaardige dingen, alleen, wie daaraan schuldig is, als er al een schuldige in het spel is, en of het er maar één is, weten we niet. Ik stel voor om de komende dagen onze ogen goed open te houden en met elkaar te communiceren. Mocht er iets vreemds aan de hand zijn, dan kunnen we meteen als groep ingrijpen.'
Manon keek naar haar collega's. Ze dacht dat er na hun kleine pauze weinig was veranderd. Het leek er niet op dat ze naast Agnetha en Sojka

nog iemand van haar gelijk had kunnen overtuigen. Het was eerder de verkeerde kant op gegaan, want Bernd had voor de zienswijze van Dirck en Stuart gekozen.

'Ik vind dat we hier met Rutger over moeten praten,' meende Sojka. 'Dit gaat echt ergens over en het is toch ook in zijn belang dat er dingen worden bevestigd of ontkracht?'

Agnetha stak haar duim op.

'Mee eens. We lopen nu met een rotgevoel rond. Ik wil niet zeggen dat ik opeens achter elke boom een vijand zie, maar toch...'

'Oneens,' zei Udo. 'Volgens mij moet je pas met Rutger gaan praten als je over bewijzen beschikt en er een onwerkbare situatie ontstaat. Mocht Manon gelijk hebben, dan blijft het niet bij deze pesterijen. Op dat moment is het vroeg genoeg om een gesprek aan te gaan, Rutger ziet ons al aankomen. Tenslotte is onrust in zijn bedrijf het laatste waarop hij zit te wachten.'

Dirck stond op. 'Manon heeft dingen gezegd die het overdenken waard zijn. We moeten ervoor waken dat er onderling geen wrevel ontstaat. Daarom is het van het grootste belang dat we ons houden aan de vooraf gemaakte afspraak dat elk woord dat hier is gezegd onder ons blijft.' Zijn blik gleed langzaam langs de gezichten van zijn collega's.

'Kan iedereen hiermee leven?' vroeg hij even later.

De vier Duitsers en Stuart knikten. Marek, Agnetha en Sojka aarzelden, maar gaven uiteindelijk toe. Manon keek stuurs voor zich uit. Een reactie die de rest wel begreep.

'Ik hou mijn mond, daar kunnen jullie op rekenen,' antwoordde ze even later.

'Klasse,' zei Dirck.

32

Manon had de televisie voor de schijn aangezet. Mocht Agnetha, Sojka of Marek toevallig binnenkomen, dan kon ze doen alsof ze naar een programma keek, in plaats van piekeren en balen. Zelfs als afleiding werkte televisiekijken niet. Ze was kwaad, teleurgesteld, maar ook strijdlustig. Ze wilde schreeuwen en keihard janken. Ze voelde zich vernederd, belazerd en te kakken gezet door de mensen die ze min of meer had vertrouwd. Twaalf banen, dertien ongelukken. Het had er alle schijn van dat het deze keer weer zo zou aflopen, toch? Enthousiast beginnen en eindigen met een kater. Drie maanden op de kappersvakschool, twee maanden in een kledingboetiek, vijf weken als serveerster... ga zo maar door. Kwam er ooit een programma met daarin de beroerdste cv's van Nederland, dan zou ze moeiteloos de finale halen.

'Het is niet eerlijk.' Ze fluisterde en beet op haar lip. 'Ik had de beste bedoelingen en ze hebben me laten vallen als een baksteen.' Ze was boos op iedereen, inclusief zichzelf, omdat ze als een klein kind zat te mokken. Het liefst had ze haar frustraties botgevierd op alles wat voorhanden was, het meubilair bijvoorbeeld.

Waarom? Wat had Dirck, en in mindere mate Stuart, bezield om constant tegen haar vermoedens in te gaan? De mannen met wie ze de afgelopen weken zo'n goede band had opgebouwd, vooral Dirck, waren vanavond haar voornaamste tegenstanders geweest. Was hun leuke contact dan één grote leugen?

Ze kon niet zeggen dat ze niet geprobeerd hadden er serieus over te praten, maar toch was ze beledigd. Uiteindelijk hadden ze haar niet vertrouwd. Ze geloofden haar niet en deden niets met haar verhaal.

De voordeur werd geopend. Dirck kwam de woonkamer binnen, zag dat

ze alleen was en knikte met zijn hoofd dat ze hem moest volgen. Na de discussie verbaasde dit haar. Heel even overwoog ze om hem de huid vol te schelden. Toen ze zijn grote ogen zag, die haar bijna smekend aankeken, stond ze op en liep achter hem aan. Ze pakte haar jack van de kapstok en volgde hem naar buiten, waar Stuart stond te wachten.
Dirck keek haar recht aan en legde demonstratief zijn vinger op zijn lippen. Vlak voordat ze een zijstraat in schoten, keek Dirck achterom.
'Wie zijn er nog thuis?' vroeg hij aan Manon.
'Agnetha en Sojka zijn zich aan het douchen en omkleden, ze hebben vanavond een feestje. Marek zit op zijn kamer.'
'Wat is het toch een heerlijk feestbeest, die Tsjech,' mompelde Stuart.
'En jullie Germaanse vriendjes zijn gezellig met z'n viertjes op stap.' Het sarcasme in haar stem weerkaatste tegen de muur van het steegje.
'Ik kan me voorstellen dat je boos op ons bent,' zei Dirck.
'Daarom zijn we ook teruggekomen,' vulde Stuart aan. 'Om het je uit te leggen.'
Manon keek het duo achterdochtig aan. Even schoot het door haar heen dat ze een rotstreek voor haar in petto hadden. 'Ik ben benieuwd.'
'Zoals je weet zijn Stu en ik de instructeurs die zo'n beetje het langst bij SFun werken. Wij zaten bij de lichting waarmee Rutger verleden jaar begon. Omdat hij pas halverwege het seizoen opende, was het een kort sneeuwjaar. Een periode waarin geen incidenten plaatsvonden. Tenminste, niet dat wij weten.'
Na het woord 'incidenten' was Manon bijzonder alert. Dit gesprek beloofde heel interessant te worden.
'Twee weken voordat jij dat Engelse meisje op de zwarte piste stopte, waren er twee incidenten. Het gebeurde bij instructeurs die in de andere chalets wonen. We stonden er pas bij stil, toen zich een reeks van dit soort voorvallen aandiende.'
Stuart knikte. 'We zijn niet blind, Manon. Op een gegeven moment werd het ons duidelijk dat er wat speelde. Het probleem was en is dat opzet niet of nauwelijks te bewijzen valt.'

'Dus jullie wisten al langer dat er vreemde dingen plaatsvonden!' reageerde ze verontwaardigd. 'Waar sloeg dat toneelstukje van vanavond dan op? Waarom steunden jullie mij niet?'
Dirck vertraagde zijn pas. Ze waren inmiddels op de hoofdstraat van Zell am See beland, waardoor hun stemmen niet meer zo weerkaatsten tegen de muren van de huizen.
'We hebben die redenen al genoemd,' antwoordde Dirck. 'Ten eerste hebben we geen harde bewijzen en ten tweede willen we geen paniek onder de instructeurs zaaien. Als we met een verhaal naar Rutger stappen, dan moet het goed onderbouwd zijn.'
Manon schudde vol ongeloof haar hoofd.
'Ik begrijp niets van jullie opstelling. Jullie weten dat er wat speelt, maar ontkennen het tegenover onze collega's en weigeren het met Rutger te bespreken. Moet er soms eerst iets verschrikkelijks gebeuren voordat jullie mij openlijk steunen? Op de piste gebeuren de meest idiote dingen en jullie durven daarover niet met Rutger te praten. Wat is dat voor een belachelijk standpunt? Zijn jullie soms bang voor hem?'
'Wij zijn voor niemand bang,' siste Stuart.
Manon bleef staan. Dirck legde zijn hand op haar schouder.
'Naast dat vervelende gedoe speelt er nog wat anders,' sprak hij op rustige toon. 'Zoals ik je verteld heb, wil Rutger een vast team rond SFun gaan opzetten. Daarvoor kiest hij mensen in wie hij gelooft. Mensen met verantwoordelijkheidsgevoel, die in hectische tijden hun hoofd koel weten te houden. Rutger heeft zijn ogen niet in zijn zak zitten en weet donders goed wat er speelt. Blijkbaar is hij ook nog niet overtuigd van kwade opzet, want hij heeft er zover ik weet nog met niemand over gesproken.'
'Hij heeft er zijn eigen lezing aan gegeven, zul je bedoelen,' zei Manon cynisch. 'Ik begrijp niet dat hij het steeds zo raar uitlegt. Een junk die niets steelt en gericht brandsticht. Dronken jongeren die honderden meters door de sneeuw ploegen om kinderspeelgoed te vernielen. Hou toch op. Volgens mij houdt hij iets voor ons achter.'
'Dat weten we niet zeker,' sprak Stuart zonder veel overtuiging in zijn stem.

'Dat is precies wat hij wil horen,' sneerde Manon. 'Jij bent een heuse baantjesjager, Stuart. Dat valt me vies van je tegen.'
'Je oordeelt te snel, Manon.' Terwijl hij sprak, zag ze dat Dircks houding verstrakte.
'Ook wij weten niet hoe het zit. Daarom vellen we nog geen oordeel. Maar geloof me, we zitten erbovenop. Zo gauw we uitvinden wie hier achter zit, gaan we naar Rutger en leggen het op tafel. Baantje of geen baantje. De veiligheid van de instructeurs staat voorop.'
'Als jullie er echt zo over denken, heb ik een interessant aanknopingspunt waar ik niet eens aan toekwam, omdat je zo snel wilde afsluiten. Tijdens die demonstratie in Kaprun heb ik iemand van The Blue Devils herkend. Het was dezelfde vent die met zijn stok de rijen ski's liet vallen en voor een puinhoop bij het restaurant zorgde.'
Dirck en Stuart keken elkaar aan.
'Wat is er?' wilde Manon weten. 'Geloven jullie me soms niet? Nou, ik kan je verzekeren dat het die kerel was! Of ga je nu weer zeggen dat het allemaal toeval was, of dat ik me toch sterk kan vergissen omdat ik hem op afstand zag, of dat alle ervaren skiërs op elkaar lijken.'
Terwijl ze stond te tieren schudde Dirck langzaam zijn hoofd.
'We geloven je heus wel,' zei hij zacht. 'Als het allemaal klopt, is het behoorlijk heftig.'
'Waarom?'
'Omdat wij The Blue Devils eerder hebben zien optreden en met sommigen van hen een biertje hebben gedronken,' zei Stuart.
'Het team bestaat uit Oostenrijkers en Duitsers,' vervolgde Dirck. 'Wij kennen die gasten oppervlakkig, er schiet me niet eens meer een naam te binnen. Er is echter één ding dat ik zeker weet.'
Stuart snoof luidruchtig.
'Naast de Oostenrijkers en de Duitsers zit er ook een Tsjech in dat team.'

33

'Hé, Manon!' Ze zwaaide terug naar de instructeur die in het midden van de piste een groep leerlingen voorging. Zijn naam was Olaf, een aardige Duitser met wie ze gisteravond in Diele een biertje had gedronken. Hij was twee maanden in dienst bij SFun en woonde in een van de twee andere chalets die Rutger had gehuurd.

Terwijl ze een ruime bocht naar links nam, keek ze over haar schouder. Haar leerlingen volgden alsof ze aan een touwtje hingen. Het waren twee Nederlandse stelletjes van in de dertig die 's winters altijd de warmte opzochten. Verleden jaar op een strand in de Cariben hadden ze besloten om te leren skiën.

Manon stak haar duim op. 'Jullie doen het geweldig!'

Vera was de enige die zwaar geconcentreerd voor zich uit bleef kijken. Zij had moeite met het vinden van haar balans en het insturen van de bochten. Omdat ze focuste op haar voorganger, leek de afdruk van zijn verse spoor in de sneeuw het enige waarin ze echt was geïnteresseerd.

'Je doet het prima, Vera!' De Rotterdamse reageerde niet op het compliment. Ze had het veel te druk met het lezen van de route die door de ski's van haar man werd uitgestippeld.

Manon vertraagde het tempo door zo lang mogelijk in de breedte van de helling te blijven skiën. Hierdoor kwam ze bij het aansnijden van de volgende bocht bijna stil te staan. Dit was voor het viertal de tweede dag dat ze op ski's stonden en hun eerste afdaling op een blauwe piste.

Door het slakkengangetje kreeg ze alle tijd om haar blik over de piste te laten dwalen. Net als de vorige dagen was het druk. De mensen lachten, maakten plezier en genoten van de verse sneeuw waarin de zon weerkaatste. Dit was wintersport op zijn best.

Een soortgelijke stemming had ze gisteravond weer geproefd in Diele. Na het desastreus verlopen gesprek met haar huisgenoten was ze twee avonden thuisgebleven. De meeste tijd was ze alleen geweest, alleen Marek had haar gisteravond een paar uurtjes gezelschap gehouden. Hoewel ze er eigenlijk niet over wilde praten, was het onvermijdelijk dat het gesprek op de vergadering kwam. Marek geloofde haar, wat ook voor Agnetha en Sojka gold, wist hij zeker. Nadat ze wat meningen en mogelijkheden de revue hadden laten passeren, besloten ze het onderwerp te laten rusten. Ze had met geen woord over haar gesprek met Dirck en Stuart gerept. Ook al zou Marek haar geloven, ze had Dirck beloofd het er voorlopig met niemand over te hebben.

Gisteravond in de kroeg was het weer heel gezellig met haar huisgenoten. Ze zouden wel zien wat er gebeurde.

'Dit is belachelijk!' hoorde ze een verontwaardigde Agnetha door de portofoon zeggen. 'Er schieten net twee snowboarders dwars door mijn groep heen. Die kleintjes zijn enorm geschrokken.'

Dirck reageerde als eerste.

'Waar ben je?'

'Route 1, vlak voor de eerste afslag naar 2. Die gasten zijn rechtdoor gegaan.'

'Hoe zagen ze eruit?'

'Twee mannen, een geel en een zwart pak. Ze droegen rare, gekleurde mutsjes.' Ze haalde diep adem. 'Normaal gesproken laat ik het gaan, maar na ons gespr...'

'Goed gedaan, Agnetha,' kapte Dirck af. 'Ik sta driehonderd meter onder je en zag ze net voorbijkomen. Ik ga erop af.'

Dirck was nog niet uitgesproken of Manon zag het tweetal aan de andere kant van de piste. Ze hielden er inderdaad een belachelijk hoog tempo op na. Nietsvermoedende skiërs werden rakelings gepasseerd. Manon handelde snel. Ze remde en wachtte totdat de groep stilstond.

'Ik moet even weg. Jullie blijven hier op me wachten, oké? Het duurt hooguit tien minuten.'

Het viertal knikte gedwee. De mannen trokken hun jack open en visten er een pakje sigaretten uit. Voor de eerste keer deze ochtend lachte Vera. De ingelaste stop kon haar niet lang genoeg duren.
Manon skiede naar de linkerkant van de piste. Toen Dirck haar voorbij suisde, vloog ze achter hem aan. Dirck pakte zijn portofoon. De snelheid waarmee ze afdaalden maakte voor hem niet uit. Hij bracht de portofoon naar zijn mond en drukte op de zendknop.
'Is er iemand in de buurt van het Mittelstation?' De twee roekeloze skiers hadden de afslag naar links laten liggen. Dit was route 13, een zwarte piste die uitkwam in het Schmittental. Een lastige en lange afdaling die niet in hun plan was opgenomen. In plaats daarvan hadden ze een stuk rode piste gekozen en koersten recht op de liften af die hen in Zell am See zouden afzetten.
'Ik,' antwoordde hun huisgenoot Udo. Hij had meegeluisterd en meteen gereageerd toen er om hulp werd verzocht.
'Laat die twee niet instappen. Desnoods vraag je hulp aan het liftpersoneel.'
'Komt in orde,' bevestigde Udo.
Terwijl ze haar best deed om tragere skiërs op fatsoenlijke wijze te passeren, zag Manon hoe het tweetal een vreemde actie ondernam. In plaats van alsmaar rechtdoor te gaan, bogen ze af naar de rechterkant van de piste. Hier waren kunstmatig aangelegde hobbels waarop de meer ervaren wintersporters sprongen konden maken. Een voor een namen de mannen de obstakels, waardoor ze veel snelheid verloren.
Met een flauwe bocht keerden ze terug op het middelste gedeelte van de piste. De afstand tot hun achtervolgers bedroeg nog hooguit vijftig meter. Dirck grijnsde triomfantelijk.
'We komen gelijktijdig aan bij de liften.'
Het nietsvermoedende tweetal gleed rechtstreeks naar de ingang van de liften. Tussen de mensen die op een gondel stonden te wachten, zag Manon haar collega Udo staan. Hij had zich zo opgesteld, dat iedereen die door het poortje wilde, eerst langs hem moest.
De snowboarders remden af. Manon en Dirck waren het tweetal tot op

enkele meters genaderd. Hoe zouden die gasten reageren? Gelaten, agressief, ontkennend? Wat was hun nationaliteit, waren het Tsjechen? Ze voelde angst opkomen. Natuurlijk waren het Tsjechen! En wat denk je zelf? Zouden zulke schoften gedwee reageren als ze door drie instructeurs staande werden gehouden? Dacht het niet! Opeens leek deze achtervolging geen goed idee meer.

De twee remden krachtig af. Toen ze stilstonden, gaven ze elkaar tot haar grote verbazing een high five. Ze lachten en joelden uitbundig.

Dirck stopte naast de man in het gele pak. Hij droeg een paarse muts met touwtjes waaraan wollen balletjes hingen.

'Wat zijn jullie aan het doen?' vroeg Dirck in het Engels. Zijn ondertoon was agressief en dreigend.

'Wat bedoel je?' antwoordde de snowboarder verbaasd. Door Dircks verbale uitval was de grijns op zijn gezicht verdwenen.

Manon hoorde de Nederlandse tongval en schakelde over op haar moedertaal.

'Jullie zijn boven aan de berg dwars door een groepje kinderen heen gevlogen. Wat is dat voor idioot gedrag? Waar slaat dat in godsnaam op?' Terwijl ze de mannen de les las, zag ze de zinloosheid ervan in. Dit waren geen Tsjechische saboteurs, maar Nederlandse toeristen van achter in de twintig die in hun enthousiasme een stomme streek hadden uitgehaald.

'Sorry,' zei de man met het zwarte pak. Hij droeg een rode muts met witte stippen die met carnaval niet zou misstaan. 'Dat was echt niet de bedoeling. Ik bied mijn verontschuldigingen aan.'

Zijn vriend knikte.

'Ik ook.' Het klonk gemeend.

Met een felle beweging van zijn skistok drukte Dirck de vergrendeling van de bindingen van zijn schoenen los.

'Doe in het vervolg rustiger aan. Op dit soort kamikaze-acties zit niemand te wachten.'

De twee waaghalzen waren na de uitbrander niet meer zo uitgelaten. 'Het zal niet meer gebeuren.' Ze pakten hun snowboards op en liepen

naar de andere kant van de opstapplaats. Ze gingen weer omhoog, in plaats van naar beneden.
'Geen Tsjechen,' zei Udo die naar hen was toe gelopen.
'Een stelletje zotte Hollanders,' antwoordde Dirck. In het Engels bracht hij Udo op de hoogte van hun inschattingsfout.
Udo haalde zijn schouders op.
'Ik had precies hetzelfde gedaan,' meende hij. 'Als het wel Tsjechen waren geweest, hadden we ze nu mooi te pakken.' Hij stak zijn hand op en wandelde terug naar zijn leerlingen, die op een muurtje genoten van het mooie weer.
'Als,' mompelde Manon. 'Daar schieten we lekker veel mee op.' Teleurgesteld stapte ze uit haar ski's en legde deze op haar schouder. Samen met Dirck liep ze langs de rij wachtenden. Niemand maakte een opmerking toen ze vooraan gingen staan. Het was een ongeschreven wet dat instructeurs altijd voorrang hadden. Zij moesten hun brood verdienen, de rest was hier voor de lol.
'Dirck, Manon?' De stem van Rutger klonk door de portofoon.
'Ja?' zei Dirck afwachtend.
'Zijn jullie nog bij de liften?'
Dirck antwoordde bevestigend.
'Blijf daar. Ik kom er zo aan.'
Ze maakten plaats voor een groepje van vier dat in de gondel stapte. Eenmaal buiten, zuchtte Manon hardop.
'Ook dat nog.'
'Je weet dat hij meeluistert.'
Het was Manon die enkele minuten later haar baas ontdekte. Terwijl Dirck naar de mensen in de gondels keek die vanuit het dal omhoogkwamen, had zij zich omgedraaid en zag Rutger. Hij daalde in een rustig tempo af. Achter hem volgde een groep van tien mensen zijn spoor. De eerste vier waren haar leerlingen.
'Heb jij vandaag soms een groep van zes?'
Dirck draaide zich om. Zijn oog viel meteen op het menselijke lint.
'Ach, jezus,' gromde hij. 'Nu zijn we pas echt de lul.'

Rutger leverde zijn groep recht voor de ingang af. Toen hij stilstond, maakte hij een gracieus armgebaar in de richting van Manon en Dirck. 'Dames en heren, uw instructeurs,' sprak hij met het elan van een spreekstalmeester. Manon en Dirck forceerden een glimlach, maar konden wel door de grond zakken. Met een snelle beweging die veel ervaring verried, glipte Rutger uit zijn ski's en liep op hen af. Hij ging recht voor hen staan, zodat de leerlingen zijn gezicht niet konden zien. Van het ene op het andere moment stond dat op onweer. Hij richtte zijn blik op Manon.

'Laat nooit je leerlingen in de steek,' zei hij streng. Daarna keek hij Dirck aan. Naast woede stond in zijn ogen teleurstelling te lezen. Zonder verder iets te zeggen liep hij naar de liften.

34

Het was kwart voor negen 's morgens en ze stonden als een van de eersten op de top van de Schmitten. De zon begon langzaam aan kracht te winnen, waardoor de laatste flarden ochtendmist oplosten. Het uitzicht was fantastisch.

'Prachtig,' zei Bernd.

'Adembenemend,' vond Manon. 'Volgens mij verveelt dit nooit.'

Terwijl ze in hun ski's stapten, wierpen ze een laatste blik op het beeldschone wintertafereel. De langste afdaling van vandaag lag voor de boeg. De wekelijkse instructeurstrainingen waren intensief, vaak tot op het randje. De komende uren hadden ze al hun concentratie nodig.

Bernd zou de eerste afdaling leiden. Zowel route als volgorde was gisteravond bepaald. In een halfuur durende vergadering in hun chalet was deze training besproken. In totaal zouden ze vier afdalingen maken. Ploegenbochten en carven waren de belangrijkste technieken om te oefenen. De instructeurs die voor hun tweede diploma opgingen, leidden de afdalingen. Bernd begon, daarna Marek, Manon als derde en Udo sloot af als leider.

Van de Schmittenhöhe helemaal door tot de liften bij Schüttdorf. Een kilometerslange tocht over blauwe en rode pistes. Vandaag deed de moeilijkheidsgraad van de pistes er niet toe, de snelheid wel. Daarom trainden ze zo vroeg mogelijk, voor de grote drukte kwam.

Het eerste stuk was breed en vrij vlak. Manon voelde zich lekker. Het incident met de twee Nederlanders had ze achter zich gelaten. Ze had op z'n minst nog een berisping op kantoor verwacht, maar het was bij die ene uitbrander van Rutger gebleven. De dagen daarna had ze goed gewerkt en was er niets vreemds voorgevallen.

Het onverantwoordelijke optreden van de twee Nederlanders had ook voor een positieve wending gezorgd. Haar verhouding met Dirck was weer ouderwets goed. Uit zijn snelle reactie was gebleken dat hij haar inderdaad geloofde. Dit vertrouwen deed haar goed. Ook op het persoonlijke vlak waren ze verder naar elkaar toe gegroeid. Een knipoog hier, een geheimzinnig lachje daar. Op een prettige manier broeide het tussen hen. Ze wist nog niet waartoe dit zou leiden, maar ze vond zijn aandacht zeker niet vervelend.

Het vlakke gedeelte zat erop. Bernd was bijna bij de eerste, flauwe bocht naar rechts en verhoogde het tempo. De bocht op zich stelde weinig voor, hij was overzichtelijk en er waren geen andere wintersporters in de buurt die voor oponthoud konden zorgen. Zoals afgesproken, nam hij de bocht op volle snelheid. Marek zakte iets verder door zijn knieën en bleef keurig in zijn spoor.

Aan het eind van de bocht werd de piste minder breed. Op dit tussenstukje, dat hen van de eerste route naar de tweede bracht, hield Bernd de snelheid hoog. De linkerbocht die nu kwam deed Bernd volgens het boekje, zag Manon. Eerst week hij naar buiten, om meteen scherp naar links te steken. Hij sneed de bocht als het ware doormidden zonder krachtig af te remmen. Een perfecte manoeuvre. Toch ging het mis.

Van het ene op het andere moment schoot zijn linkerski onder hem vandaan. Hij verloor meteen zijn evenwicht en viel op zijn linkerzij. Door de snelheid begon hij te rollen, waardoor zijn rechterski eveneens losschoot. Hoewel de sneeuw hem afremde, gleed hij veel te snel op de opstaande rand van de piste af. Hij vloog door de lucht, miste de eerste rij bomen, en landde precies tussen twee sparren.

Marek remde krachtig af. Manon volgde zijn voorbeeld, waarbij zij hem per ongeluk op een wolk van opvliegende sneeuw trakteerde. Net als de andere instructeurs schopten ze hun ski's uit en renden naar de plek waar Bernd lag. De rest van de groep zat hen op de hielen. Iedereen was geschokt door de vreselijke klap die hun collega had gemaakt en wilde helpen.

Bernd was bij bewustzijn. Hij lag op zijn zij en kreunde zachtjes. Marek knielde naast hem neer.
'Waar heb je pijn?' vroeg hij.
'Mijn rechterbeen,' antwoordde Bernd met opgetrokken bovenlip.
Stuart trok zijn ski-jack uit en legde het over de onfortuinlijke Duitser heen. Via haar portofoon hoorde Manon hoe Dirck de pistedienst op de hoogte stelde van het ongeval. Er werd door een donkere stem bevestigd dat ze er binnen tien minuten zouden zijn met de banaan. Tevens werd hun geadviseerd het slachtoffer niet te vervoeren en hem warm te houden.
Die tien heel lange minuten overbrugden ze door in een halve cirkel rond Bernd te staan en met hem te praten. De eerste schrik verdween toen Bernd aangaf dat hij behalve de pijn in zijn been nergens last van had. Stuart maakte zelfs een grapje over zijn belabberde techniek, waarmee hij voor even de pijnlijke grimas van het gezicht van zijn collega liet verdwijnen.
De twee medewerkers van de pistedienst verschenen precies binnen de afgesproken tijd. Ze stelden enkele gerichte vragen en droegen Bernd naar de piste. Daar legden ze hem op een brancard. Op verzoek van Bernd trokken ze zijn skischoenen uit en overhandigden deze aan Udo, die een beetje aangeslagen keek hoe zijn vriend werd afgevoerd.
'Ik zie jullie straks,' zei Bernd tegen de groep. 'Misschien valt het allemaal wel mee.' Hij stak zijn duim op toen de slee in beweging kwam.
Agnetha pakte de ski van Bernd op en Felix liep naar de plek waar de andere ski in de sneeuw lag.
'Hij was ervan overtuigd dat het aan zijn materiaal lag,' zei Stuart.
'Dat zou ik ook zeggen,' antwoordde Dirck. 'Niemand geeft graag een stuur- of inschattingsfout toe.'
'Ik heb hem geen fout zien maken,' meende Manon. Ze keek Marek aan. 'En jij? Jij zat vlak achter hem.'
Marek schudde nee. 'Volgens mij deed hij alles goed.'
Dirck liep naar Agnetha toe en pakte de ski uit haar handen. 'Geef eens', zei hij tegen Udo, die hem een skischoen aanreikte. Hij klikte de schoen

in de ski, stopte zijn hand in de schoen en maakte een wrikkende beweging. De schoen bleef verbonden met de ski.
'Niets mis mee. Goed afgesteld, precies zoals het hoort voor een instructeur.'
Felix had de linkerski inmiddels gevonden en gaf deze aan Dirck. Hij klikte de andere schoen vast en deed hetzelfde als daarnet. De ski schoot ogenblikkelijk los van de schoen.
'Dat is raar,' regeerde Dirck verbaasd. 'Die afstelling is voor een beginner.'
Hij was nog niet uitgesproken of Stuart vloekte al hardop.

35

'Mam, ik moet nu echt ophangen,' zei Manon. Ze zag hoe Rutger zijn auto voor de deur van het chalet parkeerde en uitstapte.
'Natuurlijk vind ik het leuk dat jullie komen,' sprak ze gehaast. 'Hartstikke leuk, ik kan niet wachten tot jullie er zijn.'
Terwijl ze richting het chalet liep, benadrukte ze nogmaals dat ze een vergadering had en het gesprek echt moest verbreken. Ze hoorde haar moeder nog wat afscheidswoorden zeggen toen ze de verbinding verbrak.
Met stevige pas liep ze terug naar het huis waar men ongetwijfeld op haar zat te wachten. Toen haar moeder belde, had ze in de woonkamer gezeten met haar huisgenoten. Ze waren klaar voor het gesprek met Rutger dat spoedig zou volgen. Omdat ze het niet passend vond in deze omgeving een privégesprek te voeren waar iedereen bij was, had ze haar jas aangetrokken en was naar buiten gegaan. Het gesprek met haar moeder duurde echter langer dan ze had verwacht. Na een omslachtige inleiding meldde ze dat ze in de omgeving van Zell am See heel voordelig een huis hadden geboekt. Fleur ging ook mee en volgende week kwamen ze aan!
Manon dacht aan haar eigen antwoord en kon zichzelf wel voor haar hoofd slaan. Ze had flauwtjes gereageerd in plaats van enthousiast. De stilte die haar moeder liet vallen sprak boekdelen. Gelukkig realiseerde ze zich meteen wat een domme fout ze had gemaakt en ze verontschuldigde zich.
Ze vertelde haar moeder over de werkschema's, het buffelen op de piste en haar aanstaande cursus. Ze had veel dingen aan haar hoofd en was best wel nerveus voor het naderende Landesdiploma dat ze zo vreselijk

graag wilde halen. Dat hield haar constant bezig, vandaar haar eerste, lauwe reactie.

Toen haar moeder begrip toonde voor de situatie, benadrukte ze dat ze echt heel blij was met deze baan. Ze had het helemaal naar haar zin en ze kon het heel goed vinden met haar collega's en huisgenoten. Dat had ze natuurlijk al eerder verteld, maar ze voelde dat ze dit juist nu moest benadrukken. Over wat er werkelijk gebeurde, zweeg ze.

Na de val van Bernd hadden ze de training afgebroken. Niemand had nog zin. Bernd had geen fout gemaakt, zijn ski was gesaboteerd. Dat kon niet anders.

Iedereen in het chalet had een sleutel van het materiaalhok. De overige instructeurs die ook een sleutel hadden vielen af. Zij waren niet bij de vergadering geweest waarin de volgorde tijdens de afdaling was bepaald. Degene die Bernds ski's had gesaboteerd wist dat hij als eerste ging afdalen en dus voor het oog van de hele groep een smak zou maken. Weer een waarschuwing?

Er moest een verrader onder hen zijn. Maar niemand sprak er openlijk over, waarschijnlijk uit angst. Wie, dat was de grote vraag. Wie van haar collega's, mensen die ze tot op zekere hoogte had vertrouwd, droeg een geheim met zich mee?

Haar intuïtie zei dat het niet Dirck of Stuart kon zijn. Bernd viel automatisch af en van Marek, ook al was het een Tsjech, kon ze zich niet voorstellen dat hij ook maar iemand een vlieg kwaad kon doen. Zelfs als de Tsjechische leiding van Kraus Kaprun hierachter zat, was dat geen reden om Marek hiervan te verdenken. Tenslotte had hij zelf aangegeven niets met die mensen te maken willen hebben.

De eerlijke, nuchtere Agnetha en de verlegen, soms neurotische Sojka konden het ook niet zijn, of ze zou zich sterk in hen moeten vergissen. Bleven Udo, Felix en Rolf over. Hoewel ze weinig contact met de Duitsers had, leek ook dat haar onwaarschijnlijk. Bernd was een vriend van ze. Als een van hen zich vreemd gedroeg, zou dat de anderen toch zijn opgevallen? Toch zat er tussen al die mensen die zo vriendelijk leken iemand die een masker droeg. In het meest onwaarschijnlijke geval had

iemand hen af staan luisteren. Ze stapte het chalet binnen. Het beste nieuws van de afgelopen uren wurmde zich onhandig uit het toilet.
'Hoi, Manon,' zei Bernd. 'Rutger is net binnen.' Terwijl hij op zijn linkerbeen balanceerde, plantte hij de onderkant van de twee krukken ongeveer een meter voor zich op de grond en hupte met links naar voren. 'Ik kan nog steeds niet geloven dat je er zo vanaf bent gekomen,' zei Manon.
'Wat een afschuwelijke klap.'
Bernd grijnsde. 'Niets gebroken, alleen een paar flinke kneuzingen. Ik ben verdomd goed weggekomen.'
Ondanks zijn relaxte houding wist Manon dat deze val hem niet in zijn koude kleren was gaan zitten. Het mocht een klein wonder heten dat hij, weliswaar op krukken maar zonder gips, door het chalet kon schuifelen. Ze hield de deur van de woonkamer voor hem open.
'Hier komt de invalide,' grapte Bernd naar de rest van de groep. Manon liep naar de bank en ging zitten. Ze zag Rutger meteen zitten. Hij had een stoel gepakt en had deze zo neergezet dat hij op iedereen zicht had.
'Dag, Manon,' sprak hij met een glimlach. 'Fijn dat je er bent.'
Manon knikte vriendelijk terug. Ze liet haar blik snel door de kamer gaan en zag hoe de spanning op de gezichten van haar huisgenoten tijdens haar afwezigheid was toegenomen. Het moment waarnaar ze de hele dag hadden uitgekeken was aangebroken.

36

'Na de ongelukkige val van Bernd, is Dirck op jullie verzoek bij mij op kantoor geweest,' begon Rutger. Alle ogen waren op hem gericht.
'We hebben een poosje gepraat. Hij vertelde mij over de stemming die in jullie groep heerst. Er is onvrede, wantrouwen en bovenal onduidelijkheid.'
'En angst en woede,' interrumpeerde Bernd.
'Ik begrijp je boosheid,' zei Rutger. Met zijn vinger wees hij naar zijn rechterpols. 'Ik ben ook ooit als leider van een groep tijdens een stevige training onderuitgegaan. Zes weken gips en zes maanden een gebroken ego.'
Er was niemand die zelfs maar grijnsde.
'Was een van jouw ski's ook gesaboteerd?' sprak Bernd op provocerende toon.
Rutger schudde nadrukkelijk met zijn hoofd.
'Wat bij jou ook niet het geval was, Bernd. Ik heb de ski vanmiddag nog nagekeken. Hij stond niet strak genoeg afgesteld. Ik geloof er niets van dat iemand opzettelijk met de afstelling heeft geknoeid.'
'Dus de linkerski heeft opeens een andere afstelling dan de rechter?' vroeg Agnetha spottend. Rutger liet zich niet provoceren.
'Dat kan. Jullie zijn beroepsmensen die de hele dag met hetzelfde materiaal werken. Er zijn genoeg redenen te bedenken waarom bindingen spontaan loslaten of afstellingen een eigen leven gaan leiden.'
'Noem er eens één,' zei Bernd droog.
'Door de talloze trillingen waaraan het materiaal blootstaat is het heel goed mogelijk dat er bij bepaalde delen een soort metaalmoeheid ontstaat. Zo gauw er een kleine oneffenheid ontstaat is de schade aange-

richt en wordt het alleen maar erger. Ik spreek uit ervaring als ik zeg dat het dan heel snel kan gaan. Een onzichtbaar scheurtje in een ski kan een dag later bij een sprong de hele ski in brandhout veranderen.'
Hij keek Bernd aan.
'Wanneer heb jij Norbert voor het laatst jouw materiaal laten checken?'
Bernd zuchtte. Hij fronste en dacht na.
'Een week of drie geleden, schat ik.'
'Misschien wel een maand?'
'Zou zomaar kunnen.'
'Stel dat het een maand is,' ging Rutger verder. 'Dat zijn minstens honderd uur op de latten zonder dat een vakman het materiaal heeft nagekeken.'
Er klonken wat afkeurende geluiden uit de groep. Rutger keek nu Stuart aan.
'Da's te makkelijk, zei je? Volgens mij is deze verklaring plausibeler dan dat verhaal over sabotage.'
Met een kort handgebaar smoorde hij de aanstormende golf van verontwaardiging.
'Zoals ik net aangaf, heb ik vanmorgen met Dirck gesproken. Hij heeft me verteld wat er bij jullie leeft. Wat mij betreft moet dit zo snel mogelijk de wereld uit, daarom ben ik hier.'
'Om ons te vertellen dat wij spoken zien? Dat al die incidenten van de afgelopen weken puur toeval zijn?' Het was overduidelijk dat de anders zo rustige Bernd intussen behoorlijk opgefokt was.
'Dat zou kunnen,' antwoordde Rutger. Hij bleef rustig en redelijk. 'Het zou ook niet kunnen, want het verhaal dat Dirck me vertelde heeft me wel degelijk aan het denken gezet.'
Hij pakte zijn blikje bier van een bijzettafeltje, nam een slok en zette het weer terug.
'Jullie vermoeden dat er onvrede is tussen SFun en Kraus Kaprun, toch? Laten we niet langer om de hete brij heen draaien. Sterker nog, jullie zijn

ervan overtuigd dat de mensen van Kraus Kaprun achter een aantal gebeurtenissen zitten die jullie zien als "aanslagen".'
Zijn blik gleed door de kamer.
'Juist. Het geruchtencircuit heeft jullie inmiddels bereikt.'
Hij grijnsde meewarig. 'Het bekende verhaal van de klok en de klepel.'
Stuart keek hem argwanend aan. 'Dus het is allemaal gelul dat die Tsjechen van Kraus Kaprun jouw skischool willen overnemen?'
'Nee, dat klopt helemaal. Vanaf het moment dat Sabine en ik de nieuwe eigenaren waren, hebben ze contact met mij gezocht. Ze wilden SFun inlijven, maar dat zag ik niet zitten. Sinds die tijd hebben Pavel en Jan Jarolím, voornamelijk Pavel, hij is de oudste van de twee broers, verscheidene malen een aanbod gedaan. Hoewel het om veel geld ging, heb ik steeds geweigerd. Pavel en Jan zijn altijd correct gebleven. Dit is puur zakelijk en heeft niets met wat voor conflict dan ook te maken. Natuurlijk zijn ze teleurgesteld dat ik niet wil verkopen, dat zou ik in hun geval ook zijn. Van dreigende taal of een ultimatum is nooit sprake geweest. Tijdens alle gesprekken die ik met hen heb gevoerd is er nog nooit een onvertogen woord gevallen. Daarom acht ik het hoogst onwaarschijnlijk dat zij wat te maken hebben met iets wat op sabotage zou lijken.'
Hij klonk zelfverzekerd, maar had een bezorgde gezichtsuitdrukking.
'Na vanmorgen ben ik echter gaan twijfelen. Waren die rare incidenten wel ongelukken of veroorzaakt door de vernielzucht van een junk of opgeschoten jongeren? Ik denk nog steeds dat dat het is. Maar denken is in dit geval niet genoeg. Er staat te veel op het spel, de veiligheid van mijn instructeurs voorop. Daar wil ik direct aan toevoegen dat het dom van mij was om tegen jullie te liegen over het brandje in het kantoor. Het was geen kortsluiting, maar inbraak met brandstichting. Ik verwijt Manon niets omdat ze jullie de waarheid heeft verteld. Nogmaals, ik was fout.
Om aan alle onzekerheden en geruchten een eind te maken, ga ik morgen met Pavel en Jan praten. Ik zal dit verhaal aan ze voorleggen en hun recht op de man af vragen of zij hier iets mee te maken hebben.'

Manon had zich een tijdje ingehouden, maar kon haar scepsis nu niet meer verbergen.
'Denk je dat ze direct een bekentenis afleggen en spijt betuigen?'
Rutger haalde zijn schouders op.
'Met je cynisme onderschat je mijn mensenkennis. Ik ga daar morgen niet heen om zoete broodjes te bakken. Als ze wat te verbergen hebben, dan merk ik dat aan hun reactie. Lichaamstaal zegt vaak meer dan woorden.'
'En dan?' wilde Felix weten. 'Stel je eens voor dat je het inderdaad niet vertrouwt. Ga je dan naar de politie?'
'Dat is een mogelijkheid. Maar we hebben geen keihard bewijs. Alle aantijgingen berusten op vermoedens.'
Felix drukte door. 'Dus?'
Rutger nam nog een slok van zijn biertje. Hij bleef uitermate koel onder de sceptische houding van zijn instructeurs. Hij, en niemand anders, bepaalde het tempo van het gesprek.
'Dus neem ik dan mijn maatregelen. Hoe ik dat ga aanpakken weet ik nu nog niet. Eerlijk gezegd heb ik daar geen seconde bij stilgestaan. Ik ben er namelijk nog steeds van overtuigd dat de familie Jarolím niets met die incidenten te maken heeft. Mocht dat uiteindelijk wel zo blijken te zijn, dan zal ik in jullie belang en dat van SFun handelen.'
Hij stond op.
'Ik realiseer me dat jullie de laatste tijd onder druk hebben gestaan en ik waardeer het enorm dat jullie dit in de groep hebben gehouden. Ik heb grootste plannen met zowel SFun als een aantal van jullie. Mochten er in deze groep toch instructeurs zijn die het niet meer zien zitten, dan heb ik daar begrip voor. Natuurlijk zou ik het jammer vinden, maar *no hard feelings*. Ik ga nu naar huis om me voor te bereiden op morgen. Om eventuele roddels over geheime vergaderingen vooraf de kop in te drukken, stel ik voor om Dirck tot tussenpersoon te benoemen. Via hem hou ik jullie op de hoogte, dat lijkt me de meest eenvoudige weg om met elkaar te communiceren. Kunnen jullie daarmee leven?'
Manon zag hoe haar collega's blikken uitwisselden. Met vriendelijke

woorden stelde Rutger hen op de proef. Ze voelde sterk de neiging om haar baas te vertellen dat het zo niet werkte. Hij manipuleerde hen, maar ze had ook wel door dat hij nu nog niet naar de politie zou stappen. Ze zweeg.

'Bedankt voor jullie vertrouwen,' sloot Rutger af. Hij knikte hen toe en liep naar de deur.

'Jullie horen snel van me.'

37

Rutger kwam het luxeappartement binnen. Hij hing zijn jas op aan de kapstok en liep via de huiskamer door naar de keuken. Hij groette Sabine in het voorbijgaan.

'Hallo,' antwoordde ze routineus. Ze zat op de bank, las een tijdschrift en wierp af en toe een blik op de televisie waarvan het geluid vrij hard stond. Rutger schonk zichzelf een rum-cola in en nam plaats in een stoel tegenover haar.

'Hoe ging het?' vroeg Sabine zonder dat er werkelijke interesse in haar vraag doorklonk.

'Niet goed,' antwoordde Rutger. 'Tot nu toe spelen ze mijn spelletje mee, maar ik voel dat ze me doorhebben. Met name Manon, dat is een intelligente meid. Zij stookt de rest tegen me op. Het is een kwestie van dagen voordat het helemaal uit de hand loopt.'

Sabine haalde haar schouders op.

'Ik heb van mijn vader geleerd dat je een slang alleen kunt doden als je zijn kop eraf hakt. Met andere woorden: ontslaan die meid. Dan keert de rust vanzelf terug.'

Rutger schudde ontkennend met zijn hoofd.

'Zo simpel ligt het niet.'

'Zo simpel ligt het dus wél!' Met een venijnig gebaar gooide Sabine het tijdschrift op de salontafel.

'Met het ontslaan van die onruststoker geef je een signaal af aan de rest. Tot zover en niet verder. Ik ben de baas en wens geen onrust in mijn bedrijf. Staan die regels je niet aan, dan ben jij de volgende die vertrekt.'

Rutger zuchtte diep. Vanaf het begin hadden ze de afspraak gemaakt dat hij de school zou leiden en Sabine op de achtergrond bleef. Een duide-

lijke taakverdeling waarmee iedereen prima kon leven. Toen de eerste problemen met de Tsjechen kwamen had hij meteen open kaart gespeeld met Sabine. Daar had hij nu spijt van. Ze had hem met klem aangeraden om er direct korte metten mee te maken. Hij was het gesprek met de familie Jarolím aangegaan, maar had haar advies niet opgevolgd. Met name Pavel boezemde hem angst in. Dus had hij hen aan het lijntje gehouden. En daarmee Sabine ook, die dacht dat hij het zou oplossen. Hij had naar haar moeten luisteren. Ze bleven aan hem trekken.
'Sabine, luister voor de verandering nou eens goed naar me. Er heerst grote onrust onder mijn personeel. Met een ontslag van Manon maak ik het alleen maar erger.'
Ze keek hem strak aan.
'Hoezo? Dat begrijp ik niet. Wat hou je voor me achter?'
Rutger maakte een machteloos gebaar met zijn handen. Tegen deze confrontatie had hij opgezien. In deze explosieve situatie moest hij Sabine en haar vader niet tegen zich krijgen. Zij hield zich verre van de skischool, maar als de gemoederen nog hoger opliepen zou ze zomaar van iemand anders kunnen horen dat de Tsjechen terug waren en dan had hij pas echt een probleem. Net zoals vanavond bij zijn instructeurs zou hij pappen en nathouden. Hij zou niet liegen, maar hij kon haar gewoon niet alles vertellen. Bij Sabine moest hij altijd goed oppassen met wat hij zei. Ze kon soms echt een doortrapte feeks zijn.
'Ze zijn weer terug,' zei hij aarzelend.
Sabine keek hem verbaasd aan. 'Wie bedoel je?'
'De Tsjechen, ze zijn rotgeintjes aan het uithalen.'
Sabine pakte de afstandsbediening en zette de tv uit. Hij had nu haar volle aandacht.
'Hebben we het over die Tsjechen uit Kaprun? Dezelfde die jij een tijdje terug de deur hebt gewezen?'
'Ja, blijkbaar ben ik niet overtuigend genoeg geweest.' Hij lachte spottend om de oplopende spanning enigszins uit de lucht te halen. Sabine kon er echter de humor niet van inzien. Ze bleef hem met een staalharde blik aankijken.

'Wat is er precies gebeurd?'
Rutger nam een slok van zijn rum-cola. Hij wist dat hij nu met een goed verhaal moest komen.
'Het loopt al een paar maanden. Vervelende geintjes op de piste, gewoon dingen die gebeuren. Valpartijen, een groep klanten die wordt lastiggevallen, ski's die bij een restaurant als dominostenen omvallen. Dat hoort allemaal bij het vak, niets om je druk over te maken.
Toen de aard van de incidenten begon te verergeren, ben ik me gaan afvragen of het wel toeval was. Een aantal van mijn instructeurs, onder aanvoering van Manon, dacht precies hetzelfde. Door de roddel dat die Tsjechen SFun willen overnemen, hadden zij sterk het vermoeden dat die incidenten geen toeval maar opzet waren. Omdat angst een slechte raadgever is en ik geen onrust in ons bedrijf wil, heb ik het tegenover hen afgezwakt. Toen ik wegging, waren ze al een stuk rustiger.'
Rutger keek Sabine nu recht aan en wat hij zag beviel hem niet. Haar blik was nog even onverzoenlijk als daarnet.
'Twee vragen,' sprak ze koel en zakelijk. 'Ten eerste, wat moet ik me voorstellen bij het verergeren van de incidenten?'
'Een snowboarder die bewust door een groepje kinderen schiet en de instructeur een duw geeft, vernielingen in Kinderland, meerdere malen hinderlijk afsnijden van onze klanten.' Hij was bewust selectief in het opnoemen van de voorvallen. Het moest als vervelend bij haar overkomen, niet als levensbedreigend. Tot zijn opluchting knikte Sabine begrijpend.
'Ten tweede die Tsjechen. Je hebt mij verzekerd dat ze na jullie gesprek wisten dat wij niet wilden verkopen.'
'Dat klopt,' loog Rutger. 'Ik zei net tegen je dat ze weer terug waren, omdat dat het meest voor de hand ligt. Ik zou namelijk niet weten wie er anders dat soort misselijke geintjes uithaalt.'
'Je gaat er dus van uit, maar weet het niet zeker? Ze hebben niet direct contact met je gezocht om nogmaals over verkoop te spreken?'
'Ik geef toe dat het vreemd klinkt. Toch is het de waarheid. Ik denk dat die Tsjechen ons murw willen maken en hiermee proberen om alsnog

de school in handen te krijgen. Zeker weten doe ik het echter niet. Ik heb sterke vermoedens, geen harde bewijzen.'

Sabine was zichtbaar niet onder de indruk van zijn verhaal. Haar blik dwaalde af naar de telefoon die buiten haar handbereik stond.

'Het lijkt me het beste om mijn vader te bellen. Blijkbaar begrijpen die buitenlanders niet dat hij met geld in SFun zit.' Ze keek hem hautain aan. 'Eén telefoontje van hem en die Tsjechen worden over de grens gezet.'

Rutger wist dat het niet zo simpel lag. Bovendien onderschatte Sabine de kracht van de familie Jarolím en overschatte ze de macht van haar vader. Hij moest er niet aan denken dat zijn schoonvader hierin werd betrokken. Dat zou in elk geval zijn eigen gezag ondermijnen. Laat staan wat het nog meer voor consequenties had.

'Dat lijkt me niet verstandig, schat. Hierop zit jouw vader echt niet te wachten. Dit moet ik zelf regelen.'

Hij nam nog een slok en keek haar zelfverzekerd aan. 'De komende dagen ga ik in Kaprun op huisbezoek. Het is de hoogste tijd dat ik een hartig woordje met die gasten ga wisselen. Mocht het me niet lukken om hen te overtuigen, dan kunnen we alsnog je vader inschakelen.'

Rutger zag haar aarzelen.

'Vertrouw me, Sabine. Ik ben altijd eerlijk tegen je geweest.'

Ze reageerde zoals hij hoopte.

'Waarom heb je het me dan niet eerder verteld?'

'Omdat ik je niet nodeloos ongerust wilde maken. Ik run de zaak en jij hebt je eigen bezigheden. Ik kan je niet met elk wissewasje lastigvallen. Daarom heb ik gewacht tot het moment dat ik echt begon te twijfelen. Het was vanavond vroeg genoeg om je op de hoogte te brengen.'

Hij stond op, ging naast haar zitten en legde zijn arm om haar schouder. Teder kuste hij haar hals.

'Ik hou van je en los dit zelf wel op, oké?'

Tot zijn grote opluchting knikte ze instemmend. Hij dronk zijn glas leeg en liep naar de keuken.

'Kan ik wat voor jou inschenken?'

'Doe maar een witte wijn.'

'Komt eraan,' antwoordde hij vrolijk. Hoe hij de kwestie met de Tsjechen moest oplossen was hem een raadsel. Hij kon niet meer met goed fatsoen gewoon doorgaan alsof er niets gebeurd was. Hij wist zeker dat ze hierachter moesten zitten, maar wat moest hij ertegen doen? Hij had eigenlijk geen andere keuze dan het gewoon te negeren en hopen dat het over zou waaien. Die Tsjechen zagen hem al aankomen, zeg. Bovendien was reageren een zwaktebod. Negeren niet.

Als hij nu zijn poot stijf bleef houden, was het mogelijk dat ze het opgaven. Dan zouden ze nog weleens zien wie de langste adem had. En hij kon zich niet voorstellen dat ze nog verder zouden gaan dan de ski van Bernd. Dan konden er namelijk echt slachtoffers vallen.

Hij voelde zich alweer wat beter en probeerde het stemmetje dat hem vertelde dat hij zichzelf voor de gek zat te houden, te negeren. *Wie zegt dat ze geen slachtoffers zullen maken als ze niet zullen krijgen wat ze willen...*

38

De knusse sfeer beviel Manon. Ze was de afgelopen weken een paar keer langs het restaurant gelopen, had door de ramen naar binnen gekeken en besloten hier een keer iets te gaan eten. Er stonden ongeveer twintig tafeltjes waarvan nooit meer dan de helft bezet was. Vanavond was dat niet anders. Je kon hier tijdens het eten praten zonder erop te letten of de buren meeluisterden.
'Ik wil iets met je bespreken,' zei Manon terwijl ze een stuk van haar schnitzel afsneed.
'Dus toch geen huwelijksaanzoek,' grapte Dirck.
Manon lachte flauwtjes.
'Jammer.'
'Ik stop ermee,' ging ze verder. 'Ik heb er nog eens goed over nagedacht en ik zie het niet meer zitten om voor Rutger te werken.'
Dirck keek haar verbouwereerd aan. Hij legde zijn vork neer en boog iets naar voren.
'Dit meen je toch niet serieus?'
Manon knikte. 'Jawel. Kijk, ik heb nog nooit met zoveel plezier en inzet mijn werk gedaan. Dit is eigenlijk het enige wat ik kan en wat ik wil blijven doen, maar zoals het nu gaat... Ik kan het niet meer opbrengen. De instelling van Rutger, van de andere instructeurs, zo afwachtend. De leugens. Zo kunnen we toch niet samenwerken? Ik ben behoorlijk teleurgesteld, ik dacht iedereen hier te kunnen vertrouwen.
'Val ik daar ook onder?'
Ze aarzelde. 'Ja en nee. Als het om het werk gaat, stel jij je tegenover Rutger net zo slap op als de rest. Privé ligt het anders...'
'Wat bedoel je precies?'

'Ik mag je heel graag. Meer dan gemiddeld, zeg maar.'

'Mooi, want dat heb ik ook bij jou.' Hij legde zijn hand op die van Manon en keek haar recht in de ogen.

'Ga niet weg, Manon. Alsjeblieft. Ik wil je graag in de buurt hebben. Het zou eeuwig zonde zijn als we elkaar niet meer konden zien.'

Ze schudde zachtjes haar hoofd. 'Doe dit nou niet, Dirck. Ik heb het al moeilijk genoeg met mijn beslissing.'

Dirck wreef met zijn hand over zijn oogleden en zuchtte diep.

'Prima, als ik je op persoonlijke titel niet kan overtuigen, probeer ik het door te schetsen hoe de zaken ervoor staan bij SFun.'

'Dirck, het is niet dat ik je niet meer wil zien, maar je moet begrijpen dat ik niet kan blijven. Ik denk niet dat je me kunt overtuigen, maar ga je gang.'

'Na die vergadering hebben Stuart en ik uitgebreid met je gesproken. Wij denken ook dat die incidenten geen toeval zijn. We staan achter je, het enige wat ontbreekt zijn bewijzen.'

'Kletskoek,' antwoordde Manon gedecideerd. 'Het gaat niet zozeer om die bewijzen, dat wordt veel groter gemaakt dan het is. Wij weten dat er iets niet klopt, dat alleen moet al voldoende zijn. In plaats van Rutger op zijn huid te zitten, laat iedereen zich afschepen met smoesjes. Het is nu vier dagen geleden dat hij bij ons in het chalet was. Heb jij al iets van hem gehoord?'

'Nee, maar mijn tegenargument is dat er ook niets meer is voorgevallen.'

Manon maakte een wegwerpgebaar.

'Dat bedoel ik nou. Nu draai jij het dus weer om, leg je al het initiatief, dat er niet komt, bij hem neer. Jij bent al tevreden als er niets is gebeurd.'

'Dat zei ik niet,' wierp Dirck tegen. 'Ik begrijp best wat jij bedoelt, maar het kan ook zomaar dat Rutger inmiddels met die Tsjechen heeft gesproken en de zaak heeft opgelost.'

'En jou daarvan niet op de hoogte heeft gesteld?' wees Manon hem fijntjes terecht. 'Dat was toch de afspraak. Jij bent toch de intermediair.'

Dirck viel stil. Hij sneed zijn vlees en propte twee stukken tegelijk in zijn mond.
'Rutger houdt veel voor ons achter,' ging Manon verder. 'Je weet dat ik gelijk heb.'
Dirck wees op zijn volle mond, dus Manon ging verder.
'Dit is veel te ver gegaan. Rutger houdt ons aan het lijntje. Ik vermoed dat hij zelf bang is voor die Tsjechen. Wonder boven wonder zijn er tot nu toe geen slachtoffers gevallen, maar als iedereen zo apathisch blijft afwachten is dat een kwestie van tijd. Dat wil ik dus niet op mijn geweten hebben. Daarom vertrek ik.'
Dirck spoelde zijn vlees weg met een slok bier. Hij keek haar berustend aan.
'Ik begrijp het,' zei hij. 'Ik kan wel een heel verhaal ophangen, maar dan verval ik in herhaling. Ik respecteer je beslissing, hoe moeilijk dat ook is.'
Ze zag de oprechtheid in zijn bruine ogen en voelde hoe haar maag zich even samenkneep. Dirck betekende meer voor haar dan ze had willen toegeven. Na haar vorige relatie had ze totaal geen behoefte gehad aan een nieuwe liefde. Bovendien had ze het, godzijdank, erg druk gehad met haar nieuwe leven. Het had even geduurd, ze had weer vlinders in haar buik. Negeren was zinloos. En waarom zou in dit nieuwe leven geen plaats zijn voor een nieuwe man? Maar in deze omstandigheden was het kansloos. Ze strafte zichzelf namelijk dubbel door nu toe te geven dat ze wat voor Dirck voelde. Binnenkort zou ze vertrekken, waardoor een relatie bij voorbaat gedoemd was om te mislukken.
Ze aten verder en lieten haar vertrek of de strubbelingen bij SFun verder onbesproken. Onder protest van Manon rekende Dirck af en liepen ze langs het meer. Het was een heldere avond en het aan de overkant gelegen plaatsje Thumersbach weerkaatste de lichtjes op het bevroren water. Tussen de besneeuwde bergtoppen twinkelden ontelbare sterren. Ze bleven staan om van het uitzicht te genieten. Dirck verbrak de indrukwekkende stilte.
'Wanneer vertrek je?'

‘Nadat ik mijn diploma heb gehaald.’
‘Ik ken de examinator. Als hij jou laat zakken blijf je nog een paar weken extra.’ Hij keek haar zelfgenoegzaam aan.
Ze keek uitdagend terug.
‘In dat geval...’
Hij gaf haar geen kans haar zin af te maken en kuste haar.

Februari

39

Het liep tegen negenen en de mist in Zell am See was dichter dan ze ooit had meegemaakt. In normale wandelpas was het te doen, dan zag je de contouren van een lantaarnpaal of reclamezuil. Daarom haastte ze zich niet, ook al was ze aan de late kant voor haar afspraak.

De weg naar de binnenstad kon ze dromen. Bij Diele zou ze naar het pleintje lopen en daar rechts afslaan. Ongeveer in het midden van die straat lag Roxxy, de kroeg waar Rutger haar om negen uur verwachtte.

Toen Rutger haar vanmiddag op haar mobiele telefoon belde, had ze afwachtend gereageerd. Ze had geen zin om dingen met hem te bespreken. Niet in het chalet, op kantoor of onder het genot van een biertje in een gezellige ambiance. Ze was klaar met SFun en helemaal met Rutger. Terwijl hij sprak, had een sussend stemmetje haar echter ingefluisterd dat het beter was om op een normale manier uit elkaar te gaan. Achteraf was ze blij dat ze zijn uitnodiging had geaccepteerd. Anders zou ze op niet bepaald elegante wijze ontslag hebben genomen.

Dat ze bij SFun zou stoppen, stond voor haar vast. Die beslissing had ze genomen en daarop kwam ze niet meer terug. Dit stond echter los van haar ambitie in haar nieuwe vak. Die was sterker dan ooit. Ze genoot dagelijks van het lesgeven en alle extra's die de wintersport te bieden had. Dit beroep wilde ze de komende jaren blijven uitoefenen, maar niet meer in Zell am See of Kaprun. Daarvoor was er te veel gebeurd. Het was voor haar onmogelijk om voorlopig nog in deze regio te werken. Ze kon de stress niet gebruiken en moest te veel energie stoppen in zaken waar ze niets mee te maken wilde hebben. Rutger, Tsjechische vrienden of vijanden en haar huisgenoten moesten het maar lekker zelf uitzoeken.

Vijf over negen, ze was intussen in de straat van Diele beland. Vanavond zou een van de vaste groepjes er voor de verandering niet zijn, wist ze. Haar huisgenoten gingen stappen in Saalbach-Hinterglemm. Op Marek na, die wilde morgen tijdens de cursus helder zijn. *Saaie sok.*

Ook in Marek had ze zich vergist. In haar achterhoofd had altijd meegespeeld dat stille wateren diepe gronden bezaten. Maar er leek niets dieps of eigengereids in hem te zitten. Ook hij had het karakter van een meeloper. Geen moment had ze verwacht dat hij zijn stem zou verheffen om zijn onvrede te uiten.

Toen Rutger haar belde, zaten ze gezamenlijk aan de lunch. Nadat het gesprek was beëindigd, had Agnetha interesse getoond. Ze vertelde haar over haar afspraak met Rutger. De anderen gingen gewoon door met eten en keuvelen.

Misschien oordeelde ze wel te hard. Maar het ongeduld dat ze nooit helemaal kwijt zou raken versterkte haar frustratie. Er moest iets veranderen of zij moest weg.

Oké, er was op aandringen van de groep wel degelijk een gesprek met Rutger geweest. En Dirck was direct naar beneden gesuisd toen die Nederlandse snowboarders er op de piste een zootje van maakten. Zoals de rest van de groep dacht hij dat ze werden belaagd en hij handelde instinctief.

Manon bleef staan. Dirck. Als ze aan hem dacht was er meteen weer die onzekerheid over haar beslissing. Deed ze er wel goed aan om te vertrekken nu ze eindelijk iemand had gevonden voor wie ze diepere gevoelens had? Ze schudde even met haar hoofd en liep door naar het pleintje. Ze moest haar gevoelens voor Dirck loskoppelen van de situatie waarin ze zich bevond. Wilde ze hier sterker uit komen, dan moest ze Dirck zien als één van haar collega's die niet adequaat had opgetreden toen het er werkelijk om spande. Ook hij had zijn oren naar Rutger laten hangen. Ze baalde er enorm van dat het zo moest aflopen. De 'nieuwe' Manon was teruggevallen in haar oude gewoontes. Ergens aan beginnen zonder het af te maken. We wisten het wel, zou haar familie

denken, zonder het uit te spreken. Zoveel hielden ze wel van haar. Ze zouden geen leedvermaak voelen.
Ondanks de overtuiging dat ze een goede beslissing nam, voelde het aan als een vernedering. Het was daarom belangrijk dat ze zich nu op het heden, op het moment concentreerde. Ze had geen flauw idee wat Rutger van haar wilde. Daarom had ze besloten hem aan te horen en dan te zien hoe ze op zijn verhaal zou reageren. Hoe het gesprek ook verliep, na afloop zou ze hem melden dat ze na het halen van haar diploma SFun verliet. Ze zou hem ook zeggen dat ze voorlopig niet van plan was in de buurt van Zell am See te gaan werken. Dat was waar en wel zo netjes tegenover Rutger. Dat hij zich als een manipulator had gedragen wilde nog niet zeggen dat zij haar waardigheid moest verliezen. Had ze toch iets van haar moeder opgestoken.
Vastberaden stapte ze Roxxy binnen.

40

Roxxy was kleiner dan Diele. Toch hadden de eigenaren het voor elkaar gekregen om hetzelfde aantal bezoekers binnen te krijgen. Het was er zo vol, dat er amper een bierviltje tussen twee mensen paste en de onfortuinlijke die naar het toilet moest, kon er lang over doen om dat te bereiken. Manon ging op haar tenen staan. Rutger zat vijf meter verder aan de bar. Ze wurmde zich langs een groepje meiden dat druk met elkaar in gesprek was.

'Hallo, Manon,' zei Rutger. Gelukkig stond hier de muziek een stuk zachter dan in Diele. Rutger stond op van zijn kruk.

'Ga zitten.'

Manon schudde nee. 'Ik blijf wel staan.'

'In dat geval stá ik erop dat je gaat zitten.'

Ze nam plaats op de barkruk die hij vrij had weten te houden en leunde met haar linkerarm tegen de bar.

'Biertje?'

Ze knikte.

Rutger bestelde een biertje en een rum-cola voor zichzelf. Hij nam twee grote slokken en trok een tevreden gezicht.

'Godendrank.'

Manon nam een slok van haar bier, al had ze er eigenlijk geen zin in.

'Luister, Rutger. Ik ben moe, heb morgen weer cursus en mijn familie komt straks aan. Doe me een lol en kom to the point. Ik wil hier niet langer blijven dan nodig is.'

'*Fair enough.*' Rutger nam nog een slok en likte met het puntje van zijn tong over zijn lippen.

'Ik wil het met je over de toekomst hebben. In dit geval over een team

dat ik in de zomer wil oprichten. Zoals je weet hebben ze in Kaprun The Blue Devils. De acht beste skiërs van SFun moeten een team vormen waarmee ik ze naar de kroon wil gaan steken.'
Hij nam nog een slok van zijn rum-cola.
'Goedenavond.' Marek was ineens achter Rutger opgedoken.
'Hé, Marek.' Manon keek hem verbaasd aan. 'Wat doe jij hier?'
'Mijn klanten stonden erop dat ik vanavond wat met ze ging drinken. Voor de verandering ben ik hiernaartoe gegaan. Eerlijk gezegd begin ik Diele een beetje zat te worden.'
Hij zette een vol glas op de bar naast dat van Rutger. 'Jij drinkt toch rum-cola?'
Rutger knikte.
'Dan is deze voor jou. Toen ik naar het toilet was, hebben ze dat voor mij besteld.' Hij trok een vies gezicht. 'Ik snap niet hoe je die troep naar binnen kunt krijgen.'
'Geen probleem,' antwoordde Rutger. Hij pakte het glas dat Marek daarnet had neergezet, zei 'Proost' en nam een flinke teug van het bruine goedje.
Manon stond op.
'Haak je nu al af?' sprak Rutger op lacherige toon.
'Naar het toilet,' antwoordde Manon.
'Ik ga weer terug naar de gasten,' zei Marek. 'Misschien zie ik jullie straks nog.'
Manon baande zich een weg naar de wc's, achter in het pand. Terwijl ze door de meute schuifelde, dacht ze na over hoe ze het nu moest aanpakken. Moest ze zijn hele verhaal aanhoren of het meteen afkappen?
Ze ging het toilet binnen en keek meteen in de spiegel. Ze haalde een hand door haar haar en keek kritisch naar haar mascara, die tot haar opluchting de vochtigheid van de mist had doorstaan.
Nu ze zelf voor het blok stond, werd het steeds aantrekkelijker om Rutger zijn verhaal te laten vertellen en braaf ja te knikken. Als het klopte dat hij haar voor dat team wilde hebben... zo'n kans kreeg je maar één keer. Nee, na het voltooien van haar cursus kon ze met haar diploma op

zak een afspraak maken en hem vertellen dat ze ermee stopte. Desnoods een kletsverhaal ophangen over heimwee of een nieuwe liefde die wilde dat ze bij hem kwam wonen. Een Duitser, Italiaan, Oostenrijker of Fransman. Keus genoeg. Iemand die toevallig in een skigebied woonde.

Ze bleef in de spiegel kijken. Ze deed dit met zo'n intense blik dat een vrouw die binnenkwam even naar haar omkeek voordat ze in het toilethokje verdween.

'Kletskoek,' mompelde Manon. 'Naar binnen en doen wat je je hebt voorgenomen. Geen onzinverhalen of uitvluchten. Zeg hem recht op de man af hoe het ervoor staat.'

Even later stond ze naast Rutger. Toen ze wilde gaan zitten, zag ze dat hij niet in orde was. Hij zweette overdadig en zijn huid was opeens een stuk bleker.

'Wat is er?'

'Ik... duizelig... beetje misselijk...'

Rutger stond onvast op zijn benen. Ter ondersteuning pakte Manon hem bij zijn arm.

'Kom op, we gaan naar buiten. Frisse lucht doet wonderen.'

Snel greep ze hem vast. Met onvaste stappen liep Rutger naast haar. De andere cafébezoekers schatten de situatie direct goed in en gaven hun de ruimte.

'Te veel gedronken?' Marek stond opeens naast haar en knikte naar Rutger.

'Ik denk het.'

De Tsjech nam de menselijke ballast van haar over. Rutger leek het weinig uit te maken wie hem op de been hield. Hij keek glazig voor zich uit.

'Doe jij de deur maar open, dan help ik hem wel naar buiten,' zei Marek.

41

Eenmaal buiten ritste Manon Rutgers jack dicht. Met een open jack naar buiten lopen was vragen om moeilijkheden. Helemaal in de toestand waarin Rutger nu verkeerde.

Marek liep door naar een bankje dat halverwege de straat stond. Hij verslapte zijn greep, waarna Rutger langzaam door zijn knieën zakte. Manon ging naast haar baas zitten.

'Gaat het nu wat beter?'

Rutger oogde als een lappenpop. Zijn spieren waren slap, zijn kin zakte steeds verder op zijn borst en zijn oogopslag was lodderig.

'Draaierig,' fluisterde hij. Spreken ging hem zichtbaar slecht af.

'We moeten wat doen,' zei Marek. 'Op dit bankje blijven zitten is geen optie. De kou gaat hem ook niet oppeppen in zijn toestand. Volgens mij gaat het steeds slechter.'

Manon keek om zich heen. Het was een kleine wereld. De mist hing nog steeds, als een kil gordijn waarmee de omgeving voor een groot gedeelte aan het zicht werd onttrokken. Uit de flarden verscheen af en toe een groep jongeren met opgetrokken kragen en warme mutsen. Niemand bekommerde zich om een stelletje dat in hun ogen een dronkaard een helpende hand had toegestoken. Ieder zijn eigen sores.

'Ik heb een idee,' zei Marek. Zonder op een reactie te wachten pakte hij zijn mobiele telefoon uit zijn jaszak en toetste een nummer in. Manon verstond geen woord van het Tsjechisch dat hij sprak. Na een handvol afgebeten zinnen verbrak Marek de verbinding en stak zijn duim omhoog.

'We hebben geluk. Een vriend van mij is vlakbij. Hij komt ons met de auto halen.'

Hij sloeg Rutgers arm om zijn schouder en hielp hem overeind.
'Kom op, nou. Even meewerken, de redding is nabij.'
'Naar huis?' mompelde Rutger.
'Zoiets.'
Met Rutger tussen hen in liepen ze langs Diele. De straat naast deze kroeg kwam uit op de hoofdweg van Zell am See. Toen ze halverwege waren, werden twee koplampen zichtbaar. Het achterportier van de grote, zwarte personenwagen stond al open.
'Jij eerst,' zei Marek. 'Ik kan hem makkelijk alleen houden.'
Manon stapte in en zag dat er behalve de chauffeur nog iemand in de auto zat. Omdat Marek zijn baas direct achter haar naar binnen duwde, kreeg ze niet de kans om een tweede blik te werpen op de man die naast haar zat.
Zonder een woord te spreken ging Marek voorin zitten. De bestuurder draaide scherp naar links, stak achteruit en reed in de richting van de hoofdstraat. Voordat ze de kruising bereikten, klonk de klik van de automatische deurvergrendeling. Manon keek naar het achterhoofd en zijkant van het gezicht van de bestuurder. Daarna keek ze naar de man die naast haar zat.
Op dat moment wist ze dat ze de grootste fout van haar leven had gemaakt door in deze auto te stappen.

42

De man naast haar was de Tsjechische instructeur van Kraus Kaprun die deel uitmaakte van The Blue Devils. Ook de chauffeur kwam haar bekend voor. Ze wist het niet zeker, maar zijn postuur en gezichtsprofiel kwamen overeen met de snowboarder die Stuart een duw had gegeven op de piste, waardoor ze de kleine Heather had moeten redden. Waarschijnlijk ook een Tsjech, net als Marek...
Terwijl de chauffeur niet harder reed dan het zicht toestond, vielen alle puzzelstukjes op hun plaats. Ze kon zichzelf wel voor haar hoofd slaan. Vanaf het moment dat ze haar intrek in het chalet had genomen, had het antwoord op al haar vragen naast haar gestaan, vertrouwelijk met haar gesproken, haar vermoedens gedeeld. En al die tijd had hij een spelletje gespeeld met haar en de rest.
Marek draaide zich om om haar aan te kunnen kijken. De keiharde, grimmige trek die nu op zijn gezicht lag, had ze nog nooit gezien. Deze uitdrukking veranderde hem in een compleet ander mens. 'Begint er al iets te dagen?' vroeg hij spottend.
'Het leek zo onwaarschijnlijk,' fluisterde ze.
Marek lachte. 'Klopt helemaal. Omdat het er zo dik bovenop lag, zocht iedereen naar aanwijzingen en oplossingen die er helemaal niet waren. Het is een echte klassieker: de butler heeft het gedaan.'
De andere twee mannen gniffelden. Manon verbeet zich en keek naar buiten. In een stuk waar de mist minder dicht was zag ze het logo van CityXpress. Automatisch keek ze naar rechts, waar het verlichte uithangbord van SFun moest hangen. Het enige wat ze zag was een grijze muur van compacte nevel.
De weg ging licht omhoog. Hoewel er van de omgeving nauwelijks iets

te zien viel, wist Manon waar ze zich ongeveer bevonden. Deze straat liep door tot aan opstapplaats Schmittental. Vanaf dat punt kon je met de gondels rechtstreeks naar de top. Langs Schmittental liepen er verscheidene weggetjes naar boven, waarop de boeren zomers reden. Zelf was ze nooit verder geweest dan de opstapplaats.

'Zijn we bijna thuis?' vroeg Rutger slaperig. Zijn ontvoerders zwegen.

'Wat heb jij in die rum-cola gedaan?' wilde Manon weten.

'GHB,' antwoordde de Tsjech. 'Maak je daar maar niet druk over. Ik heb precies de juiste hoeveelheid gebruikt. Hij wordt duizelig, slaperig en misselijk, maar blijft bij kennis. In de volksmond heet GHB de rape-drug. Geloof me als ik zeg dat dat het laatste is wat we van plan zijn.'

Weer gniffelden zijn vrienden.

'Wat zijn jullie dan wel van plan?'

Marek haalde zijn schouders op.

'Dat bepalen mijn ooms. Ik doe gewoon wat er van me gevraagd wordt.'

Het plaatje werd steeds duidelijker.

'Dus jij bent familie van de eigenaren van Kraus Kaprun?' Het was meer een constatering dan een vraag.

'Oom Pavel en oom Jan zijn de broers van mijn moeder.'

De auto stopte. Manon zag wat donkere vlakken opdoemen. Dit moest haast wel de houten afrastering zijn van de parkeerplaats van Schmittental. De chauffeur haalde de centrale vergrendeling eraf, waarna de man die naast haar zat uitstapte. Hij gooide het portier snel achter zich dicht, en meteen klonk het onverbiddelijke geluid van de centrale vergrendeling weer.

'Hoe lang nog?' brabbelde Rutger. Hij keek verdwaasd om zich heen. Alsof het de eerste keer was dat hij op de achterbank van een auto zat. Gelukkig leek het niet slechter met hem te gaan. Als je niet beter wist leek hij echt een dronkaard, maar zijn ogen leken meer gefocust dan tijdens de waggelpartij op straat.

'Waar gaan we heen?' wilde Manon weten.

Marek wuifde de vraag weg. Hij draaide zich om en keek Manon recht aan.

'Jij pakt Rutgers mobiele telefoon en belt zijn vriendin Sabine. Je zegt haar precies wat ik je zo ga vertellen. Maak je een fout, per ongeluk of met opzet, dan breek ik persoonlijk je nek en laat je lichaam aan de kant van de weg achter.'
Hij wachtte vijf seconden.
'Ben ik duidelijk?'
Manon slikte en knikte. Toen ze de mobiele telefoon uit de binnenzak van Rutgers jack pakte, trilden haar handen.

43

De chauffeur reed nu stapvoets. Hij keek afwisselend naar links en rechts, waar de voorbanden traag over het pad gleden. Dit was de enige manier om in te schatten waar de auto zich op het wegdek bevond.
Alnaargelang ze hoger op de berg kwamen, ontwikkelde de mist zich tot een haast ondoordringbare grijze massa. Af en toe zorgde een windvlaag voor wat flarden, waardoor heel even de directe omgeving zichtbaar werd. Het was haar minste zorg.
Voordat ze aan deze levensgevaarlijke tocht waren begonnen, had ze onder dwang Sabine gebeld. In korte, afgebeten zinnen had ze de Oostenrijkse verteld dat Rutgers leven in gevaar was en had ze haar gesommeerd naar de parkeerplaats van Schmittental te komen. Als ze besloot de politie in te schakelen, kon ze zichzelf dit ritje besparen. Dan zou ze in de loop van de nacht een telefoontje krijgen waarin ze te horen kreeg waar ze Rutgers lichaam zou kunnen vinden. Evenals de pijnlijke details over hoe hij was overleden. Na een korte aarzeling stemde Sabine erin toe om snel naar de parkeerplaats te komen.
Vanaf dat moment was Manon alleen nog maar bang. Deze lui lieten echt niet met zich sollen. Ze zat in een auto met een stelletje criminelen en haar gedrogeerde baas. Zojuist had ze zijn vriendin bevolen naar een parkeerplaats te komen, waar een derde schoft haar stond op te wachten. Haar keel leek langzaam dichtgedrukt te worden. Ze zat klem. Deze rit in de potdichte mist kan zomaar mijn laatste zijn, dacht ze. Paniek welde op vanuit haar maag. Haar mond werd kurkdroog. Ze wilde uitschreeuwen dat zij hier niets mee te maken had!
Met moeite wist ze zich te beheersen.
Ze probeerde de brok in haar keel weg te slikken. Praten moest ze. Met

piekeren en bang zijn schoot ze niets op. Ze moest ze bezighouden, erachter komen wat er precies gaande was, voor het geval ze dit nog aan anderen kon vertellen. Als ze dat ooit nog zou kunnen... Ze kon alleen maar hopen dat ze Marek nog op andere gedachten kon brengen.
'Maandenlange plaagstootjes en dan dit,' verbrak Manon de stilte. Ze hoopte dat de wanhoop niet in haar stem doorklonk.
'Blijkbaar waren mijn ooms hem zat,' antwoordde Marek rustig. Waar de chauffeur steeds om zich heen keek, keek hij constant voor zich uit. 'Omdat die klootzak daar zijn poot stijf hield, moesten we wat duidelijker worden. Hij begreep blijkbaar niet met wie hij te maken had. Uiteindelijk zou hij wel toegeven.'
'Niet dus,' zei Manon.
'Waardoor hij nu een hoge prijs moet betalen. Een heel hoge.'
Manon voelde hoe een rilling vanaf haar onderrug naar haar schouders trok.
'En met "wat duidelijker" bedoel je brandstichting, vernieling en poging tot moord. Klusjes die jij afhandelde terwijl je tegenover ons de brave Marek uithing? Ik moet zeggen, je bent goed te werk gegaan. Niemand verdacht jóú.'
Marek knikte kort in de richting van de chauffeur die zich diep concentreerde op de gladde weg en zich afsloot voor de conversatie.
'Hij heeft die brand gesticht. Uit jouw reactie kon ik opmaken dat je hem niet had herkend. Hem niet associeerde met de snowboarder die Stuart een ram had verkocht.'
Hij grijnsde.
'Die poppen heb ik zelf kapotgeslagen. Wat een gedoe, zeg. Eerst die tocht naar de berg om daarna een heel stuk door de sneeuw te ploegen. En dat allemaal om jullie de stuipen op het lijf te jagen.'
Manon merkte dat Rutger aanstalten maakte om iets te zeggen. Hij kwam moeizaam overeind. Zijn blik was nog lodderig en zijn lichaam leek van rubber.
'Ik... ik wist... dat het... geen kwajongensstreek... was. Maar ik moest... rustig... houden...' Hij zakte weer weg.

'*The story of your life*,' beet Marek hem toe. 'Alles ontkennen en hopen dat het vanzelf verdwijnt. Dus niet, eikel. Jij hebt te lang met mijn familie gesold.'
Rutgers poging tot een weerwoord strandde na twee woorden. 'Ik moest...'
'En het ongeluk tijdens de groepsafdaling?' wilde Manon weten.
'Dat had je zelf wel kunnen bedenken. Ik had net als jullie een sleutel van het materiaalhok.' Hij glimlachte als iemand die mooie herinneringen ophaalde.
'Jullie brachten me nota bene zelf op het idee. Iemand op die vergadering in het chalet merkte op dat...'
De chauffeur trapte hard op de rem, waardoor ze met een schok tot stilstand kwamen. De afstand tussen de bumper van de auto en de achterkant van de wagen die midden op het pad stond geparkeerd was enkele centimeters.
'Mooi,' sprak Marek met gespeelde opgetogenheid. 'Genoeg gekletst. Nu nog een fikse wandeling en dan zijn we er.'

44

Ton sloeg met zijn hand op het stuur. Hij ergerde zich mateloos aan het rijgedrag van de bestuurder voor hem.
'Daar gaan we weer. Steeds op die rem, ik word er gek van!'
Marga probeerde hem te kalmeren. 'Doe eens rustig, joh. Iedereen heeft last van die mist. Beter vijf minuten later thuis...'
'Dan een halfuur eerder in het ziekenhuis,' vulde Ton grommend aan. 'Ik weet het, Marga. Ik weet het.' Hij snoof minachtend toen de remlichten voor hem fel oplichtten.
'Dit is toch niet te geloven! Heeft die vent zijn rijbewijs soms bij een pakje boter gekregen? Jezus, wat een prutser!'
Fleur schudde moedeloos haar hoofd. Als het in het verkeer tegenzat, kon haar vader van een goedzak in een chagrijnig stuk ongeduld veranderen. Gelukkig ging hij er niet agressiever door rijden.
'Waar zitten we eigenlijk?' vroeg Marga.
'Ergens tussen de Oostenrijkse grens en Zell am See,' antwoordde Ton kortaf. 'Het laatste halfuur is de mist zo dicht dat ik regelmatig borden mis. Gelukkig is het rechttoe rechtaan, zodat ik niet bang hoef te zijn dat ik een afslag over het hoofd zie.'
De reis was tot nu toe zo voorspoedig verlopen. Tot de grens van Duitsland en Oostenrijk was er geen vuiltje aan de lucht geweest. Ze hadden zelfs ruim een uur voorgelopen op schema. Met een beetje geluk zouden ze rond halfnegen in Zell am See aankomen.
Fleur boog naar voren en pakte een winegum uit het zakje dat in het bakje tussen de twee voorstoelen lag. Meer uit verveling dan door echte trek begon ze te kauwen. Ze was deze trip en de gesloten wereld om haar heen meer dan zat. Ze wilde Manon zien, haar omhelzen, met haar

praten en tot de conclusie komen dat ze zich onterecht zorgen had gemaakt. Overdag de berg af en 's avonds ouderwets met haar aan de boemel. Met alle liefde wilde ze dan toegeven dat ze het helemaal fout had gezien.

'Mijn hemel nog aan toe!' sprak Ton op diep verontwaardigde toon. 'Blijf toch eens van die remmen af, trut.'

'Net was het nog een prutser van een vent,' sprak Marga fijntjes. Zijn gefoeter en de weersomstandigheden begonnen ook haar op de zenuwen te werken.

Ton reageerde niet. Hij concentreerde zich op de rode achterlichten voor hem. 'Tot aan Zell am See blijft dit een tweebaansweg,' mompelde hij. 'Ik kan het risico niet nemen om hier in te halen.'

'Dat is het verstandigst wat ik jou sinds de grens heb horen zeggen,' reageerde Marga ad rem. Ze keek met een schuin oog naar de verlichte cijfers van het dashboardklokje. Het was inmiddels halftien en de eindbestemming leek nog heel ver weg.

'Zal ik Manon bellen dat we vertraging hebben?' Ze pakte haar mobiele telefoon uit haar handtas, die naast haar voeten lag.

'Nee, wacht daar nog even mee,' zei Ton. 'Dan vraagt ze ongetwijfeld hoe lang het nog duurt voordat we aankomen en ik weet niet precies waar we zitten. Zo gauw ik een bord zie met een kilometeraanduiding kun je bellen.'

Marga twijfelde. De lompe wijze waarop hij reageerde beviel haar niet. Het klonk bijna als een bevel. Zo was Ton nooit. Ze telde in gedachten tot vijf en besloot dat het beter was om nu de vrede te bewaren. 'Oké,' sprak ze venijnig. Ze legde de mobiele telefoon weer terug in haar handtas. Onbewust redde ze hiermee het leven van haar oudste dochter.

45

Het pad waarop ze liepen kronkelde tussen de dennenbomen door. Het was smal en het zicht was belabberd. Het had hier zeker vierentwintig uur niet gesneeuwd, waardoor op deze hoogte met de nachttemperaturen de ondergrond langzaam in een ijspiste was veranderd. Af en toe gleden ze meer dan dat ze liepen. De oude sneeuw, die hard geworden was, kraakte onder hun voeten. Manon kon in dit weer, met een beetje maanlicht, nog net sporen onderscheiden van platgelopen sneeuw. Die sporen waren het gladst. Ze werden waarschijnlijk opgewacht.

Marek liep naast haar. Enkele passen achter hen werd Rutger door de chauffeur min of meer naar boven gesleurd. Omdat Marek het tempo hoog hield, kon Rutger het op eigen kracht niet bijbenen. Zijn protesten werden door zijn zwijgzame begeleider gesmoord met een duw of stomp. Manon merkte aan de druk op haar oren dat ze inmiddels tegen de tweeduizendmetergrens aan zaten. Het was hetzelfde gevoel als ze op de Schmittenhöhe had. Het leek alsof ze naar het einde van de wereld liepen.

Ze maakte zich geen enkele illusie over een goede afloop. Het was zo ironisch. Juist op een moment in haar leven dat ze echt wist wat ze wilde, dat alles goed leek te gaan, bleek ze, buiten haar eigen schuld, op het verkeerde tijdstip op de verkeerde plek te zijn. Werd haar leven bedreigd door de lafheid van haar baas en de onverbiddelijkheid van een stel criminelen die hun zin niet kregen. Even had ze het gevoel in een surrealistische droom te zitten, maar de angst, de kou en de por in haar rug, haar hijgende ademhaling en die van de anderen, dat was allemaal echt.

Het pad werd minder steil. De vage contouren van een blokhut werden zichtbaar. Marek hield zijn pas in, keek over zijn schouder en sprak enkele zinnen in het Tsjechisch tegen de chauffeur. De chauffeur liep naar de blokhut en klopte aan. De deur werd meteen geopend. Hij sprak een paar woorden tegen de onzichtbare man in de deuropening, draaide zich om en liep terug naar Rutger die met zijn handen op zijn knieën stond uit te hijgen van de geleverde inspanning.

'Naar binnen,' zei Marek kortaf en duwde Manon in de richting van de blokhut. Toen ze op het punt stond de blokhut te betreden, viel haar blik op de twee rode cijfers naast de deurpost. Het leek een huisnummer, maar dat was het niet. 24 stond voor blokhut nummer 2, route 4. In de zomer werden hier wandelingen georganiseerd. Langs de verscheidene routes stonden op strategische punten blokhutten, waar de wandelaars konden uitrusten of overnachten. Ze had het er laatst nog met Rutger over gehad, voor hun zomerprogramma.

Er zaten vier mannen zwijgend rond een houten tafel. Toen Marek haar naar binnen duwde, verstijfde ze. Van het viertal had ze er twee eerder ontmoet. De magere en de reus keken haar doordringend aan maar lieten verder nauwelijks een spoor van emotie zien. Dat maakte haar nog angstiger dan ze al was. De andere twee mannen aan de tafel leken op elkaar. Ze bekeken haar met nog minder emotie dan de eerste twee. Dit moesten de ooms zijn voor wie Marek werkte.

Marek dwong haar plaats te nemen op een houten bank die geschikt was voor vier personen. Rutger zat naast haar. De blokhut was spartaans ingericht en de temperatuur was er even onaangenaam als buiten. De houtblokken in de open haard waren niet aangestoken. Er was een primitief aanrecht met daarop twee glazen en een fles water. Boven de houten tafel hing een ouderwetse lamp die de kamer schamel verlichtte. Op de tafel stond een halfvolle fles wodka.

De stilte maakte de sfeer nog onheilspellender en beangstigender dan ze bij binnenkomst had ervaren. De mannen keken recht voor zich uit. Wachten was onderdeel van hun vak. Ze verstonden de kunst om rust niet in ontspanning te laten ontaarden, maar bleven alert om op elk moment in actie te kunnen komen.

Naast Manon begon Rutger met zijn bovenlichaam te bewegen. De paar keer dat ze tijdens de wandeling achterom had gekeken, was het haar opgevallen dat hij langzamerhand begon op te knappen. Ze keek snel opzij en zag dat hij aanstalten maakte om iets te zeggen. Ze hield haar hart vast voor de reactie van de Tsjechen.

'Pavel,' begon Rutger met onvaste stem. 'Dit kunnen we toch op een andere manier oplossen?'

Pavel Jarolím schudde vol ongeloof zijn hoofd. Als een leraar die voor de zoveelste keer zijn slechtste leerling wat probeert uit te leggen, maar de moed allang heeft opgegeven.

'Jij bent echt ongelofelijk. Maandenlang hebben wij gesproken. Werkelijk alles heb ik geprobeerd om op een normale manier met jou tot zaken te komen.' Hij hief theatraal beide handen. 'En wat is het resultaat?' Zijn blik doorboorde Rutger.

'Helemaal niets. Jij hebt ons van het begin af aan belazerd. Tijdens de gesprekken die we voerden kwam je steeds weer met andere smoesjes waarom je SFun niet wilde verkopen. Telkens vroeg je om tijd, want het zou allemaal goed komen, weet je nog wel? Binnen afzienbare tijd zou je de school aan ons verkopen.'

Hij lachte smadelijk.

'Jij bent er een meester in mensen aan het lijntje te houden, Rutger, dat moet ik je nageven. Maar nu ben ik het zat. Tegenover je medewerkers beweren dat je met mij zou gaan praten, terwijl je te lui of te bang was om dat werkelijk te doen. En dan nog, als je het wel gedaan had, dan had je waarschijnlijk weer om uitstel gevraagd. Dacht je zo de prijs op te drijven? Of was je alleen maar bang voor je schoonpappie? Lafaard!'

Hij sloeg krachtig met platte hand op de tafel. De wodkafles viel om. Rutger keek Pavel verschrikt aan. Pavels broer zette de fles rustig weer rechtop. Manons oog viel op zijn rechterhand. Die was paarsrood. De kleur van een ernstige wond die zich herstelde.

'Dacht jij nu werkelijk dat je ons kon negeren?!' Pavels toon werd harder en agressiever. 'Dat wij gewoon op zouden geven? Weg zouden gaan, als een nare droom?'

Weer sloeg hij met zijn hand op de tafel. Ditmaal wankelde de fles, maar bleef staan.

'Dan heb ik nieuws voor je, Rutger. Deze boze droom laat zich niet verjagen. Sterker nog. Jouw nachtmerrie staat op het punt van beginnen.'
Rutger ademde onregelmatig en zijn handen trilden. Evenals Manon wist hij dat zijn situatie uitzichtloos was. Hij forceerde een glimlach, probeerde zich niet te laten kennen.
'Luister eens, Pavel. We kunnen...'
'Bek dicht!'
Pavel Jarolím boog licht naar voren. Hij keek Rutger aan alsof hij zijn keel wilde dichtknijpen. Slikken ging opeens moeilijk.
'De tijd van spreken is voorbij. Ik wil geen woord meer horen.'
In de daaropvolgende minuten regeerde de stilte. Pavel pakte de fles wodka en liet deze rondgaan. Toen de fles weer terugkwam bij Pavel, zette hij deze aan zijn mond en dronk hem leeg. Daarna stak hij een sigaret op en keek zwijgend voor zich uit.
De man die had gereden, reageerde meteen toen er op de deur werd geklopt. Een jonge vrouw kwam binnen. Achter haar liep de man die op de parkeerplaats uit de auto was gestapt. Hij knikte Pavel toe en ging naast Marek staan.
'We zijn compleet,' sprak Pavel op een toon die weinig goeds voorspelde.

46

Sabine liep met een ontzette uitdrukking op haar gezicht naar Rutger. In het voorbijgaan zag Manon haar knappe gezicht en het blonde haar dat op haar schouders viel. Ze droeg een bruin jack, een spijkerbroek en witte moonboots. Manon schatte haar midden twintig.

'Rutger, wat gebeurt er toch?' fluisterde ze. Haar lip trilde.

Terwijl de overigen in de kamer hen zwijgend gadesloegen, trok hij haar naar zich toe. 'Het komt goed, schat,' sprak hij op weinig overtuigende toon.

Manon zag hoe Marek naar het aanrecht liep en leren handschoenen aantrok. Hij pakte een flesje uit de binnenzak van zijn jack. Hierna deed hij enkele druppeltjes in de glazen en vulde deze met water. Hij liep naar Rutger en Sabine toe en hield hun de glazen voor.

'Drink.'

Sabine keek hem minachtend aan.

'Nooit.'

Marek gaf een glas aan Rutger die het automatisch aanpakte. Met zijn vrije hand haalde hij razendsnel uit naar Sabine. Zijn handpalm raakte haar vol op haar wang. De klap van het leer op haar huid klonk fel. Ze sloeg opzij en bleef even half verdoofd zitten.

'De volgende keer gebruik ik mijn vuist,' verduidelijkte Marek. Hij duwde het glas tot bijna onder haar neus. Ze aarzelde, keek hem aan en besefte dat hij niet blufte. Ze pakte het glas aan.

'Drink,' zei Marek nogmaals. 'Alles.'

Ze deden wat hij beval. Toen de glazen leeg waren, griste hij ze uit hun handen, draaide zich om, zette ze op de tafel naast de lege wodkafles en ging achter zijn oom staan.

Manon merkte dat Rutger en Sabine met hun bovenlijf begonnen te schommelen. Ze vroeg zich af waarom Marek haar geen drugs had gegeven. Sabine probeerde te spreken, maar de woorden bleven in haar keel hangen.
'Ze zijn beiden schuldig,' zei Pavel. Manon begreep dat hij nu rechtstreeks tegen haar sprak. Ze keek hem aan, hoe moeilijk ze dat ook vond.
'Rutger heeft ons voorgelogen,' ging Pavel verder. 'Ik weet zeker dat zij die slappeling daar heeft aangespoord om zijn poot tegenover ons stijf te houden.'
Hij draaide zijn hoofd een kwartslag en knikte kort tegen de grote kerel. De reusachtige man stond op en liep naar de bank waarop Rutger en Sabine zaten. Marek, de chauffeur en de man die als laatste de blokhut was binnengekomen volgden hem. Ze begonnen de twee uit te kleden. De jacks gooiden ze achteloos in een hoek van de kamer. Daarna volgden twee truien en T-shirts. Sabine probeerde haar handen voor haar borsten te slaan, maar haar lichaam werkte niet mee.
'Genoeg,' zei Pavel toen zijn mannen aanstalten maakten haar beha uit te trekken. Hij knikte naar de deur, waarna de mannen het tweetal hardhandig beetpakten. Ondanks de drug die hem versufte, probeerde Rutger nog een schop uit te delen aan de grote man die hem vast had. Het was een kansloze poging. De man kneep in Rutgers arm en alle kracht verdween uit zijn lichaam.
Manon had er al die tijd als versteend bij gezeten. Het leek alsof ze er lichamelijk niet bij was. Ze wilde protesteren, iets doen, maar ze was compleet verstijfd. Wat was dit? Als ze niets deed zouden Rutger en Sabine binnen de kortste keren onderkoeld raken. Hun lichamen zouden op z'n vroegst morgenochtend door voorbijgangers worden gevonden. Aangezien zij de enige getuige was, kon het niet anders of Pavel liet haar vermoorden. Daarom waren er ook geen drugs voor haar nodig.
Ik wil niet dood! Niet zo! Opeens leek ze een elektrische schok te krijgen. Ze spande haar spieren. Marek trok de deur open. De snijdende kou gleed door de opening naar binnen.

‘Nee,’ gromde Sabine groggy. Ze stribbelde met alle kracht die ze nog had tegen, waardoor de chauffeur even uit balans raakte. Het verzet van zijn vriendin sloeg als een vonkje over op Rutger. Ook hij probeerde zich zo goed en zo kwaad als het ging te verzetten, waardoor de man die hem vast had moest reageren.

Manon schoot overeind. Nu of nooit. De deur was halfopen en er was ruimte tussen Rutger en Sabine, die het dichtst bij de deur stonden. Het was een kwestie van seconden. Manon strekte haar armen en duwde Rutger en Sabine ruw opzij. Met haar actie overbluftte ze de Tsjechen die zich net te laat realiseerden dat ze wegschoot. Met brute kracht trokken de mannen Rutger en Sabine opzij.

Op dat moment was Manon al buiten.

47

Zonder erbij na te denken sloeg ze links af. Weg van de blokhut, weg van die vreselijke mensen. Met wijd opengesperde ogen rende ze als een bezetene. Ze hoorde achter zich het doffe gebonk van voetstappen op de harde ondergrond.

Zo snel als haar benen het toelieten rende ze over het pad dat geleidelijk omhoogliep. Haast elke stap was een halve uitglijder die ze met meer geluk dan wijsheid wist te corrigeren. Het was een kwestie van tijd voordat ze een smak maakte of ingehaald zou worden.

De mist was nog steeds even dik, waardoor ze nauwelijks zag waar ze naartoe rende. Ondanks het moordende tempo dat ze zichzelf oplegde, verloor ze terrein. Het onheilspellende gebonk van stampende voetzolen achter haar werd luider. Het zou niet lang meer duren voordat ze haar hadden ingehaald. En dan was alles voor niets geweest. Ze moest gebruikmaken van de mist.

Ze hoorde haar achtervolgers nu ook ademen. Het gat tussen hen bedroeg minder dan tien meter, gokte ze. Waar ze zich exact bevond, wist ze niet. Ze moest van dit pad af. Ze wist dat er in dit gebied nauwelijks ravijnen waren, wel steile hellingen. Sommige waren ontbost en deden in de winter dienst als pistes. Het merendeel stond echter vol met naaldbomen waar het wild zich zowel zomers als 's winters ophield.

Ze nam snel een beslissing. Met een grote sprong naar links belandde ze tussen de bomen. Door haar snelheid was ze nog in staat twee passen te maken, waarna ze onderuitging. In haar val maakte ze zich zo klein mogelijk.

Ze rolde de helling af. Haar linkerschouder knalde tegen een boomstam. Ze verbeet de pijn en gleed door. Weer botste ze tegen een boom.

Ze verloor haar evenwicht, strekte haar armen en kwam dwars op de helling te liggen. Haar snelheid nam af. Enkele meters lager kwam ze tot stilstand.
Ze keek omhoog. De adrenaline die door haar lichaam gierde, verdreef de pijn van haar schouder. De dichte mist bedekte de helling boven haar. Het zicht was ongeveer drie meter. Ze sloot haar ogen en luisterde aandachtig. Vanuit de verte hoorde ze een krakend geluid. Haar achtervolgers daalden af.
Ze bevond zich tussen bomen die onderling minder dan een meter van elkaar stonden. De ondergrond was nog steeds hard en ijzig. Hier en daar lagen plakkaten bevroren sneeuw. Haar hart sloeg over. In haar val was ze recht door een van deze plakkaten gegleden, waardoor ze een onmiskenbaar spoor had achtergelaten.
Ze moest hier weg. Vanaf boven gezien was dit het begin van de helling. Ze moest nog honderden meters overbruggen voordat een nieuwe helling, een pad of een piste zich aandiende. En dan nog... daar schoot ze weinig mee op. De situatie bleef hetzelfde. Of de Tsjechen haar hier of verderop te pakken kregen maakte niets uit. Ze moest hen zien af te schudden. In elk geval voorlopig, zodat ze de kans kreeg zich te heroriënteren en een vluchtplan te bedenken.
Met grote stappen daalde ze af. Tot haar ontzetting nam het aantal sneeuwplakkaten toe. De combinatie van slecht zicht en snelheid maakte het haar onmogelijk de sneeuw te ontwijken, waardoor ze voor haar achtervolgers een duidelijk spoor achterliet. Ze bleef even staan om op adem te komen en hoorde de onheilspellende klanken van krakende takken en zwaar gehijg. Ze waren haar nog steeds op het spoor.
Schuin voor haar doken de robuuste contouren van dichte vegetatie op. Toen ze dichterbij kwam, bleek het een stapel zwerfhout te zijn. Waarschijnlijk verzameld door wandelaars, houthakkers of boswachters. De stapel was een kleine meter hoog en zeker vier meter lang. Ze klom erop en liep voorzichtig over het hout, dat gelukkig niet kraakte maar wel een beetje onder haar voeten bewoog. Ze wist haar balans te bewaren zonder geluid te maken.

Eenmaal aan het eind van de stapel maakte haar hart een vreugdesprongetje. Eindelijk leek het geluk aan haar kant te staan. Ze sprong van de stapel op een grote kei en hopte daarna naar een soortgelijke steen. Omdat ze een flinke vaart had opgebouwd, zette ze bij het neerkomen weer af en sprong in het mistgordijn zonder goed te kunnen zien wat er onder haar lag. Ze landde met beide voeten op de grond, maakte zich rond en rolde de berg af.
Wonder boven wonder raakte ze tijdens deze ongecontroleerde afdaling maar één keer een boomstam, die haar dijbeen schampte.
Toen ze vaart begon te minderen, strekte ze haar armen en duwde haar handen tegen de ruwe ondergrond. De schaafwonden aan haar handpalmen voelde ze nauwelijks. Ze kroop achter de dikste boom in haar directe omgeving. Hopelijk had ze genoeg voorsprong opgebouwd. Manon sloot haar ogen en luisterde of ze nog geluiden hoorde.

48

'Dus jullie zijn haar kwijt?' siste Pavel Jarolím.

'Drie kerels hebben zich door een Nederlandse troela in de luren laten leggen?!'

Marek, Vojtech, de chauffeur en Matej, de man die Sabine naar de blokhut had gebracht, keken alle drie recht voor zich uit. Ze ondergingen de hoon van hun baas zwijgend, het was hun enige optie. Als je in hun beroep een fout had gemaakt, was tegenspraak het laatste wat je overwoog. Datzelfde gold voor excuses.

Pavel richtte zich tot zijn neef.

'Ze is dus het pad af gerend en heeft zich daarna van de helling laten glijden.'

Marek knikte gedwee. 'We hadden haar bijna te pakken toen ze sprong.'

'Ik neem aan dat jullie haar achterna zijn gegaan.'

'Ja, in haar val had ze sporen achtergelaten die we konden volgen.'

Zoetgevooisd stelde Pavel zijn volgende vraag.

'Waarom is ze nu dan buiten in plaats van hier?'

Marek wist dat de spottende ondertoon het begin van een woede-uitbarsting kon betekenen. 'Op de helling raakten we haar kwijt. Ergens tijdens die afdaling is ze erin geslaagd om een voorsprong te krijgen en daarbij geen sporen achter te laten. Normaal gesproken hadden we haar wel gevonden, maar die dichte mist maakte het onmogelijk haar weer te traceren.'

Marek hoorde zelf hoe er een zweem van angst in zijn stem was gekropen. Zijn oom had een hekel aan mensen die openlijk een vorm van zwakte toonden. Marek vermande zich. 'We krijgen haar wel, oom Pavel.'

'Dat is je verdomme geraden, idioot die je bent! Als die meid ontsnapt kunnen we een kruis door al onze plannen zetten. Om nog maar te zwijgen van de ellende die we dan op onze nek krijgen.'

Hij wees met een bezwerende vinger naar het drietal dat voor hem stond. 'Jullie gaan als de duivel achter dat kreng aan. Bedenk onderweg maar een heel goed plan. Het meest waarschijnlijke is dat ze gewoon recht naar beneden afdaalt. Tenminste, dat zou ik doen. Zo snel mogelijk richting bewoonde wereld.'

Hij kneep zijn oogleden iets samen, alsof hem zojuist een idee te binnen was geschoten.

'Hebben jullie haar gefouilleerd?'

Marek nam het voortouw. Hij wist bij voorbaat dat zijn twee collega's zouden zwijgen. Tenslotte was hij het neefje van de baas.

'Nee, dat is niet bij me opgekomen. Ze was niet meer dan lokaas dat achteraf gedumpt zou worden.'

Pavel liep langzaam rood aan. In zijn nek begon een ader hevig te kloppen.

'Wat dacht je van een mobiele telefoon, lul?! Als die meid de politie belt hangen we allemaal aan de hoogste boom!'

Marek maakte een bezwerend gebaar. 'Als ze al een telefoon heeft, dan hoeven we ons voorlopig nog geen zorgen te maken. Ze heeft in dit gebied pas onder de duizend meter bereik.'

Uit Pavels gezichtsuitdrukking bleek dat hij weinig ophad met deze uitleg, die een geruststellende uitwerking op hem had moeten hebben. Hij maakte zich ernstig zorgen. Door deze onoplettendheid van zijn mensen liep zijn plan gevaar. De Nederlandse moest gevonden worden voordat ze schade kon aanrichten die hem daadwerkelijk pijn deed.

'We gaan het als volgt doen,' sprak hij peinzend.

'Jullie dalen met z'n drieën af. Begin bij het punt waar je haar bent kwijtgeraakt en hou onderling een flinke afstand. Mocht iemand haar zien, dan kun je die afstand schreeuwend overbruggen. Op het moment dat jullie telefoons bereik hebben, houden jullie mij constant op de hoogte.'

Hij knikte tegen de mannen die bij hem aan tafel zaten. 'Wij pakken de auto's en rijden naar het dal. Lukas, jij neemt de Mercedes en parkeert die bij opstapplaats Schmittenhöhe, ongeveer op de plek waar Matej haar heeft opgepikt.' Hij knikte snel en ongeïnteresseerd naar de gedrogeerde Sabine. 'Je stapt daar uit en neemt een tactische positie in op het onderste gedeelte van de piste.'

Lukas Skacel knikte bevestigend. Hij begreep wat zijn baas van hem vroeg en zou zijn plan uitvoeren. Als dat Nederlandse wicht voor die route koos, zou hij haar onderscheppen.

'Jan en ik nemen de andere wagen. Wij rijden door naar de opstapplaats van CityXpress. Op die manier hebben we al haar uitvalswegen geblokkeerd.'

De magere Ondrej Bokuva keek zijn baas vragend aan.

'Jij blijft hier op die twee passen,' zei Pavel. 'Zo gauw wij die meid te pakken hebben, richten we ons weer op hen. Tot die tijd gebeurt er helemaal niets, begrijp je? Mocht er bijvoorbeeld eentje misselijk worden en gaan overgeven, dan zorg jij ervoor dat diegene niet in zijn of haar eigen braaksel stikt. Loopt het vanavond om wat voor reden dan ook uit de hand, dan zijn lijken namelijk het laatste waaraan ik behoefte heb. Daar klets ik me tegenover de autoriteiten niet zo gemakkelijk uit. Lukt het die trut toch om stennis te schoppen, dan overtuig ik Rutger en zijn vriendin er wel van dat ze geen aangifte moeten doen. Met een beetje geluk loopt het alsnog met een sisser af.'

Uit Mareks lichaamstaal bleek dat hij wat wilde zeggen maar dit eigenlijk niet durfde.

'Wat is er?' vroeg Pavel geërgerd.

'Nou... U zei net dat wij alle vluchtwegen hadden geblokkeerd. Er zijn er drie...'

Pavel veegde zijn opmerking met een kort handgebaar van tafel.

'Je moet je altijd in de rol van de prooi verplaatsen, sufferd. In dit geval is het een doodsbange vrouw die in de dichte mist boven op een ijskoude berg in Oostenrijk staat. Ze zal zo snel mogelijk in de bewoonde wereld moeten zien te komen, dus daalt ze zo recht mogelijk naar beneden af. Het allerlaatste wat ze zal doen is omlopen en een route kiezen die min-

stens tweemaal zo lang is als de helling die recht voor haar neus ligt.'
Marek keek beschaamd naar de punten van zijn laarzen.
'En nu wegwezen,' beval Pavel. Hij was als eerste bij de deur.

49

Hoe lang ze zich niet had bewogen, wist Manon niet. Het voelde als uren. Toen ze langzaam overeind kwam protesteerden haar spieren hevig. Ze rekte haar rug, waarbij een lichte kreun uit haar keel ontsnapte. Direct dook ze ineen. De eerste opluchting had de angst nog niet verdreven.
Nadat ze tussen de bomen was gekropen, had ze zich nauwelijks meer verroerd. Ze had haar handen voor haar mond gehouden om ademwolkjes het opstijgen te beletten. Niet dat het wat uitmaakte, want de lucht was langs haar handen omhooggegleden en één geworden met de mist.
Een opwellende kuch had ze weggeslikt. Met de rug van haar hand had ze een loopneus proberen weg te vegen. Het bos kende vele stemmen. Elk geluid had haar opgeschrikt. Maar het waren niets meer dan de geluiden van wat er in het bos leefde. Ze had de mannen al een tijdje niet gehoord.
Naast haar spieren waren ook haar handen verstijfd. Hoewel ze haar handschoenen in haar zakken had zitten, had ze tot nu toe niet de moed gehad ze te pakken en aan te trekken. Het geluid dat ze daarbij zou maken zou haar fataal kunnen worden. Traag ritste ze de zakken open en trok de handschoenen over haar ijskoude vingers. Ze hoopte niet dat ze bevroren waren. Je hoorde zo vaak over bergbeklimmers die in immense kou de meest afschuwelijke verminkingen aan hun ledematen hadden opgelopen.
Ze keek op haar horloge en zag dat het tegen halfelf liep. Haar nachtmerrie was nauwelijks anderhalf uur oud maar ze had het gevoel alsof ze twee nachten in een middeleeuws martelwerktuig had doorgebracht. Haar lichaam schreeuwde om verzorging en rust. En dat terwijl ze pas

aan het begin stond van een lange, fysiek afmattende reis.
Behoedzaam en gespitst op elk afwijkend geluidje verliet ze haar schuilplaats. Voordat ze een stap nam keek ze eerst naar de ondergrond. Ze wilde elk risico vermijden. Het scherpe geluid van een knappende tak zou haar positie verraden.
Voorzichtig daalde ze door het bos af. Het zicht bleef slecht, maar ze had het idee dat de mist langzamerhand minder werd. Drie meter zicht werd vier en toen ze de bomengrens bereikte, klaarde het verder op. Het bleef echter een kleine wereld.
Recht voor haar lag een piste. Drie stappen later realiseerde ze zich dat ze een fout had gemaakt. Haar laarzen maakten duidelijk zichtbare afdrukken in de sneeuw. Ze stapte naar achteren, boog voorover en probeerde zo goed en zo kwaad als het ging de sporen met sneeuw te bedekken. Terug bij de bomen ging ze weer rechtop staan en probeerde de nieuwe situatie in te schatten.
Uit de hoek van de helling kon ze opmaken dat het een rode of zwarte piste betrof. Waarschijnlijk een zwarte. De blokhut die ze daarnet was ontvlucht lag op route 4 en dat was de hoogstgelegen wandelroute van Zell am See naar Kaprun. Dan stond ze nu naast zwarte piste nummer 14, die rechtstreeks doorliep naar opstapplaats Schmittental.
Ze kon weer logisch denken! Vanaf nu zou ze haar hoofd erbij moeten houden, wilde ze deze nacht overleven. Ze bleef stokstijf staan en luisterde aandachtig. Een koude windvlaag gleed langs haar gezicht. Op de piste ontstonden donkere gaten in het grijze gordijn. Nog steeds geen naderende voetstappen, wat niet wilde zeggen dat ze niet meer op zoek waren.
Ze moest ervan uitgaan dat de Tsjechen het hier niet bij lieten zitten. Die konden het zich eenvoudigweg niet veroorloven haar te laten lopen. Daarvoor wist ze te veel. Ze moesten haar te pakken krijgen, voordat ze het dal bereikt had en de politie kon inlichten. De lokroep van een uil deed haar schichtig om zich heen kijken. Haar hartslag schoot omhoog. Het duurde enkele seconden voordat ze zich realiseerde dat ze geen direct gevaar liep. Ze haalde diep adem.

Met moeite opende ze met handschoenen aan langzaam de rits van haar jack. Het geluid was oorverdovend. Ze pakte haar mobiele telefoon uit haar binnenzak. Geen bereik. Ze moest dus nog boven de duizendmetergrens zijn.

Zonder geluid te maken ging ze op een boomstronk zitten. Ze dwong zichzelf haar situatie goed te overdenken. Als ze zo snel mogelijk naar beneden probeerde te gaan via de piste, zou ze zichzelf kunnen verraden, en als die mannen sneller waren dan zij, dan zou ze het nooit halen. Nog waarschijnlijker was dat ze nu al probeerden haar vluchtwegen af te sluiten, want zij hadden vast ook wel bedacht dat ze hoe dan ook naar beneden moest als ze wilde overleven. Ze probeerde zich de plattegrond van het skigebied rond Zell am See voor de geest te halen. Boven op de Schmittenhöhe bevond zich vanuit haar huidige positie gezien schuin rechts naar boven het Berghotel. Omdat de gasten gezien de unieke ligging afhankelijk waren van de skiliften, waren ze gedwongen om hun avonden op de berg door te brengen. Misschien zou ze hen kunnen horen!

Ze concentreerde zich maar hoorde nog steeds niets. Als ze inderdaad bij de piste stond die naar Schmittental leidde, dan lag daar de parkeerplaats waar de zwijgzame Tsjech Sabine had opgepikt...

Opeens belandden haar gedachten in een stroomversnelling. De Tsjechen waren met zeven man. Ze hadden de beschikking over minstens twee auto's, waarschijnlijk drie. Zij probeerde te denken als haar tegenstander, maar het gold omgekeerd ook. Zij probeerden in haar huid te kruipen. Dus waar zouden ze haar opwachten? Beneden? Wat dachten ze dat zij zou doen en hoe kon ze daarvan afwijken?

Naar boven was geen optie. Naar de top klimmen en het Berghotel bereiken klonk best logisch, maar de tocht was loodzwaar. Bovendien, als de Tsjechen daar ook aan gedacht hadden en er iemand op afgestuurd hadden, dan zat ze klem. Naar boven en direct naar beneden vielen af. Terugkeren in de richting van de blokhut was ook uitgesloten. Ze zou makkelijk een van de Tsjechen tegen kunnen komen. Het enige wat ze zich van de plattegrond wist te herinneren was dat er geen

pistes lagen rondom de blokhut. Een afdaling door het bos zou veel tijd vergen. Tijd die ze niet had, want de weersomstandigheden begonnen ook een rol te spelen. Ze had het ijskoud en de temperatuur leek steeds verder te dalen. Om te zorgen dat ze niet onderkoeld zou raken, moest ze wel dalen, maar niet hier.
Recht vooruit, dus. Ze zou de zwarte piste oversteken. Daarachter lagen twee beboste hellingen. Eerst afdalen, daarna omhoog. Uiteindelijk bereikte ze het gebied dat SFun als zijn thuishaven beschouwde. Daarvan kende ze bij wijze van spreken elke centimeter.
Het geluid van een knappende tak deed haar opschrikken. Was het veroorzaakt door een dier of door een mens? Of zaten ze haar nu al op de hielen? Ze kon het risico niet nemen om af te wachten wie of wat het was. Ze draaide zich om en begon achteruit de zwarte piste over te steken. Met haar handen wreef ze sneeuw over de afdrukken die haar laarzen achterlieten. Vanwege haar haast was het zeker geen perfecte camouflage. Ze kon slechts hopen dat de sporen niet door haar achtervolgers werden opgemerkt.
Eenmaal aan de overkant van de zwarte piste draaide Manon zich om. Weer dacht ze het geluid van knappend hout te horen. Ze aarzelde geen moment en daalde af door het bos. De mist klaarde zichtbaar op, wat absoluut in haar nadeel was.

50

Ton slaakte een zucht van verlichting toen de auto voor hem rechts afsloeg.
'Godzijdank,' sprak hij opgelucht. Meteen verhoogde hij de snelheid.
'Ik zeg je dat die knuppel met stralend zomerweer ook veertig blijft rijden,' bromde hij nog wat na.
De mist begon op te klaren. Het zicht was nog niet geweldig, maar goed genoeg om veilig zeventig kilometer per uur op deze tweebaansweg te rijden.
'Daar komt een bord aan,' sprak hij even later.
'Zell am See 43 kilometer,' las Marga hardop. 'Nou, dat valt reuze mee.'
'Als er geen slakkenrijders meer komen wel,' antwoordde Ton.
Marga pakte haar mobiele telefoon uit haar tas.
'Ik ga Manon bellen.' Ze keek Ton aan.
'Hoe laat schat jij dat we in Zell am See aankomen?'
Ton schudde even met zijn hoofd en wist zijn opmerking in te slikken.
'Als het meezit in een halfuur, als het tegenzit ruim een uur. Leg haar maar gewoon uit dat we door aspergesoep rijden. Trouwens, het zal in Zell am See toch niet beter zijn?'
'Dat kan zomaar,' zei Fleur vanaf de achterbank. 'Een Oostenrijkse instructeur vertelde me dat de mist hier heel plaatselijk kan zijn.'
Marga zocht op haar telefoon in favorieten tot het nummer van Manon tevoorschijn kwam. In plaats van haar dochter, hoorde ze een vreemde, monotone vrouwenstem.
'Ze is buiten bereik.'
Fleur keek haar verbaasd aan. 'Dat is vreemd. Het netwerk rond Zell

am See is perfect. Onder de duizend meter heb je altijd bereik. De afgelopen vakantie heb ik vanaf de piste met vrienden in Utrecht gebeld.'
Marga drukte nogmaals op de beltoets. Dezelfde blikken stem van daarnet klonk. Marga hield haar telefoon demonstratief omhoog zodat de anderen mee konden luisteren.
'Overtuigd?' vroeg ze met een schuin oog naar haar jongste dochter.
Fleur knikte. 'Toch vind ik het raar,' mokte ze. 'Of ze zit in de bergen of ze heeft haar telefoon uit staan. Geen van beide is logisch als je weet dat je familie op bezoek komt.' Hoewel je het met Manon maar nooit wist. Wie weet kreeg ze het opeens weer op haar heupen.
'We zullen het straks weten,' zei Ton ongeduldig. De achterlichten van een voorganger kwamen snel dichterbij.
'Daar gaan we weer,' bromde Ton en hij nam met tegenzin gas terug.

51

Marek vervloekte zichzelf in stilte. In zijn haast was hij op een dorre tak gestapt. Het scherpe geluid reikte ver, wist hij. Ongetwijfeld had Manon het gehoord. Zijn instinct zei dat Manon niet ver meer bij hem vandaan was. Nog niet binnen handbereik, maar dat kon niet lang meer duren. Ze hadden haar spoor opgepikt. Het was een kwestie van tijd voordat ze haar zouden onderscheppen. Tegen drie man was ze kansloos.

Na de donderpreek van zijn oom waren ze naar de plek gerend waar Manon de sprong had gewaagd. Toen ze op het punt waren beland waar ze hun zoektocht zo-even hadden gestaakt, besloten ze niets te overhaasten.

Vojtech vond de stapel zwerfhout, waarna veel duidelijk werd. Bij een grote boom vonden ze afdrukken van haar lichaam op de grond.

Voetje voor voetje schuifelde hij langs de rand van de bomengrens. Ze was goed, moest hij erkennen. Voor een vrouw in nood had ze weinig fouten gemaakt. Twintig meter voor de bomengrens waren ze haar spoor zelfs kwijtgeraakt. Om de kans op succes te vergroten, waren ze verder uit elkaar gaan lopen. Onderling bedroeg de afstand nu tien meter. Op die manier moest een van hen op een aanwijzing stuiten.

Marek voelde een lichte paniekaanval opkomen. Waren ze te optimistisch geweest? Het was ondenkbaar dat Manon hen te slim af was geweest. Zij kenden het gebied veel beter dan die griet. De achtervolging kon hier niet stoppen. Hij vloekte binnensmonds. Dat nooit! Als ze haar niet te pakken kregen, was zijn toekomst even onzeker als die van de twee andere mannen.

Oom Pavel was altijd goed voor hem geweest, maar hij kon ook meedogenloos zijn. Het meest recente voorbeeld hiervan was de wond aan oom Jans hand. Na een halve fles wodka had Ondrej Bokuva hem de ware toedracht verteld. Op de avond dat Ondrej in opdracht van Jan Manon en Fleur had aangevallen, moesten ze allemaal bij Pavel komen. Omdat dit buiten hem om was geregeld, was Pavel woest. Aan het eind van zijn tirade greep hij een skistok en doorboorde daarmee de hand van Jan. Ondrej had hem verteld dat hij zelden zo bang was geweest. Hij was er die bewuste avond namelijk van overtuigd geweest dat niet Jan, maar hijzelf het slachtoffer van oom Pavels drift zou worden.

Voor het geval dat het nog niet tot hem was doorgedrongen, maakte deze actie duidelijk dat oom Pavel er niet voor terugdeinsde om familie hardhandig te straffen. Marek voelde hoe een rilling over zijn rug trok. Hij schudde de herinnering van zich af en concentreerde zich op de omgeving. Was ze afgedaald, omhooggeklommen of overgestoken? Het eerste lag het meest voor de hand, daarom liepen Matej en Vojtech ook beneden hem. Maar ook zij hadden nog niets gevonden waaruit bleek dat Manon de berg was afgedaald.

Dat ze zo snel mogelijk naar beneden ging was inderdaad het meest logische. Maar was het ook voor de hand liggend geweest dat een vrouw zeven volwassen kerels in een blokhut had verrast? Of dat ze de tegenwoordigheid van geest bezat om zo weinig mogelijk sporen achter te laten? Uit niets bleek dat ze doldriest de berg was afgedaald. Ze was slim.

Een windvlaag gleed langs zijn nek en de kraag van zijn jack. Hij huiverde toen de kou langs zijn schouders gleed. Het moest over zijn. Hij was Oostenrijk en al dat gedoe helemaal zat. Hij kon redelijk skiën, maar had geen enkele ambitie om iets in de wintersportbranche te doen. Op verzoek van zijn oom Pavel was hij naar Zell am See afgereisd om te infiltreren bij SFun. Weg van de illegale autohandel en drugs waarmee hij in Liberec een prima boterham verdiende.

Marek vermande zich. Met dit sentimentele gezeur schoot hij niets op. Al veel te lang had hij de rol van watje moeten spelen. Doodziek was hij ervan. Praten, discussiëren, zijn zachte kant tonen. Al dat gezemel om de verdenking maar niet op hem te laten vallen. Uiteindelijk heb ik het

er toch goed van afgebracht, dacht hij. Niemand had enig idee dat ik de rotte appel in de mand was.
Hij besloot zijn blikveld te verruimen. Niet meer vlak langs de rand van de piste, maar enkele meters verderop. Daar lag ook meer sneeuw en was de kans op afdrukken groter. Langzaam dwaalden zijn gedachten weer af. Oom Pavel had hem connecties in de illegale autohandel bezorgd. Vanwege de strategische ligging in de nabijheid van het drielandenpunt, was Liberec een ideale doorvoerhaven voor gestolen auto's, die vanuit Duitsland en soms Polen binnenkwamen. In speciaal daarvoor ingerichte garages zette Marek mannen aan het werk om de auto's te strippen. De onderdelen werden via een uitgebreid netwerk gedistribueerd.
De drugshandel was weer een ander verhaal. Die kwam via de Balkan binnen. Zijn mannen waren een soort doorgevers naar dealers in een paar grote Tsjechische steden. Een profijtelijke handel waarbij hij zelf nauwelijks een vinger had hoeven uitsteken.
Daar was hij tenminste iemand. Hoe hij zich ooit had kunnen laten overhalen hierheen te komen, begreep hij zelf niet meer. Het had lucratief en leuk geklonken. Beetje acteren, infiltreren en de hele dag skiën. Nu stond hij hier in een van god verlaten oord in de mist naar sporen van een Nederlandse vrouw te zoeken. Enkel en alleen omdat oom Pavel dat eiste. Je kon hem gewoon niets weigeren. En het ging om grote belangen, dus om heel veel geld. Het was een noodgreep van zijn oom, die zelf ook onder druk stond van investeerders uit een keihard milieu.
Een oneffenheid in de sneeuw trok zijn aandacht. Hij liep enkele meters de piste op en boog zich over het kleine hoopje sneeuw dat op onnatuurlijke wijze was geformeerd. Voorzichtig streek hij de sneeuw opzij. De afdruk van een laars werd zichtbaar.
Dat vuile kreng, was het eerste wat hij dacht. Ze doet precies het tegenovergestelde van wat we verwachten.

52

Het stuk bos bleek bijna ondoordringbaar te zijn. Manon moest voor elke meter vechten. De bomen stonden dicht op elkaar en de stukken waar niets groeide lagen bezaaid met afgestorven takken, scherpe stenen en zwerfkeien. Het was bijna onmogelijk geen geluid te maken. Ze hoopte maar dat ze genoeg voorsprong had, zodat niemand het zou horen.

De afdaling was korter dan de klim. Toen ze beneden in het kleine dal was, dacht ze het zwaarste gedeelte achter de rug te hebben. De heuvel die ze nog op moest was echter veel hoger en steiler dan ze had gedacht. Uitgeput van de zware afdaling begon ze aan deze beklimming. Haar lichaam wilde rust, terwijl haar geest haar dwong om verder te gaan. Een pauze, hoe kort die ook mocht zijn, was het begin van het einde. Als je eenmaal je rust nam, werd het twee keer zo zwaar om weer verder te gaan. Ze dacht aan de lunchpauzes die haar werkdag onderbraken. Boven een bord soep of achter een bak koffie sloop de vermoeidheid van je tenen naar je schouders. Als ze nu ging zitten, was het definitief over. Dan blééf ze zitten en vroor ze dood, of ze werd gevonden door haar achtervolgers en zou alsnog sterven.

Ze moest dus door. Elke stap omhoog was een aanslag op haar benen. Haar overtuiging dat ze de laatste maanden in een goede conditie verkeerde werd nu genadeloos afgestraft. De spieren van haar kuiten en dijbenen staken.

Eenmaal op de top van deze heuvel zou ze zich op vertrouwd terrein bevinden. Die pistes had ze inmiddels honderden malen met leerlingen afgedaald. Ze klampte zich aan die gedachte vast. Haar grootste zorg was om daar te komen. Ze had nog een lange weg te gaan.

Het geluid van een knappende tak deed haar verstarren. Haar hart zat meteen in haar keel en klopte als een idioot. Ze bleef doodstil staan. Nogmaals hoorde ze hoe dor hout onder een voet werd versplinterd. De afstand tussen haar en de ander kon hooguit twintig meter bedragen. Zonder een vin te verroeren keek ze eerst achter zich en toen om zich heen. Recht voor haar bewoog de tak van een boom. De man sloop dus naar haar toe, concludeerde ze meteen. Ze boog door haar knieën en tastte de grond naast haar voeten af. Haar hand sloot zich om een steen. Ze pakte deze op, kwam omhoog en spande haar spieren voor de confrontatie.

Een lichaam schuurde langs een boomstam. Het ritme van de voetstappen ging omhoog, evenals de ademhaling. In een flits besefte Manon dat de geluiden die ze hoorde niet van haar achtervolgers afkomstig waren. Ook klopte de positie niet. Als de mannen haar al zo dicht op de hielen zaten, bevonden zij zich achter haar.

Het everzwijn bleef vijf meter voor haar staan. Het beest keek haar recht aan en schudde wat met zijn indrukwekkende kop. Uit de zwarte neusgaten kronkelde warme rook omhoog. Manon liet haar hand zakken en verroerde zich niet. Ze kon nu enkel nog bidden en smeken dat het geen wijfje met jonkies was, anders hield haar ontsnapping hier en nu op. Dan zou het beest haar ongetwijfeld aanvallen.

Het dier leek in dubio te staan. Aanvallen, onderzoeken of weglopen. Tot haar opluchting koos het everzwijn voor het laatste. Ze zag het enorme lijf tussen de bomen verdwijnen, waarna de stilte weer terugkeerde. Opgelucht klom ze verder. Ze bereikte de top van de helling. Omdat de mist steeds verder optrok, zag ze meteen waar ze zich bevond. De besneeuwde helling voor haar was blauwe piste 1, die ongeveer op de helft overging in nummer 2. Zo'n tweehonderd meter verderop volgde een splitsing en een uitgestrekt dal. Dat was haar volgende doel.

Zoals ze bij de zwarte piste had gedaan, draaide Manon zich om, boog voorover en liep achteruit. Met haar handen bedekte ze de sporen die haar laarzen achterlieten. Toen ze ongeveer in het midden van de piste was beland kwam ze overeind en draaide naar rechts. Nu zouden de

Tsjechen eerst de piste op moeten lopen om de sporen die ze vanaf hier zou achterlaten te ontdekken.
Tijdens haar afdaling gleed ze meerdere keren uit. Op laarzen was het een glibberpartij en leek de helling stukken steiler dan tijdens het lesgeven het geval was geweest. Maar haar inventiviteit gaf haar hoop en dus zette ze door.
In het dal was het zicht er verder op vooruitgegaan. Ze zag van een afstand al de vormen van restaurant Traumblick, de grootste pleisterplaats van dit skigebied. Met grote stappen daalde ze verder af.
Piep, piep. Piep, piep.
Vanuit haar binnenzak klonk het doordringende geluid van haar mobiele telefoon. Ze schrok zich wezenloos en besefte dat deze vier piepjes heel ver zouden dragen. Verbergen of sporen uitwissen had nu geen zin meer. Ze zette het op een lopen.

53

Het restaurant lag aan de rechterzijde van het dal en was een tussenstation voor de wintersporters die vanaf de top van de berg waren afgedaald. Na de verbouwing van vorig jaar was Traumblick het grootste en best lopende restaurant van deze berghellingen. Een positie waarop de eigenaar trots mocht zijn, want de concurrentie was moordend. Tijdens het hoogseizoen was het etablissement geopend van negen uur 's ochtends tot vijf uur 's middags. Tijdens een topdag liepen veertig werknemers in de keuken en bediening zich het vuur uit de sloffen om hun klanten tevreden te houden.
Manon rende het dal in. Haar blik was gefocust op het restaurant. Over haar sporen maakte ze zich geen zorgen meer, daar had ze geen tijd meer voor.
Omdat tijdens het lesgeven en in de kroeg haar telefoon altijd aanstond, had ze het geluid op de hoogste stand ingesteld. Sinds ze in het buitenland woonde, wilde ze een belangrijk telefoontje van haar familie niet mislopen. Nu had ze er spijt van dat ze het geluid zo hard had gezet...
Ze was weer terug bij af. Net zoals bij haar vlucht uit de blokhut wisten haar achtervolgers nu ongetwijfeld waar ze zich bevond. Het enige verschil was dat ze haar niet konden zien. Nog niet.
Gedurende haar vlucht naar het restaurant had ze zichzelf gedwongen niet achterom te kijken, hoe verleidelijk dat ook was. Ze bleef rennen, haar blik gericht op het gebouw dat misschien haar enige redding was. Als je achteromkijkt, verlies je tijd, had ze zichzelf ingeprent. Toen ze bij het restaurant aankwam, draaide ze zich abrupt om. De afspraak die ze met zichzelf had gold tot hier. Ze moest weten hoe ver of dichtbij haar tegenstanders waren, voordat ze verder kon gaan. Het dal achter haar

was echter nog maagdelijk wit en werd omfloerst door grijs-witte sluiers. Nergens waren donkere schaduwen van mannen te zien.
Haar voorsprong was dus tamelijk groot. Ze maakte zich geen enkele illusie dat haar achtervolgers niet zouden komen opdagen, het was een kwestie van tijd. Ze liep langs het restaurant en belandde bij de achterkant. Verscholen voor het publiek, stonden hier twee houten schuren. De eerste was voor proviand en drank.
Ze moest de tweede schuur hebben. Het bleef een gok, ze ging blind af op een verhaal dat ene Karl haar in de kroeg had verteld. Deze Karl, die duidelijk een oogje op haar had, werkte in de bediening bij Traumblick. Evenals het overgrote deel van zijn collega's had hij zijn skispullen opgeslagen in dit hok. Zo konden ze tijdens hun pauze ter ontspanning lekker uitwaaien tijdens een afdaling, de skilift omhoog nemen en hun spullen weer terugzetten in het hok. Op hun vrije dag hoefden ze nergens mee te zeulen. Ze kwamen in hun skipak omhoog, pakten hun spullen en gingen een dag of een deel daarvan skiën. Het was een prettige regeling waarvan het personeel veel profijt had.
Nog steeds gespitst op elk afwijkend geluid, liep Manon naar de achterkant van het hok. Karl had haar verteld dat er ruimte was tussen de achterkant van de hut en een bomenrij, die voor een volwassene net groot genoeg was om er zijwaarts te lopen. Hij had het verteld om indruk te maken. Misschien was het zelfs een uitnodiging geweest om nog eens langs te komen. Met haar gezicht bijna tegen de achterkant gedrukt, schuifelde ze langs het hout. Met een schuin oog hield ze de bomenrij in de gaten. Bij de derde boom hield ze haar pas in, zakte door haar knieën, trok haar handschoen uit en voelde met haar hand aan de onderkant van het hout van het schuurtje. Ze hield haar adem in, dit moment kon het verschil betekenen tussen een afdaling van ongeveer een kwartier of van ten minste twee uur.
De sleutel lag precies op de plek die Karl haar had beschreven. Haar vingers omklemden het metalen voorwerp en ze ging weer rechtop staan. Snel liep ze terug naar de zijkant van de hut waar de deur was. Ze stak de sleutel in het slot en duwde de deur open.

Het was binnen aardedonker. Ze pakte haar mobiele telefoon en zocht bij haar favorieten naar het juiste nummer. Met haar verstijfde duim toetste ze een bericht in en verzond dit. Mocht ze het niet redden, dan was er in elk geval nog een soort bewijs. Haar hoop op daadwerkelijke hulp was gevestigd op haar ouders en Fleur.

Daarna belde ze haar moeder. Ze hoorde de telefoon vier keer overgaan, voordat de bekende stem haar enthousiast begroette.

'Dag lieverd, waar zat je...'

'Mama, luister goed en val me niet in de rede,' fluisterde ze dwingend. 'Hoeveel kilometer zijn jullie van Zell am See verwijderd?'

Ze hoorde hoe haar moeder aarzelde, de vraag herhaalde, waarna haar vader een antwoord gaf wat ze niet kon verstaan.

'Ongeveer vijftien kilometer,' antwoordde haar moeder.

'Mama, ik loop groot gevaar. Ik ben in de bergen. Een stel mannen zit achter me aan en wil me vermoorden. Dit is geen grap. Kom zo snel mogelijk naar Schüttdorf, dit is vanaf Kaprun gezien de eerste opstapplaats aan de buitenrand van Zell am See. Nog vóór de tunnel. Papa moet proberen de auto zo dicht mogelijk bij de skiliften neer te zetten, dus niet de parkeerplaats op draaien maar langs de kant van de weg. Schiet op!'

Omdat ze een discussie wilde vermijden en zo snel mogelijk verder moest, verbrak Manon de verbinding. Zelfs met dit weer konden ze in een kwartier op de parkeerplaats zijn. Als alles meezat stond zij daar al op hen te wachten.

Hoewel haar ogen aan de duisternis gewend waren, was het onmogelijk om met dit zicht de juiste spullen te vinden. Ze probeerde het met het licht dat van haar telefoon af kwam, maar het was te zwak. Haar hand gleed langs de houten wand op zoek naar de lichtknop. Toen ze deze vond, bleef haar vinger even boven de schakelaar hangen. Ik neem een groot risico, dacht ze. Het felle licht schijnt ongetwijfeld door de kieren. Ze drukte op de knop. Een tl-buis aan het houten plafond kwam tikkend tot leven. De ruimte baadde opeens in het licht. Manon knipperde met haar ogen. Nog half verblind schuifelde ze naar de rijen ski's en skischoenen die tegen de wand stonden opgesteld. Snel draaide ze de schoenen om die haar geschikt leken en keek naar de cijfers op de zolen. Toen ze de juiste maat had gevonden schopte ze haar laarzen uit, trok de schoenen aan en pakte de bijbehorende ski's die ernaast stonden. Ze was klaar voor de laatste afdaling.

54

Ze ging naar bekend terrein, daarvan was Marek nu wel overtuigd. Tijdens haar vlucht was ze niet in paniek geraakt. Dat bewees haar oversteek van de zwarte piste wel. Ze had er zelfs aan gedacht om haar sporen te maskeren. Ze wist wat ze deed. Dit maakte hem nerveus. Had ze soms nog een troef achter de hand? Die vrouw zou prima voor zijn oom kunnen komen werken, dacht hij schamper. Hoewel de feiten in zijn voordeel waren, – tenslotte had hij haar spoor opgemerkt en bevonden ze zich op ruig terrein, wat sterk in hun voordeel was – was zijn hoop op een goede afloop getemperd.

Gedurende de afdaling en de daaropvolgende beklimming hadden ze onderling ongeveer tien meter afstand gehouden. De mist trok steeds verder op, zodat ze elkaar konden zien. Op deze hellingen was Manon wat minder zorgvuldig geweest met het camoufleren van haar vluchtweg. Ze hadden voetafdrukken en afgebroken takken gevonden. Dit kon twee dingen betekenen. Of ze was aan het eind van haar Latijn en gaf niets meer om aanwijzingen die haar achtervolgers in de race hielden, of ze was zeker van haar zaak en waande zich veilig.

Ook hij kende dit gedeelte van de berg op zijn duimpje. Het stuk waar ze zo meteen zouden belanden was bijna de natuurlijke habitat voor de instructeurs van SFun. Blauwe piste nummer 1 die automatisch overging in 2. Verderop lag het dal waar ze regelmatig hun pauzes en vrije uren doorbrachten. Vanaf dit punt waren er drie routes naar beneden. Via de blauwe piste nummer 2 naar zwarte piste nummer 13, die rechtstreeks doorliep naar opstapplaats Schmittental. In gedachten zette hij een streep door deze route. Het was onlogisch dat Manon zo'n omweg koos die uiteindelijk toch leidde naar Schmittental. Dan

had ze evengoed meteen zwarte piste 14 kunnen nemen.
De tweede mogelijkheid was om vanaf het dal blauwe piste 2 te volgen. Uiteindelijk zou je via de 12 en de 17 bij de opstapplaats van de CityXpress uitkomen.
Een lange, maar eenvoudige route, dacht Marek. Hopelijk koos Manon voor deze afdaling. Als zij haar niet te pakken kregen, deden oom Pavel en Jan dat wel. Die stonden bij het Talstation CityXpress te wachten.
De derde optie was nauwelijks een mogelijkheid te noemen. Vanuit het dal via blauwe piste nummer 1 naar rode piste 10 die helemaal doorliep naar Schüttdorf. Veruit de langste afdaling van de drie. Onder deze omstandigheden deed ze daar minstens twee uur over. Misschien zelfs wel drie.
Voordat hij de kans kreeg hier verder over na te denken, drong de echo van vier piepjes tot hem door. Het moest de mobiele telefoon van Manon zijn.
Hij spande zijn spieren en begon sneller in de richting van het geluid te klimmen. Naast hem deden Matej en Vojtech hetzelfde. Ook zij begrepen waar het signaal vandaan was gekomen en wat dat betekende.
Zonder nog op sporen te letten klommen de mannen verder. Toen ze bij de rand van de piste kwamen hielden ze hun pas niet in. Ze liepen enkele meters de piste op. Terwijl hij snel door de sneeuw liep, zag Marek rechts van hem de afdrukken van Manons laarzen. Ze had hetzelfde trucje uitgehaald als bij de zwarte piste, dacht hij. Ditmaal was het verspilde moeite geweest.
Half rennend en half glijdend bereikten ze het dal. Hun borstkas ging wild op en neer en hun zware ademhaling produceerde warme wolkjes die kringelend opstegen.
Met een kort handgebaar maakte Marek duidelijk dat ze door moesten lopen naar het restaurant. Toen de eerste contouren van Traumblick in de mistvlagen opdoken, hield hij links aan. Hij dacht te weten wat Manon van plan was en wist waar de hut stond die als opslagplaats diende.
Eenmaal aan de zijkant van het restaurant hield hij zijn pas in. Hij zag nu de houten keet en het schijnsel van verlichting door de kieren naar

buiten glippen. Manon was binnen en ze had het licht aangedaan. Nu hadden ze haar eindelijk te pakken. Alsof ze hem had horen denken, doofde precies op dat moment het schijnsel.

55

Manon liet haar laarzen staan. Ze trok de deur naar zich toe en liep naar buiten. Ze stapte in haar ski's, plantte de punten van haar stokken in de sneeuw en zette af. Omdat het hier langzaam naar beneden liep, kon ze weinig snelheid maken.

De skischoenen pasten, waarmee alles was gezegd. Het waren stugge schoenen, niet te vergelijken met haar eigen paar. Hetzelfde gold voor de ski's. Afgeleefde latten die te lang geleden voor het laatst door een professional waren nagekeken. Zelfs met deze geringe snelheid voelde ze te veel weerstand van het materiaal dat door de sneeuw ploegde.

Ze koos ervoor om zo lang mogelijk achter het restaurant te blijven. De kwaliteit van de sneeuw was hier stukken minder dan in het dal. Toch dacht ze er zelfs niet over om haar weg via het dal te vervolgen. Het grote voordeel van deze route was dat ze vrijwel onzichtbaar bleef voor haar achtervolgers. Tenminste, als die in het dal waren. Maar omdat ze zich vanaf het moment dat haar mobiele telefoon was gaan piepen, niet meer om haar sporen had bekommerd, zouden ze haar nu ook makkelijk hebben kunnen volgen. Naast het restaurant lag een helling die niet onder een van de officiële routes viel. Af en toe namen jongeren deze afdaling, waarmee ze een flink stuk afsneden van blauwe piste 1. Omdat deze tussenweg enige bescherming bood en haar precies op het juiste pad bracht, koos ze voor deze minder snelle route.

Toen ze bijna bij de helling was, zag ze vanuit haar ooghoek een zwarte schaduw razendsnel op zich afkomen. Ze reageerde door haar stokken in de sneeuw te planten en zo hard mogelijk af te zetten. De vuist van de man miste haar gezicht, maar zijn knokkels raakten haar achterhoofd. Het duizelde in haar hoofd. Met moeite wist ze een boom te ontwijken

en ze raakte verder uit balans. Haar snelheid nam toe. Ze wankelde. Rechts houden!
Hevig wiebelend belandde ze op de piste. De mist werd opeens dikker en haar blikveld vernauwde zich. Alles werd grijs. Ze verloor het bewustzijn, zakte willoos door haar knieën en gleed een heel stuk door.
Op de helling boven haar zag Marek hoe ze na de tik wankel overeind bleef en uit zijn zicht verdween. Hij gaf Vojtech het bevel achter haar aan te gaan en liep zelf met Matej op een draf naar de houten schuur. Zelfs als het Manon lukte op de been te blijven hadden ze nog een kans, wist hij. Onder deze omstandigheden kwam het niet enkel op vaardigheden aan. Geluk speelde ook een rol. Wat hem betrof had Manon vanavond daarvan haar portie wel gehad. Nu was het zijn beurt.
Hij deed het licht in de houten keet aan. Heel even kwam het bij hem op om zijn oom Pavel te bellen. Hij had intussen ook bereik met zijn telefoon en zowel oom Pavel als Lukas stond waarschijnlijk op een verkeerd punt te posten. Hij wilde het echter zelf afmaken. Ze was van hem. Na deze lange achtervolging had hij het recht om haar te grazen te nemen. Daarmee zou hij het respect van zijn oom weer terugwinnen. Niet met een belletje dat ze onderweg was naar Schüttdorf. Wat hij trouwens eerst met zijn eigen ogen wilde zien. Er bestond altijd de mogelijkheid dat Manon hen weer op het verkeerde been zou zetten.
Nadat ze passende skischoenen en ski's hadden gevonden, koos Marek met Matej in zijn kielzog voor dezelfde route als Manon. Hij was benieuwd of Vojtech haar alsnog te pakken had gekregen of dat deze achtervolging een vervolg kreeg.

56

Manon opende haar ogen. Ze knipperde met haar oogleden en ging nog een beetje duizelig rechtop zitten. Het duurde enkele momenten voordat het tot haar doordrong waarom ze hier in de sneeuw had gelegen. Ze negeerde het ongemak van de schaafwonden en blauwe plekken en stond op. Het tolde weer in haar hoofd. Ze wankelde, maar wist op de been te blijven.

Hij zit nog achter je aan, dacht ze paniekerig, alsof ze zichzelf tot handelen wilde aansporen. Je moet hier weg!

Af en toe trok de aantrekkende wind hele stukken mist uit elkaar, waarna het schijnsel van de vollemaan op sommige delen van de pistes reflecteerde.

Manon zag een gedeelte van het spoor dat ze met haar val gemaakt had. Het was een geluk bij een ongeluk geweest dat de man haar precies boven op een helling had aangevallen, waardoor ze had kunnen ontkomen. Na de klap was haar snelheid toegenomen. Toen ze daadwerkelijk onderuit was gegaan, ongeveer vijftig meter verder, bevond ze zich op een redelijk steil stuk.

Handelen, zei ze dwingend tegen zichzelf. Je moet er snel vandoor! De eerste ski lag tien meter achter haar tegen de rand van de piste. De tweede ski bevond zich op grijpafstand. Ze drukte de punten van haar skistokken in de sneeuw en liep naar de achterste ski. In haar huidige toestand en met deze schoenen was het nog een lastige klim. Gelukkig had ze bij het verlaten van de houten keet haar handen in de banden van de skistokken gestoken, het automatisme van een instructeur. Toen ze naast de ski stond, steunde ze op haar skistok en ademde zwaar. Haar longen stonden in brand en ze voelde nu pijn aan haar rechterheup.

Zowel de steken als het brandende gevoel verdwenen spoorslags toen ze het gestamp van laarzen hoorde. Ze kon de man nog niet zien en was niet van plan daarop te wachten. Haar rechterschoen klikte in de binding van de ski. Ze zette af om haar weg op één ski te vervolgen. Omdat juist dit gedeelte van de piste redelijk vlak was, moest Manon hard werken om een beetje snelheid te maken. Ze kwam stapvoets vooruit.
Eindelijk bij de andere ski aangekomen aarzelde ze geen moment. Met de punt van haar stok tikte ze de sneeuw van de binding en klikte de lat vast aan haar skischoen. Ze hoorde de voetstappen weer achter zich.
Met alle kracht die ze nog bezat zette Manon af. De sneeuw knisperde onder haar ski's. Ze durfde niet om te kijken. Ze had een lange afdaling met flauwe en scherpe bochten te gaan voordat ze bij opstapplaats Schüttdorf aan zou komen, waar ze hopelijk door haar familie werd opgewacht.
Zover was het nog lang niet, wist ze. Met dit materiaal was het op dit stuk lastig snelheid maken, waardoor de man terrein op haar won. Ze moest nog vijftig meter overbruggen voordat het steiler werd. Zelfs met deze ski's zou ze daar iedere loper voor moeten blijven.
Nog veertig meter. De voetstappen kwamen dichterbij. Dertig meter, zijn ademhaling was overgegaan in een rasperig gehijg. Net als zij, gooide hij alles in de strijd. Met nog twintig meter te gaan, voelde Manon haar krachten wegebben. Ze plantte haar skistokken wederom in de sneeuw. Ze kon niet meer.
Tien meter nog tot de vrijheid. Het vuur in haar borstkas verspreidde zich in haar lichaam en zette al haar spieren in brand. Met het allerlaatste restje energie joeg ze de stokken in de sneeuw en zette af.
Een windvlaag gleed langs haar nek. Toen ze de helling afgleed, keek ze om. Ze zag de contouren van een man die met beide handen op zijn knieën stond uit te hijgen. Hij had haar op een centimeter gemist en had de achtervolging afgebroken. Even voelde ze geen pijn meer, maar opluchting en euforie dat ze hem te snel af was geweest. Een hobbel die ze normaal gesproken met haar ogen dicht nam, bleek een verschrikkelijk obstakel, waardoor ze meteen gedwongen werd zich weer te concentre-

ren. Ze moest met deze slechte ski's al haar vaardigheden in de strijd gooien om overeind te blijven.
Met brede bochten waarin ze meerdere malen moest remmen, bereikte ze de Glocknerbahn. De skiliften passeerde ze aan de rechterkant, terwijl ze licht remmend aan de lange afdaling van rode piste 10 begon.

57

Ton had zijn oogleden wat samengeknepen waardoor de lijnen in zijn voorhoofd duidelijk zichtbaar werden. Terwijl het maalde in zijn hoofd, deed hij zijn best om zich te concentreren op de weg en eventuele tegenliggers. Binnen enkele minuten had hij zich jaren ouder voelen worden.

'Heeft ze nog iets gezegd over wie er achter haar aan zaten, mam? Namen?' vroeg Fleur op een zo neutraal mogelijke toon. Ze wilde voorkomen dat dodelijke ongerustheid omsloeg in wilde paniek. De inhoud van het gesprek dat haar moeder met Manon had gevoerd was aan haar voorbijgegaan. De reactie van haar moeder zei echter genoeg. Nadat Manon het gesprek had verbroken was ze wit weggetrokken en had: 'Zo snel mogelijk naar Zell am See,' tegen haar vader gezegd. Toen hij haar verbaasd had aangekeken, was ze meteen uit haar slof geschoten. Op een wijze die ongewoon was voor haar moeder.

'Gas geven, Manon is in gevaar!' had ze haar verbouwereerde vader toegeblaft.

Marga schudde met haar hoofd. Ook haar ogen waren gericht op de weg voor hen. 'Ze heeft geen namen genoemd. Alleen dat er mannen achter haar aan zaten en haar leven gevaar liep. Precies wat ik jullie net al heb verteld. We moeten gewoon zo snel mogelijk naar Schüttdorf.' Ze wendde zich naar Ton. 'Denk erom...'

'Dat ik niet de parkeerplaats moet op draaien, maar de auto langs de weg moet zetten. Zo dicht mogelijk bij de liften,' vulde hij staccato aan. 'Ik weet het, Marga.' Zonder af te remmen gooide hij het stuur naar links en passeerde een stationwagen. Tijdens deze manoeuvre sloot Fleur haar ogen. Met dit zicht en deze snelheid was het onmogelijk om de af-

stand van de tegenliggers in te schatten. Gedreven door de koortsachtige wil om snel bij Manon aan te komen nam haar vader risico's. Ze opende haar mond om er iets van te zeggen. De woorden bleven echter in haar keel hangen. Haar vader had gelijk. Als het echt een kwestie van leven of dood was, moest hij deze risico's nemen.
'Pokkenmist,' vloekte haar moeder tegen haar natuur in. 'Waarom moet het uitgerekend nu van dat rotweer zijn?!'
Fleur legde haar hand op haar moeders schouder. 'Moeten we haar niet bellen?' vroeg ze aan haar ouders.
Marga reageerde aarzelend. 'Ik weet het niet, daar heeft ze niets over gezegd.'
'Precies,' beaamde Ton. 'Wat ik eruit heb begrepen, was ze heel specifiek. Dit is de situatie en jullie moeten dat doen. Het lijkt me het beste om daar niet van af te wijken.'
Fleur knikte. 'Als ze achtervolgd wordt is het lastig om de telefoon op te nemen, lijkt me.' Ze sloot haar ogen en dacht aan haar zus. *Kom op, hou vol. Wij komen eraan om je te helpen.*

Dirck voelde de mobiele telefoon in zijn broekzak trillen. Om de conversatie met een aantrekkelijke Engelse niet te onderbreken, negeerde hij het signaal. Toen ze zich even later excuseerde en naar het toilet ging, dacht hij weer aan het berichtje en pakte met een achteloos gebaar de mobiele telefoon uit zijn zak. De kans op het zoveelste bericht van een provider die weer met een supervoordelige actie kwam of een flauwekulsms van Stuart ten spijt, bekeek hij het tekstbericht.
Zijn ogen flitsten over het scherm. In eerste instantie dacht hij aan een geintje. Een flauwe, misplaatste grap. Toen hij het bericht nogmaals las, werd hij ongerust. Nadat hij de regels voor de derde keer had gelezen, drong de ernst van de situatie tot hem door. Manon was in gevaar!
Met grote stappen liep hij naar Stuart die verderop aan de bar met een groepje jonge vrouwen stond te praten. Hij duwde een vrouw nogal lomp opzij en pakte zijn vriend bij zijn jack.

'Snel meekomen.'
Stuart keek hem verbaasd aan.
'Hé, man. Doe eens rustig...'
'Nú!'
Stuart zag de blik in de ogen van Dirck en wist dat het hem ernst was. Hij knikte de dames snel toe en volgde hem.
'Waar is de rest?' wilde Dirck weten.
'Sojka en...'
Weer gunde Dirck hem niet de tijd om zijn zin af te maken.
'Die meiden kunnen me nu niet schelen. Waar zijn die vier?'
Stuart knikte naar de tweede bar van de kroeg. Tussen de stappers door zag Dirck het kwartet Duitsers staan. Ze waren in gesprek met een aantal instructeurs van Kraus Kaprun. Ze sloegen elkaar amicaal op de schouder.
Dirck stoof naar hen toe. Dat hij enkele bezoekers ruw aan de kant duwde, ging volledig langs hem heen.
Hij bereikte Felix als eerste. Hij pakte de Duitser van achteren bij zijn schouder en trok hem een kwartslag opzij.
'Wat krijgen we...'
'Snel meekomen. Geen tijd te verliezen!'
Dirck trok Felix naar zich toe en zag dat de rest hem verbaasd aankeek.
'Kom achter mij aan,' schreeuwde hij boven de muziek uit. 'Manon heeft problemen.'
Ze aarzelden geen seconde meer. Ze volgden Stuart en Dirck die Felix inmiddels had losgelaten. Als olifanten door een porseleinkast, stormden ze naar de uitgang en sprintten naar het bestelbusje.
'De meiden,' zei Udo vanaf de achterbank toen Dirck de motor startte.
'Die wil ik er niet bij hebben,' antwoordde de Belg. Hij gaf gas en scheurde weg. De achterbanden glipten over de sneeuw waardoor de achterkant van de bestelbus vervaarlijk begon te slingeren.
'Jezus,' kreunde Bernd. 'Wat is er in godsnaam aan de hand?!' Hij had zijn hand beschermend op zijn zere been gelegd.

Dirck keek strak voor zich uit. Met hoge snelheid stuurde hij de bestelbus door de straten van Saalbach-Hinterglemm. Toen ze het dorpje achter zich lieten en de tweebaansweg naar Zell am See op draaiden, haalde hij zijn mobiele telefoon uit zijn broekzak en gaf deze aan Stuart.
'In het berichtje dat ik net ontving staat dat Marek een verrader is en Rutger en Sabine gevangengenomen zijn. We moeten naar Schüttdorf,' sprak hij kortaf. Zijn ogen bleven gericht op het wegdek.

Uit frustratie sloeg Rolf met zijn handpalm op de rugleuning van de stoel voor hem.
'Marek heeft ons al die tijd belazerd.' Hij kneep zijn hand tot een vuist. 'Als ik die vent te pakken krijg...'
Felix viel hem bij. 'Anders ik wel.'
Dirck legde hun met een snel handgebaar het zwijgen op.
'Probeer iets te bedenken waarmee we Manon wél kunnen helpen.'
Stuart haalde zijn schouders op. 'We moeten zo snel mogelijk naar die parkeerplaats en daar met Marek en zijn kameraden afrekenen. Zo simpel is het gewoon.'
Dirck schudde ontkennend zijn hoofd.
'Zo makkelijk ligt het dus niet,' antwoordde hij scherp. 'Wat wil jij bijvoorbeeld doen tegen een zootje gewapende kerels? Heb je dan nog zo'n grote bek?'
Hij passeerde met hoge snelheid een automobilist die met deze mist geen risico's wilde nemen en traag over de weg kroop.
'Misschien dat afschrikken helpt,' opperde Felix.
'Wat bedoel je daarmee?' vroeg Dirck.
'Nou, als we Marek eens bellen en hem melden dat we op de hoogte zijn van de situatie...'
'Dan realiseert hij zich dat het spel over is,' vulde Rolf aan.
Stuart klikte met zijn tong. 'Niet eens zo'n slecht idee. Wie weet wat die hufter aan het uitspoken is. Misschien heeft hij Manon inmiddels te pakken.'
'Dan had zij nooit dat berichtje kunnen versturen,' redeneerde Bernd.

‘Een situatie kan veranderen,’ wierp Stuart tegen.
‘Of je brengt Manon met zo’n belletje juist in gevaar,’ retourneerde Bernd.
Dirck greep in. ‘Mond houden, allemaal! Dit wordt een zootje. Hier schieten we niets mee op.’
Rolf trok zich niets van zijn gesnauw aan.
‘Waarom bellen we de politie niet?’
Dirck schudde van nee. Het was nog te vroeg om de politie in te lichten. Al met al hadden ze alleen een sms’je. Hij nam een beslissing.
‘Stuart, bel Marek. Zijn nummer staat in mijn mobiele telefoon.’ Er viel een stilte.
‘Als iemand het hier niet mee eens is moet hij het nu zeggen.’
Omdat commentaar uitbleef, toetste Stuart het voorgeprogrammeerde nummer in. Toen de telefoon overging, was de spanning in de kleine ruimte te snijden.
‘Hij neemt niet op,’ zei Stuart.
‘Probeer Manon,’ antwoordde Dirck.
Stuart toetste het nummer in en hield het telefoontje tegen zijn oor.
‘Neemt ook niet op,’ sprak hij even later.
Dirck vloekte. Tot parkeerplaats Schüttdorf was het nog tien kilometer. Tien heel lange kilometers.

58

De afdaling op de rode piste, die ze als haar broekzak kende, voelde aan als een dodemansrit op een onbekende, zwarte piste. Het was als schaatsen met botte ijzers op slecht natuurijs vol putten en scheuren. In plaats van een hulpmiddel waren de ski's een blok aan haar been.

Op de steile stukken kon ze geen snelheid maken. Het risico op een valpartij was gewoon veel te groot. Afgezien van eventuele blessures waardoor ze niet meer verder kon, was het zeer goed mogelijk dat de gammele spullen een val niet zouden overleven. Van alle uitrustingen die in het houten hok stonden, had ze uitgerekend dit verrotte setje gepakt.

Ze nam een bocht belachelijk breeduit, waardoor het beetje snelheid dat ze had weer werd gereduceerd. Om de vaart er weer enigszins in te krijgen boog ze door haar knieën en ging op haar hurken zitten. Onder haar kraakten de ski's vervaarlijk, alsof ze aangaven hiervan niet gediend te zijn en elk moment konden breken. Omdat ze de goden niet wilde verzoeken, kwam Manon langzaam omhoog. Ze kon alleen maar hopen dat haar achtervolgers ook slecht materiaal hadden gepakt. Het kon bijna niet anders of een van hen was naar het hok gelopen en had hetzelfde gedaan als zij. En ze moesten wel met meerderen zijn, want je ging in dit gebied niet in je eentje zoeken. Toch had ze hoop. Haar ouders zouden er nu wel zijn en ze had een voorsprong op haar achtervolgers, hoe klein die ook mocht zijn. Enkele minuten geleden had ze een trilling in haar jack gevoeld: ze werd gebeld op haar mobiele telefoon. Na het korte gesprek met haar moeder en het bericht aan Dirck, had ze haar mobieltje op trilstand ingesteld. Een ezel stoot zich tenslotte niet tweemaal aan dezelfde steen. Het belletje van daarnet kon natuurlijk

van iedereen afkomstig zijn. Toch was er de hoop dat Dirck het bericht had gelezen en contact met haar probeerde op te nemen. Heel misschien was hij al onderweg naar Schüttdorf.
De piste werd breder. Ze hield hetzelfde tempo aan en hoopte dat deze snelheid voldoende zou zijn om haar achtervolgers voor te blijven. Regelmatig brak de mist open, waardoor ze een redelijk zicht had op het parcours. Met dit weer was het een lastige afdaling, maar als ze gefocust bleef, moest het lukken.
Een lichte hobbel zorgde voor onbalans. Ze spreidde haar armen om haar evenwicht te herstellen. Tijdens deze manoeuvre hoorde ze een zoemend geluid in de verte. Ze concentreerde zich en hoorde nog iets anders. Het gezoem leek van voren te komen, maar het andere geluid kwam van achteren.
Manon keek over haar schouder en schrok. Achter haar bevonden zich twee skiërs. Tussen haar en de voorste van het tweetal lag hooguit twintig meter. Hun snelheid lag beduidend hoger dan die van haar. Meteen dook ze in elkaar om vaart te maken. Ze daalde recht vooruit en focuste op de helling. Het gekraak van de latten onder haar probeerde ze te negeren. Vol gas geven was nu de enige optie, wist ze. Als ze in hetzelfde tempo van daarnet naar beneden bleef glijden, zouden ze haar heel snel inhalen.
Ze stuurde bewust naar de flinke hobbel die in de rechterkant van de piste zat. Het was een gok die ze toch moest nemen. Alleen met bewegingen waarmee ze hen kon afleiden, bestond er een kans om te ontsnappen. Een simpele slalom was niet genoeg.
Toen ze de top van de kleine heuvel bereikte, zette ze af. Ze zweefde een meter of tien en kwam keurig op beide ski's terecht. Tot haar opluchting bleef het materiaal heel. Ze keek snel om en zag dat de mannen haar moeiteloos volgden. Degene die het dichtst achter haar zat was een van de kerels die tijdens de ontvoering in de auto had gezeten. Ze was er bijna zeker van dat de achterste achtervolger Marek was.
De voorste man naderde haar tot op vijf meter. Ze skiede zo strak mogelijk rechtdoor om de snelheid erin te houden. Blijkbaar was dit onvol-

doende, want hij kon haar bijna aanraken. Ze keek weer achterom en zag dat zijn rechterhand omhoogkwam. Zonder na te denken stuurde ze scherp naar rechts. Toen ze abrupt afboog, schampte de scherpe punt van de skistok van haar belager haar jack.
Doordat hij miste, raakte de man even uit balans, wat hem snelheid kostte. Zijn metgezel kwam hierdoor bijna op gelijke hoogte. Hij remde even bij, de voorste man nam weer afstand van hem. Het was duidelijk wie de klus diende te klaren.
Manon hoorde weer dat gebrom van voren komen. Ze keek over haar schouder en zag dat haar belager de volgende aanval voorbereidde. Hij stuurde wat naar links. Ze begreep wat hij wilde doen. Aan de linkerkant van de piste liep het licht omhoog. Daar zou hij zijn snelheid kunnen vergroten en in één keer de afstand tussen hen kunnen overbruggen.
Ze schatte het punt in waar ze dacht dat hij haar zou aanvallen. Toen boog ze schuin af naar rechts. De man had inderdaad aan snelheid gewonnen en kwam razendsnel op haar af. Met deze wending speelde ze hem ogenschijnlijk in de kaart omdat hij haar nu recht in zijn vizier had. Ze bleef deze nieuwe koers aanhouden en keek constant achterom.
Vijf meter voordat hij haar kon aanraken, draaide ze scherp naar links. Zoals ze verwachtte van een uitstekende skiër, remde hij sterk af en bleef net in haar spoor. Meteen draaide ze een scherpe bocht naar rechts. In zijn poging deze onverwachte wending te volgen schoot hij enkele meters door en gleed langs haar heen. Manon draaide direct een scherpe bocht naar links. Voordat hij adequaat kon reageren zoefde ze aan hem voorbij.
Vanuit haar ooghoek zag ze dat Marek nu ook dichterbij kwam. Ze daalde weer recht naar voren af. De man die haar als een schaduw volgde, zat alweer recht achter haar. Tien meter, groter was de afstand niet. Ze moest weer iets bedenken om voor te blijven, want het parcours, dat recht naar beneden liep, was in haar nadeel.
Haar enige kans waren de heuvels. De hoogste op deze afdaling met op de top een flinke hobbel die ervaren skiërs vaak als schans gebruikten,

moest nog komen. Ze hoorde het gebrom nog steeds dichterbij komen. Op het moment dat ze instuurde, keek ze snel achterom en zag haar achtervolger iets naar links uitwijken. Daar was de heuvel enkele meters hoger. Bij zijn landing zouden ze zich ongeveer op gelijke hoogte bevinden, ging het door haar heen. Ze moest hem nog even voorblijven. Voordat haar ski's loskwamen, wist Manon dat er iets niet klopte. Opeens lag er een geel schijnsel over de piste en het gebrom en geronk van daarnet waren overgegaan in een enorm geraas.
Ze vloog de heuvel op en sprong. Terwijl ze in de lucht hing, werd ze verblind door een fel licht. Ze wist nog net haar evenwicht te bewaren. Toen ze neerkwam, hoorde ze een klap die door merg en been ging. Met kunst- en vliegwerk voorkwam ze een val en gleed rechtdoor naar het volgende dal.

59

Marek krabbelde overeind. Hij wreef met zijn hand over zijn gezicht, schudde een paar keer met zijn hoofd en klopte de sneeuw van zijn kleren. Hij had een harde klap gemaakt. Toen hij eenmaal rechtop stond, voelde hij hoe zijn rugspieren een flinke opdoffer hadden gekregen. Hij boog achterover om ze te strekken, waarna de pijn iets wegzakte.
Hij had geluk gehad. Terwijl Vojtech de linkerkant van de heuvel had gekozen om meer snelheid te krijgen, was hij in het spoor van Manon gebleven. Evenals Manon was hij rakelings langs het voertuig gesuisd. Bij het neerkomen was hij uit balans geraakt en hard gevallen. Helaas was Manon wel overeind gebleven en verdwenen.
Hij pakte zijn twee ski's op en liep naar de onheilsplek. De gele sneeuwruimer stond net achter de heuvel geparkeerd. Een man in een groen uniform stond aan de voorkant van zijn 'pistebully', zoals deze gele bakbeesten werden genoemd. Hij had zijn handen voor zijn gezicht geslagen en wankelde op zijn benen.
Marek bleef drie meter achter hem staan, legde zijn ski's geluidloos neer en overzag de situatie. Vojtech lag recht voor de pistebully. De sneeuw rond zijn ontzielde lichaam was doordrenkt met bloed. Hij was in volle vaart tegen het gevaarte gebotst en hoogstwaarschijnlijk op slag dood geweest. Marek voelde geen enkele emotie. Hij had in dit vak wel vaker een dode zien vallen. Wel vond hij de manier waarop Vojtech aan zijn eind was gekomen nogal bizar. Een kogel of messteek, dat was vrij gewoon, maar in het holst van de nacht geschept worden door een sneeuwschuiver...
De bestuurder van het voertuig draaide weg van het lijk en gaf over. Tijdens het lozen van zijn maaginhoud zakte hij door zijn knieën. Dat

maakte het voor Marek alleen maar makkelijker. Met vaste tred benaderde hij de man van achteren, klemde diens hoofd tussen zijn handen en draaide het met een snelle beweging een kwartslag. Het klonk alsof een dorre tak knapte. Hij legde het lijk naast dat van Vojtech, pakte zijn ski's op en wandelde op zijn gemak terug naar de plek waar hij onderuit was gegaan. Hij had gedaan wat er van hem werd verwacht: geen getuigen. De man was op de verkeerde tijd op de verkeerde plaats geweest en moest daarvoor met zijn leven boeten. Zo zat zijn wereld nu eenmaal in elkaar.

Hij boog voorover om het spoor van Manon goed te bekijken. Hij volgde het een goede vijftig meter om er zeker van te zijn dat ze niet nog een truc voor hem in petto had. Voor zover hij het kon overzien liep het spoor recht naar beneden. Er waren geen afslagen meer. Manon ging rechtstreeks naar Schüttdorf. Hij pakte zijn mobiele telefoon en zag aan het nummer dat op de display verscheen dat Dirck had geprobeerd hem te bellen. Dit kon betekenen dat Manon op de een of andere wijze contact met haar Belgische vriend had gehad. Zo wantrouwend was hij wel; moest hij zijn. Het kon natuurlijk ook gewoon een onschuldig belletje vanuit de kroeg zijn geweest. Of hij zin had alsnog te komen, omdat het zo gezellig was. Ze moesten eens weten.

Hij belde zijn oom en legde in korte zinnen de huidige stand van zaken uit. Nadat hij had opgehangen, hoorde hij het geluid van knisperende sneeuw dat onder ski's opstoof. Matej slalomde langs de gele sneeuwschuiver, wierp een stoïcijnse blik op het lugubere tafereel en stopte enkele meters naast hem.

Marek stapte in zijn ski's. Hij knikte in de richting van het verse spoor en zette af. Matej volgde zonder een woord te zeggen.

60

Manon had haar ritme gevonden. Ze daalde af in een tempo dat door een gemiddelde skiër gevolgd kon worden en keek regelmatig in een bocht over haar schouder. Na de sprong met afschuwelijke gevolgen voor haar achtervolger was ze in paniek geraakt. De man was dood, verpletterd door de massieve voorkant van een pistebully. Dat ze nog leefde was een kwestie van centimeters geweest.

Het was nog niet over. De dood van een van haar achtervolgers was niets meer of minder dan een onderdeel van de achtervolging. Ze kon er niet van uitgaan dat ze het dan hierbij zouden laten. Ze hadden een opdracht die vervuld moest worden.

Het vreselijke ongeluk had haar doorzettingsvermogen op de proef gesteld. Ze had zo graag willen toegeven aan de vermoeidheid en de verlammende schrik van de klap. Maar de angst was vele malen sterker. Nu ze al zo ver was gekomen moest ze doorzetten.

Ze draaide weer naar links en keek over haar schouder. De piste achter haar bleef leeg. Manon begon in haar kansen te geloven. Het was minder dan een halve kilometer tot opstapplaats Schüttdorf. Zelfs in dit trage tempo een afstand van niets. Ze nam een bocht naar rechts en luisterde aandachtig. Afgezien van het geluid van haar eigen ski's was het stil.

Op het gedeelte tussen de bochten keek ze recht naar beneden. Hiervandaan kon ze de parkeerplaats en de tweebaansweg daarachter zien liggen. De weg die bijna direct langs de skiliften liep, bleef vanaf dit punt echter voor haar verborgen. Zowel op de doorgaande weg als de parkeerplaats zag ze geen lichten van koplampen. Dat zegt niets, dacht ze. Wellicht kwamen ze over een paar seconden wel de hoek om, precies op

het moment dat ik vanaf hier het dal niet kan zien. Of staan ze allang langs de kant van de weg op me te wachten.
Ze keek achterom. Geen geluid, geen Tsjechen. Ze wist niet of Marek gevallen was, door het geluid van de sneeuwschuiver en de klap die de eerste man ertegen had gemaakt, had ze niets anders kunnen horen. Toch moest dat zijn gebeurd, want als hij niet gevallen was, had hij haar allang weer ingehaald.
Ze kreeg zicht op de hal waar je in de liften kon stappen. Ze keek nog één keer om. Er was nog steeds geen spoor van Marek te bekennen. Zou hij dan toch de achtervolging hebben gestaakt? Marek zou de achtervolging nooit vrijwillig opgeven, daarvan was ze eigenlijk wel overtuigd. En dan te bedenken dat ze met die man, die psychopathische crimineel in één huis had gewoond!
De rode piste eindigde naast de skiliften, aan de achterkant van de opstapplek. Manon stapte uit haar ski's, pakte de ondingen op en smeet ze in de richting van de bosrand. De eigenaar zal me hier ooit dankbaar voor zijn, dacht ze.
Op de onhandige skischoenen liep ze zo snel mogelijk naar de gesloten, metalen poortjes en klom eroverheen. Toen ze naar beneden de trap afliep, hoorde ze naast het gestamp van haar lompe skischoenen op de stenen nog een ander geluid. Ter hoogte van de skiliften remden twee skiërs hard af.
Ze rende nu het tunneltje in dat uitkwam op de weg tussen de wandelzone en de parkeerplaats. Het geluid kon haar niet schelen. Ze zou zo de auto in kunnen duiken. Ze was bij het einde van de tunnel. In paniek keek ze om zich heen. Haar familie stond niet op haar te wachten. Ze keek naar de overkant van de weg. Op een paar touringcars na, die hier vaak stonden, was de parkeerplaats leeg.
Omdat ze vanuit de tunnel voetstappen dacht te horen, zette ze het weer op een lopen. Ze sprintte, voor zover dat ging, in de richting van de kruising die honderd meter verderop lag. Juist toen de verzuring in haar benen sloeg en ze echt niet meer kon, remde een auto af bij de kruising en nam de afslag naar de skiliften. Manon hield haar adem in. Ze kon

niet zien wat voor auto het was. Toen hij dichterbij kwam, werd er met de lichten geseind. Op dat moment zag ze dat het haar familie was. Haar vader reed haar voorbij, keerde de auto met gierende banden en stopte vlak naast haar. In een flits zag Manon dat er nog een auto haar richting uit kwam. Ze trok het achterportier open en dook op de achterbank.
'Gas!' gilde ze.

61

Dirck kwam met honderd kilometer per uur op de kruising af. Hoewel het verkeerslicht op groen stond, haalde hij zijn voet van het gaspedaal en remde bij. Niet zozeer omdat hij bang was anders uit de bocht te vliegen, maar vanwege een tegenligger die uit Zell am See kwam en eveneens deze afslag wilde nemen. Het kon niet anders of het verkeerslicht op zijn weghelft stond op rood. Toch nam de snelheid van de aanstormende auto nauwelijks af.

'Wat is dat voor een idioot?' zei Stuart.

'Geen idee,' antwoordde Dirck. 'En ik wil het ook niet weten. Waarschijnlijk bezopen.'

Hij bracht de snelheid van de auto terug tot zeventig kilometer per uur. De kruising lag nog een kleine honderd meter voor hen. De mist was grotendeels opgetrokken, zodat ze een redelijk overzicht hadden op de omgeving. 'Kijk goed uit je doppen,' zei Dirck. 'Manon moet hier ergens zijn.' Op dat moment brak de hel los. De bestuurder die veel te hard reed ging vlak voor de kruising vol op zijn remmen staan. Met gierende banden stuurde hij de wagen naar rechts. Een personenauto die vanaf de weg kwam die langs de skiliften liep werd door deze waanzinnige actie gedwongen scherp naar links te sturen en dwars over de kruising heen te rijden. Na een aantal slingerende bewegingen kreeg deze bestuurder zijn auto weer onder controle en ging er op volle snelheid vandoor. Vlak achter hem koos een grote, donkere personenwagen dezelfde richting. De idioot die bijna een aanrijding had veroorzaakt, keerde zijn auto en zette wederom met piepende banden de achtervolging op de twee auto's in. 'Foute boel,' meende Stuart. 'Manon zit in een van die auto's. De eerste lijkt me de meest logische.'

‘Dan moet ze een lift van iemand hebben gekregen,’ zei Bernd vanaf de achterbank. ‘Dat lijkt me erg stug.’
‘Ze heeft op meerdere paarden gewed. Haar familie zou vanavond aankomen,’ zei Dirck. ‘Ze is ingestapt bij degene die hier als eerste was.’
Hij gaf gas. De achterlichten van de laatste auto in het rijtje van drie werden zienderogen kleiner.
‘Bel Manon. Voordat we iets ondernemen moeten we eerst weten hoe de zaken er precies voorstaan.’
Stuart deed wat zijn vriend voorstelde.

Haar moeder stond stijf van angst. Ze hield beide armen gestrekt, haar vingertoppen duwden tegen het dashboardkastje. Haar gezicht was lijkbleek. Ze ademde zwaar.
Ook Fleur stond doodsangsten uit. Bij de manoeuvre van haar vader waarbij hij vlak langs de aanstormende auto raasde, had ze gegild. Toen haar vader de auto weer onder controle kreeg, was ze over haar hele lichaam gaan bibberen. Zo bang had Manon haar zus nog nooit gezien.
Als haar vader angst voelde, wat ongetwijfeld het geval was, dan wist hij dit knap te verbergen. De ogen van haar vader schoten alert heen en weer van de weg voor hem naar zijn achteruitkijkspiegeltje.
De actie op de kruising had zijzelf voor het grootste gedeelte gemist. Nadat ze was ingestapt, had ze constant de auto in de gaten gehouden die hen tegemoet was gekomen om vlak achter hen hard af te remmen en te keren. Vanuit de tunnel waren twee mannen aan komen rennen. Een van hen was Marek geweest. Ze waren in de auto gestapt die meteen de achtervolging op hen had ingezet. Op dat moment had haar vader de kruising bereikt en had moeten uitwijken voor de andere auto.
‘Wat zijn dat voor mensen, Manon?!’ zei Ton afgebeten.
‘Tsjechen,’ antwoordde Manon terwijl ze naar de auto’s keek die hen achtervolgden. ‘Misdadigers.’
Ton knikte.
‘Ik begrijp wat je... God, nog aan toe!’
De auto die vlak achter heen reed had gas gegeven en botste met zijn

voorbumper tegen de achterkant van hun wagen. Hierdoor schoten ze opeens enkele meters naar voren. Haar vader voorkwam ternauwernood dat ze in een slip belandden.
'Stoppen, Ton!' gilde haar moeder. 'Anders rijden ze ons dood!'
Manon draaide zich snel een kwartslag om. Ze probeerde overtuiging in haar stem door te laten klinken.
'Dat is het laatste wat je moet doen, pap. Als we stoppen vermoorden ze ons allemaal. Deze mensen laten geen getuigen achter.'
Voordat Ton kon antwoorden, sloeg Fleur haar handen voor haar gezicht en begon hysterisch te snikken. 'Nee... stoppen... alsjeblieft... stoppen...'
Manon wilde haar zusje troosten, maar ze moest ook op blijven letten. Ze was zelf buiten adem van angst, al wist ze dit goed te verbergen. Haar mobiele telefoon trilde in haar binnenzak. Ze griste hem uit haar zak en zag op het scherm wie haar belde.
'Dirck!'
'Zit jij in de voorste auto?'
'Ja, we worden achtervolgd door twee auto's. Volgens mij zit Marek in de voorste.'
'Ik kan jullie met dit vehikel nauwelijks bijhouden,' hoorde ze hem zeggen. Er waren veel bijgeluiden op de lijn. Waarschijnlijk had Dirck zijn mobiele telefoon op de luidspreker staan.
'Neem de tunnel,' ging Dirck verder. 'Daar heb je nog kans op tegenliggers zodat ze jullie moeilijk kunnen passeren. Wat er ook mag gebeuren, stop nergens voor. Wij zijn met zes man, maar als die lui wapens hebben zijn we kansloos. Hou verbinding met deze telefoon, wij bellen nu met een ander toestel de politie.'
Manon sprak harder zodat haar familie kon horen dat ze contact had en er wellicht wat hoop gloorde. 'Door de tunnel en nergens voor stoppen, jullie bellen de politie.'
Ze hield de mobiele telefoon in haar hand en zag dat haar vader vlak voor het viaduct een flauwe bocht naar rechts nam. Dit was de weg richting de tunnel die naar Zell am See leidde.

62

Met ruim honderd kilometer per uur kwamen ze op de tunnel afgestormd. Omdat er door een bocht geen overzicht was op de andere weghelft, was het op dit stuk verboden in te halen. De donkere Mercedes bleef vlak achter hen hangen en gaf af en toe een stoot met zijn voorbumper.

'Daar komt ie weer,' zei Manon. Haar vader reageerde direct door wat gas bij te geven, waardoor de tik niet zo hard aankwam.

'Nog een paar kilometer en dan zijn we in Zell am See, pap. Hou vol!' Ze hield de mobiele telefoon nog steeds in haar hand. Zo konden Dirck en de rest alles volgen wat er bij hen in de auto gebeurde. Voor haar was het een manier om de angst een beetje te bezweren. Ze hoopte dat haar moeder en Fleur kalmeerden als ze bleef praten. Nu de politie was gewaarschuwd, was er weer wat hoop dat ze het er heelhuids van af zouden brengen.

'Let op, hij geeft weer gas!' Ton drukte zijn rechtervoet wat naar beneden. Hij was blij dat Manon hem vertelde wat er gebeurde. Hierdoor kon hij zich concentreren op de weg en het besturen van de auto. De auto schoot vooruit. Meteen tikte de Mercedes hem voor een tweede keer aan. Hij corrigeerde de wagen toen de achterkant even dreigde weg te slippen.

'O, god,' kreunde Marga. Haar armen waren nog steeds gestrekt, haar handpalmen drukten stevig tegen het dashboardkastje. Haar ogen waren wijd opengesperd.

'Waar blijft de politie?!'

'Rustig nou, mam. De politie wacht ons op in Zell am See. In deze tunnel kunnen ze niets doen.'

Fleur keek panisch van voor naar achter. Terwijl haar blik op de achtervolgende auto bleef gericht, legde Manon een hand op Fleurs arm. Voor het eerst sinds lange tijd waren de rollen omgedraaid. Zoals het hoorde, ging het in een flits door Manon heen.
'Manon!' klonk het van ver.
Ze hield de mobiele telefoon tegen haar oor.
'Wat is er?'
'Ik raak achterop. Dit rotding trekt het niet. Ik zag net op het lange eind dat de tweede wagen zich iets terug laat zakken. Wellicht is hij wat aan het voorbereiden.'
Manon probeerde zo ver mogelijk achter zich te kijken. Ze had alleen op de auto vlak achter haar gelet. De bestuurder van de achterste auto had zich inderdaad wat laten afzakken. Hij moest nu gas hebben gegeven, want hij kwam via de linkerrijstrook met hoge snelheid op hen af.
'Snel, gas!' gilde ze verschrikt.
'Hij zit nog achter me,' antwoordde haar vader meteen.
'Het is de achterste. Hij komt via de linkerbaan!'
Haar vader verhoogde zijn snelheid. Het was te laat om de donkere auto op te vangen. Manon keek naar de wagen die snel langszij kwam. Door de geblindeerde ramen kon ze niet precies zien wie erin zaten. Toen de achterkant van de auto naast de voorkant van die van hen was, schoot haar hart in haar keel. Twee felle koplampen kwamen in sneltreinvaart hun richting uit. De bestuurder naast hen reageerde op het aanstormende gevaar door extra gas te geven en zijn wagen naar rechts voor die van hen te sturen. De tegenligger schoot voorbij. De woedende tonen van zijn claxon galmden door de tunnel.
De rode achterlichten werden opeens feller. In plaats van eveneens op zijn rem te gaan staan, stuurde haar vader wild naar links, gaf gas en passeerde de krankzinnige bestuurder.
Haar moeder keek alsof ze de dood in de ogen had gezien en Fleur zag lijkbleek en zat doodstil.
Manon zag dat het einde van de tunnel naderde.
De eerste straten van Zell am See oogden verlaten. Het licht van lan-

taarnpalen weerkaatste op het vochtige wegdek. Op het trottoir liep welgeteld één man. Diep in de kraag van zijn jas gedoken liet hij zijn hond uit. Van politie of andere hulpdiensten was geen spoor te bekennen.

63

Het centrum van Zell am See naderde. Ton minderde vaart. De bestuurder van de Mercedes achter hen had andere plannen. Met zijn voorbumper ramde hij de achterkant van hun auto. Een remlicht sneuvelde. Marga en Fleur schrokken van de felle tik en gilden gelijktijdig van angst.

'Vuile klootzak!' gromde Ton. Gedwongen door de man achter hem gaf hij weer gas. Hij moest te allen tijde voorkomen dat een van de achtervolgers hem passeerde om hem de pas af te snijden.

Ze raasden het centrum binnen. Manon zag de kruising veel te snel op haar afkomen.

'Rustig aan, pap,' sprak ze met trillende stem. 'We gaan te snel.'

Ze passeerden de splitsing zonder ongelukken. In een flits zag Manon hoe een automobilist die uit de richting van CityXpress kwam, vol op zijn remmen ging staan om vlak voor de kruising tot stilstand te komen. Haar vader had het ook gezien. Instinctief remde hij af. De bestuurder van de Mercedes achter hen aarzelde geen seconde. Hij gaf gas en de grote auto reed in een oogwenk naast hen. De tweede achtervolger schoof automatisch op en kleefde aan hun bumper.

De Mercedes gleed hen langzaam maar zeker voorbij. Zijn achterlichten waren nu ter hoogte van hun linkervoorwiel.

'Ik trek het niet,' mompelde Ton. De Mercedes beschikte over meer vermogen en buitte dit nu uit. Het centrum van Zell am See lag bijna achter hen. Op de rechte weg die volgde waren ze kansloos tegen de twee achtervolgers. De bestuurder van de Mercedes liet het niet eens zover komen. Hij stuurde naar rechts.

De stoeprand kwam op hen af. Ton stuurde mee naar rechts, ging op

zijn rem staan en gilde: 'Hou je vast!' Het ging heel snel. De auto vloog door de lucht, raakte even later de grond en stuiterde enkele malen op waarbij alle wielen los van de grond kwamen.
Manon had ter bescherming beide armen over haar hoofd geslagen. Toen ze door de lucht vlogen draaide haar maag zich om. Daarna kwam ze los van de achterbank en sloeg tegen het dak van de auto. Ze rolde over Fleur heen en bleef op haar zusje liggen. Manon voelde dat ze gleden. Ze kwam omhoog en zag in één oogopslag in wat voor een absurde situatie ze zaten. Ze waren op het bevroren meer terechtgekomen.
Het rubber van de banden remde de auto langzaam af. De Mercedes stond schuin links voor hen op het ijs. Rechts voor hen stond de auto van de roekeloze chauffeur. Blijkbaar had hij meer snelheid gehad, want hij was hen voorbij gegleden. De auto van haar vader stond het dichtst bij de kant, maar als ze nu de auto zouden verlaten konden ze neergeschoten worden. Of door het ijs zakken.
'Langs de kanten is het ijs dik genoeg voor een tocht. Ga je verder naar het midden, dan begint het akelig te kraken.' De woorden van Stuart galmden door haar hoofd. Ze hoorde het kraken, was dat echt of haar verbeelding? De auto die het verst van hen af stond begon door het ijs te zakken. Luttele seconden leek het voertuig te drijven, waarna het meer de auto verzwolg. De deuren en ramen bleven gesloten.
'We moeten eruit!' gilde Manon. Ze legde haar handen op de schouders van haar ouders en schudde flink. 'Kom op, zo meteen zakken we door het ijs!'
Het ijs kon ook het gewicht van de andere Mercedes niet meer dragen. De achterkant van de auto zakte naar beneden. De voorkant kwam omhoog en de wagen gleed achterwaarts onder water.
Manon zag hoe haar vader met zijn ogen knipperde. Door de enorme klap had hij even het bewustzijn verloren. Hetzelfde gold voor haar moeder. Ook zij kwam weer bij kennis. De veiligheidsgordels hadden hun leven gered.
'Wakker worden. Kom op, de auto kan elk moment door het ijs zakken!'

Ze had de waarschuwing nog niet uitgesproken of onder hen begon het te kraken. De bodem zakte onder hun wielen weg. Heel even dreven ze op het water. Uit vrees met een beweging een lichte deining te veroorzaken waardoor ze ongetwijfeld zouden zinken, bleef Manon doodstil zitten.

'Maak je gordels los,' fluisterde ze op dwingende toon. 'Daarna de deur open en het ijs op.'

Ze kregen niet de tijd, de auto zakte al. De paniek sloeg ogenblikkelijk toe. Marga had haar gordel losgemaakt en duwde met haar schouder tegen de deur.

'Hij gaat niet open,' schreeuwde ze gek van angst.

'Dat komt door de waterdruk,' reageerde Manon fel. 'Eerst moeten de ramen open. Daarna gaat de deur open.'

'De elektrische ramen gaan niet open,' zei haar vader. Ook in zijn stem klonk de paniek door.

'De ruitentikker!' gilde Fleur met overslaande stem. 'Dat ding onder je stoel.'

In het duister zag Manon hoe haar vader iets vooroverboog. Met zijn hand tastte hij in de ruimte onder zijn stoel. Manon voelde dat zij het initiatief moest blijven nemen.

'Sla jouw ruit in. Blijf kalm als het water binnenstroomt. Duw de deur open en zwem naar boven. Eerst pa, dan ma, ik duw Fleur eruit en volg.'

Haar vader ramde de punt van de hamer tegen de ruit. Na drie slagen barstte deze. Met zijn vuist sloeg hij het resterende glas uit de sponningen. Zoals Manon had voorspeld, stroomde het water naar binnen. Fleur brak. Ze begon te snikken. Manon reageerde instinctief. Met haar platte hand sloeg ze Fleur in haar gezicht.

'Geen gejank! Als de deur opengaat, moeten we voor ons leven zwemmen. Hou je kop erbij, we hebben maar één kans.'

Toen het ijskoude water tot hun schouders reikte, kreeg Ton het voor elkaar om de deur te openen. Hij trok Marga mee naar buiten. Manon pakte Fleur bij haar schouders en duwde haar tussen de passagiersstoe-

len door naar de enige opening. Nu het alles of niets was, herpakte Fleur zich. Met afgepaste bewegingen wurmde ze zich naar buiten.
Manon had nog net een laatste ademteug kunnen nemen, voordat de auto geheel onder water was geraakt. Ze gleed tussen de stoelen door en werkte zichzelf naar buiten, wat lastig was omdat de auto nog zonk.
Ze zwom op goed geluk. Omdat het al donker was, zag ze ook geen duidelijk licht dat aangaf waar de oppervlakte was. Ze had geen benul hoe diep ze zat. Ze voelde weinig druk op haar oren dus ze moest zo aan de oppervlakte komen. Zo hard als ze kon duwde ze met haar armen en benen het water weg. Het ijskoude water trok aan haar kleren, wilde haar beneden houden, voor eeuwig omhelzen. Manon had haar verstand op nul gezet. Na haar lange vlucht zou deze korte afstand haar niet tegenhouden.
Met de allerlaatste kracht die ze bezat, zwom ze omhoog. Haar longen stonden op barsten, het water bleef zwart. Ineens voelde ze zich lichter worden. Ze kon niet meer, ze was zo moe. Haar bewegingen werden trager. Ze wist er nog een laatste slag uit te persen. De pijn in haar spieren en de kou in haar botten voelde ze niet meer. Ze begon het bewustzijn te verliezen.
Vanuit het niets werd Manon omhooggetrokken. Ze vulde haar longen met lucht en begon zwaar te hoesten. Toen ze weer bij kennis kwam, keek ze recht in het gezicht van Dirck.
'Ik heb je vast,' zei hij. 'Alles komt goed.'
Ze keek langs hem heen en zag haar vader en moeder aan de kant van het meer zitten. Naast hen stond Fleur. Stuart ondersteunde haar.
De oevers werden verlicht door blauwe zwaailichten. Veilig. Manon sloot haar ogen en begon zachtjes te snikken.

November

64

Manon staarde naar buiten. Vannacht liet november zich van zijn slechtste kant zien. De aanhoudende wind joeg de regen door de straten. Het kletterende geluid van de druppels op de ramen klonk als een onheilspellend geroffel. Ze rilde en dook dieper in haar badjas. Hoewel de temperatuur in de huiskamer aangenaam was, kon ze de kou van buiten voelen.

Dit was weer een van die nachten, wist ze. Het was nu bijna drie uur en de kans was vrij groot dat ze tot een uur of zes zou opblijven. Dat ze niet kon slapen door de heftige herinneringen.

Ze was nu negen maanden terug in Nederland en de scherpe kantjes van haar hachelijke ontsnapping waren inmiddels afgesleten. De eerste weken na haar thuiskomst werd ze nog geteisterd door nachtmerries waarin een skiër haar achtervolgde of waarin ze alleen maar omgeven was door zwart en barre kou en het gevoel had dat ze stikte. Nu sliep ze beter en ze had steeds minder van deze akelige dromen.

Zoals de psycholoog had voorspeld namen de angstaanvallen af. Natuurlijk bleef die vreselijke nacht altijd in haar hoofd spelen, maar ze had met veel vallen en opstaan een opening in haar geest gevonden waarin ze die gebeurtenissen langzamerhand kon wegduwen. Een plekje geven, zoals dat werd genoemd. Het verwerken van zo'n dramatische gebeurtenis was een kwestie van tijd. Sommige mensen hielden er zelfs voor de rest van hun leven een trauma aan over. Ze probeerde heel hard niet een van hen te zijn. Ze had zichzelf vermand en door de gesprekken met de psycholoog ging het inmiddels al een stuk beter met haar.

Manon liep zo stil mogelijk naar de keuken omdat ze niemand wakker wilde maken. Wat voor haar gold, had ook betrekking op haar familie.

Ook zij hadden na Oostenrijk een zware tijd achter de rug gehad. Therapie en hun geestelijke veerkracht hadden hen er echter weer bovenop geholpen. Het had ook helemaal fout kunnen gaan. Als haar familie haar verantwoordelijk had gehouden voor alles wat er gebeurd was, dan was het nooit meer goed gekomen. Gelukkig waren ze dichter tot elkaar gekomen dan ooit en hadden ze elkaar gesteund. Nu pas zag ze hoe sterk haar ouders waren. Haar vader werkte weer even hard als vanouds, en haar moeder stond weer krachtig voor de klas. Fleur had een tijdje angstaanvallen gehad, maar ging intussen weer naar de universiteit. Alleen zijzelf had nog niets gevonden waar ze houvast aan had.
Manon schonk een glas mineraalwater in. Ze nam weer plaats op de bank en staarde naar buiten. Ze miste Oostenrijk. Dat wil zeggen, ze miste het lesgeven en de levenswijze. Het was, afgezien van de laatste dagen daar, een hoogtepunt in haar leven geweest. Nu haar negatieve ervaringen langzaam maar zeker naar de achtergrond verdwenen, werd de drang steeds sterker om naar dat leven terug te keren. Niet in de laatste plaats omdat Dirck haar dat regelmatig vroeg. Er was zoveel veranderd de afgelopen maanden.
Ze zag zichzelf en haar familie nog op die bewuste avond door de politie naar het ziekenhuis worden gebracht. Evenals Rutger en Sabine moesten ze twee nachten blijven ter observatie. Ze had met rechercheurs gesproken die snel een duidelijk beeld kregen van hetgeen zich die nacht had afgespeeld. Ze lieten haar verder met rust. Datzelfde kon helaas niet worden gezegd van de pers. Zell am See was enkele dagen wereldnieuws en met name de Duitse pers was met verschillende filmploegen aanwezig. Na overleg met een advocaat, die tevens een klant van haar vader was, besloten ze op geen enkele aanbieding in te gaan.
Eenmaal terug in Nederland verflauwde de belangstelling. Ze gaf enkele interviews voor de Nederlandse televisie en weekbladen, maar omdat het een afgerond verhaal was, verdween de belangstelling snel. De wereld draaide door en zij was geen onderdeel meer van het actuele nieuws.
Op de dag van haar vertrek uit Zell am See had ze uitgebreid afscheid genomen van haar huisgenoten. Ondanks de opbeurende woorden, be-

twijfelde ze sterk of ze haar voormalige huisgenoten ooit nog zou spreken. Dat gold niet voor Dirck. Hij was niet alleen vanaf het moment dat hij haar uit het meer had getrokken tot de dag van haar vertrek bij haar in de buurt gebleven, sinds ze thuis was belden ze minstens driemaal per week met elkaar. Hij was haar ook een paar keer in Nederland komen opzoeken. De fysieke spanning was bijna ondraaglijk geweest, maar ze hadden het rustig aan gedaan. Bovendien was haar ouderlijk huis niet echt de plek om je te laten gaan. Een maand geleden, de laatste keer dat hij op bezoek was geweest, had Fleur spontaan haar appartementje in Utrecht aangeboden, zodat ze een keer echt samen konden zijn. Het was een heerlijk weekend geweest en des te moeilijker was het afscheid geweest. Ze kon nog steeds niet geloven dat ze echt iemand had gevonden die evenveel om haar gaf als zij om hem. Alleen die verdomde afstand.
Door het contact met Dirck bleef ze op de hoogte van de ontwikkelingen in Oostenrijk. Dirck, Stuart, Agnetha en Sojka waren per direct opgestapt bij SFun. Dirck en Stuart hadden een baan gevonden bij een skischool in Saalbach-Hinterglemm en hadden ook een baan voor de twee meiden geregeld. Rolf, Bernd, Udo en Felix bleven voorlopig in Zell am See. Zij wilden even de kat uit de boom kijken. Wie weet wat er nog met SFun ging gebeuren.
Vier weken na de rampzalige nacht heropende Rutger SFun. De heropening was de bevolking van Zell am See een doorn in het oog. De algemene opinie heerste dat hij medeverantwoordelijk was voor de dood van de jonge man uit het dorp die de pistebully had bestuurd. Op één na hadden de Tsjechen het ook niet gered. Ze hadden de oever niet kunnen bereiken en waren verdronken in het ijskoude meer. Hun overlijden deed de bevolking niets. Het waren immers criminelen die erom hadden gevraagd. Sommigen vonden dat de vergunning van Rutger ingetrokken moest worden. Dit voorstel werd door de plaatselijke politici, die deel uitmaakten van het roddelcircuit, opgepikt en doorgestuurd naar collega's die in de deelstaat een invloedrijke functie bekleedden. Voor Manon was er niets dan lof. Toen Dirck haar dit vertelde, moest ze toch even slikken.

Ook in Kaprun was het onrustig. Na het wegvallen van de Tsjechische eigenaren werd Kraus Kaprun geleid door instructeurs die er een zootje van maakten. Aangezien het skioord financieel voor een groot deel afhankelijk was van de toeristen, maakte men zich ernstig zorgen over de toekomst. Kraus Kaprun was een grote skischool die direct en indirect veel geld in het laatje van de plaatselijke ondernemers bracht. Werd de school niet goed geleid, dan kozen de wintersportliefhebbers voor een verblijf ergens anders. In de nabije omgeving was tenslotte keus genoeg.

Aan het eind van het winterseizoen had er een spectaculaire ontwikkeling plaatsgevonden. In die periode belde Dirck haar bijna elke dag. De ondernemersverenigingen van Kaprun en Zell am See, waarschijnlijk gesteund door invloedrijke politici, hadden actie ondernomen.
Een afgevaardigde van de ondernemersvereniging Kaprun was samen met een advocaat op bezoek geweest bij Radka Jarolím, de ongetrouwde moeder van Marek en de zus van Pavel en Jan. Zij was de enige erfgenaam, die recht had op het eigendom van de onderneming. De ondernemersvereniging Kaprun bood een aanzienlijk bedrag voor de skischool Kraus Kaprun. Het was een lucratieve deal voor beide partijen. Voorafgaande aan deze ontmoeting had de advocaat van de ondernemersvereniging aan de zaakwaarnemer van Radka laten weten dat de autoriteiten een aan zekerheid grenzend vermoeden hadden dat Kraus Kaprun met crimineel geld was gekocht. Radka zou zich een hoop ellende met justitie besparen als ze het geld zou aannemen. Ze volgde het 'advies' op en vertrok met het geld naar Zuid-Spanje.
De ondernemersvereniging ging met een bezem door het zelfbenoemde management. Er werden bekwame, veelal oudere instructeurs op de verantwoordelijke posities van het bedrijf gezet. Onderling werd afgesproken dat deze bezettingsstructuur één jaar in stand zou worden gehouden. Daarna kwam er een openbare veiling waarin de vergunning werd verstrekt aan degene die het meest aantrekkelijke ondernemingsplan kon overleggen. Zover als bij de Tsjechen zouden ze het nooit meer laten komen.

Dit besluit was nog niet genomen toen Rutger, Sabine en haar vader het districtsgebouw van Zell am See binnenstapten. Zij waren door de gemeente ontboden voor een gesprek. Door een hoge ambtenaar van de deelstaat Salzburg werd hun verteld dat justitie een vooronderzoek was gestart naar de wijze waarop de vergunning voor SFun was verkregen. Zonder dat hij hen openlijk chanteerde, maakte de ambtenaar het standpunt van de gemeente duidelijk. Of de vergunning werd ingetrokken, of de huidige eigenaars gaven deze terug en werden schadeloos gesteld. Onder deze regeling viel zowel het onroerend als roerend goed van SFun.

Rutger weigerde in eerste instantie. Hij wilde het gevecht met de autoriteiten aangaan. Zijn schoonvader daarentegen zag de bui al hangen en wist hem te overtuigen. In zijn positie kon hij zich geen schandaal veroorloven. De gemeente stelde een contract op dat door beide partijen werd getekend. Rutger en Sabine waren een bedrag rijker en een skischool armer.

Bij het proces tegen Ondrej Bokuva waren zowel zij als Rutger en Sabine opgeroepen om te getuigen tegen de enige Tsjech die het overleefd had. Dirck en Stuart zaten in de rechtszaal en keken toe hoe het bewijs zich opstapelde tegen de broodmagere man. Ondrej werd veroordeeld tot twaalf jaar gevangenisstraf.

Tijdens de pauze van het proces had ze samen met Dirck en Stuart wat gegeten in de kantine van het gerechtsgebouw. Rutger en Sabine zaten aan verschillende tafeltjes en negeerden elkaar en haar. Wat haar betrof was dat prima, want ze had geen enkele behoefte aan contact met het tweetal. Drie weken later hoorde ze van Dirck dat Rutger zijn spullen had gepakt en uit Zell am See was verdwenen. Blijkbaar zat hun liefde toch niet zo diep.

In de tussentijd was Dirck al druk aan het lobbyen geslagen. Via kennissen had hij gehoord van het voornemen van de gemeente om Rutger te lozen. Met zijn verleden bij SFun en een bescheiden spaarbedrag waagde hij de stap en vroeg een gesprek aan. Tot zijn verbazing en grote ge-

noegen stond de gemeente niet onwelwillend tegenover zijn voorstel om SFun voort te zetten, mits hij de financiering rond zou krijgen. Ook zij hadden hun huiswerk gemaakt en ze wisten dat Dirck een positieve rol had gespeeld in de affaire met de Tsjechen. Na onderhandelingen met de banken en de gemeente werd een akkoord bereikt.
Aan het eind van de zomer stelde Dirck zijn toekomstige managementteam samen. Naast de onafscheidelijke Stuart, maakten Agnetha en Sojka hier ook deel van uit. Hun voormalige Duitse huisgenoten keerden niet terug bij SFun. Zij beproefden hun geluk in de Italiaanse Alpen. Tijdens elk telefoongesprek dat ze voerden, vroeg Dirck aan Manon om terug te komen naar Zell am See en het team te versterken. Ze bleef de boot afhouden, al werd dat met de dag een zwaardere opgave. Haar hart en verstand bleven het oneens.
Manon zuchtte. In gedachten liep ze naar de keuken om het glas weg te zetten. Op de achtergrond gierde de wind om het huis en tikte de regen venijnig tegen de ruiten.

65

‘Als we het weerbericht mogen geloven kunnen we volgende week de eerste sneeuw onder de duizendmetergrens verwachten,’ zei Dirck.
‘Het is te hopen,’ antwoordde Stuart. ‘Door die regenbuien trekken de sneeuwmachines het niet meer. Sommige stukken op de piste zijn bijna kaal! Het wordt echt tijd voor een pak verse sneeuw.’
‘Dat zeker,’ beaamde Dirck. ‘Maar ik doel eigenlijk meer op de drukte die ons dan te wachten staat.’
‘Bij de eerste verse sneeuw loopt het hier storm,’ vulde Agnetha aan. Binnen enkele dagen zitten we barstensvol.’
‘Dat is te hopen,’ zei Sojka. ‘Tot nu toe is het niet veel.’
Dirck knikte. ‘En wees daar maar blij om, want met deze bezetting trekken we het niet.’
Stuart keek hem vragend aan. ‘Dat gesprek van gisteravond...’
‘Ja, met die Duitse instructeurs,’ zei Dirck. ‘Daar heb ik geen vertrouwen in. Twee gasten uit de buurt van Stuttgart. Heel vrijblijvend allemaal. Ze kwamen vriendelijk over, daar niet van, maar geen mensen waar je op kunt bouwen, lijkt me. Het zou me niets verbazen als ze nog een aantal oriëntatiegesprekken voeren met andere scholen hier in de buurt en dan besluiten om toch in Duitsland te blijven. Nee, daar heb ik geen goed gevoel over.’
‘Je had toch nog een gesprek?’ vroeg Stuart.
‘Met een Tsjechische jongen uit Praag.’ De stilte die viel was veelzeggend. Hoewel ze verder waren gegaan met hun leven, droegen ze die korte, heftige periode altijd met zich mee. Ze hadden het weggestopt in een zolderkamertje van hun geest, maar af en toe was het nog ongemakkelijk.

Agnetha probeerde het los te laten en verbrak als eerste de stilte.
'Hoe ging dat?'
'Goed,' antwoordde Dirck. 'Een enthousiaste knul van negentien. Direct inzetbaar, want hij heeft zijn eerste diploma. Hij wil graag, maar kan op z'n vroegst na de kerst beginnen. De feestdagen wil hij met zijn familie doorbrengen.'
'Dat is de juiste spirit,' sprak Stuart cynisch. 'Op dat soort types zitten we echt te wachten.'
'Daar moet je die jongen niet op afrekenen, Stu,' reageerde Dirck meteen. 'Het is niet zijn schuld dat jij rond kerst thuis niet meer welkom bent.'
Iedereen lachte. Een grapje tussendoor was een prima remedie tegen de zorgen die zich langzamerhand aandienden. Inclusief het management, had SFun vijftien instructeurs in dienst. Ruim voldoende voor de aanloop naar het hoogseizoen, veel te weinig zodra deze periode daadwerkelijk begon. Hoewel Dirck er alles aan deed om nieuwe mensen aan zijn school te binden, wilde dit nog niet echt op gang komen. Het was een van de weinige dingen waar hij zich op had verkeken. Goede mensen aantrekken bleek een vak op zich en de spoeling was in hun gebied wat dunner geworden.
'Wanneer heb je weer een gesprek?' wilde Sojka weten.
'Vanavond. Gisteren sprak ik net voor sluitingstijd twee Engelse vrouwen. Ervaren instructrices die jarenlang in Frankrijk hebben gewerkt. Ze denken erover om hier een seizoen mee te draaien.'
'Ik hoop het,' mompelde Stuart. Zelfs een rasoptimist als hij zag de bui al hangen. Als ze niet snel met instructeurs op de proppen kwamen, stond hun een hectisch seizoen te wachten. 'Wees gewoon voorzichtig, dat is wat ik zeggen wil.'
'Ik...' Het getril van zijn mobiele telefoon in zijn broekzak onderbrak Dirck. Hij pakte het apparaatje en keek op het display. Een warme glimlach gleed over zijn gezicht.
'Hé, Manon. Hoe is het?'
'Goed,' antwoordde ze. 'Heel goed zelfs.'

'Dat is geweldig, vertel. Ik kan nu wel een oppepper gebruiken.'
'Hoezo?'
'Ach, het aantrekken van nieuwe instructeurs loopt niet echt lekker. Maar dat geeft niet, laten we het over jou hebben.'
'Dus je zit om instructeurs te springen?' vroeg ze op plagerige toon.
'Ja, en het meest om jou.' Hij zei het automatisch, maar meende elk woord ervan.
'Dat komt dan mooi uit,' zei Manon. 'Ik vertrek morgenochtend vroeg. Met een beetje geluk ben ik morgenavond in Zell am See.'
Dirck bleef even roerloos zitten. Toen het tot hem doordrong dat Manon geen geintje maakte, kon hij niets anders doen dan grijnzen.
'Dat is fantastisch,' sprak hij recht uit zijn hart. 'Ik regel morgen alles. Je komt in een gespreid bedje.'
'Ditmaal reken ik op een tweepersoonsbed.'
Dirck slikte en keek weg van zijn vrienden. Hoewel ze geen Nederlands spraken, kon hij zien dat ze heel goed doorhadden dat het geen standaardgesprek was.
'Dat regel ik vandaag nog,' fluisterde Dirck.
Manon lachte om zijn plotselinge schuchterheid.
'Dan zie ik je morgen. Doe iedereen de groeten van me.'
'Komt voor elkaar,' antwoordde hij opeens heel enthousiast. Hij stak de telefoon in zijn zak en keek de rest aan.
'Haal die grijns van je smoel en vertel ons het goede nieuws,' zei Stuart ongeduldig.

Manon liep naar haar kamer. Ze voelde zich licht euforisch. Met deze beslissing was er een last van haar schouders gevallen. De twijfel van de afgelopen maanden was verdwenen. Ze wist dat sommige mensen in haar omgeving het onbegrijpelijk vonden dat ze terug zou keren naar die onheilsplek, maar zij kon geen beter herstel bedenken. Dit was wat ze wilde, lesgeven in Oostenrijk met Dirck in haar buurt. Voor dit leven had ze nu gekozen. En het voelde als de beste keuze die ze ooit had gemaakt. Opgelucht begon ze haar koffer te pakken.

Dankwoord

De inbreng van redacteur Juliette van Wersch was van groot belang bij de totstandkoming van dit boek. Hiervoor mijn dank.

De auteur

Lees nu ook alvast een fragment uit

Zwarte piste

de nieuwe thriller van Suzanne Vermeer

Ze stapte fors door, maar bij elke stap nam de twijfel toe. Had ze de juiste beslissing genomen? Was het wel zo verstandig geweest om direct op te stappen? Of had ze juist moeten blijven zitten? Gewoon doorkletsen met Roel en haar ex negeren? Misschien had ze toch moeten doen alsof Roel haar nieuwe vriend was. En als Richard de confrontatie had opgezocht? Nou, dan had hij die toch kunnen krijgen!

Ze wist dat dit onzin was en dat ze niet rustig had kunnen doorkletsen. Richard had zeker de confrontatie gezocht. Die drukke kroeg was niet de plaats voor een fikse ruzie, laat staan in het bijzijn van Roel. Die zachtaardige jongen zou waarschijnlijk de gemoederen hebben willen sussen, waarmee hij Richard ongetwijfeld nog meer op de kast had gejaagd.

De regen viel met bakken uit de lucht. Ze trok de kraag van haar jas zo hoog mogelijk op om haar nek nog enige bescherming te bieden tegen de venijnige regendruppels. Het hielp niet echt. Spetters verenigden zich in haar nek en vormden stroompjes die langs haar rug gleden. Ze rilde, en keek met half dichtgeknepen ogen naar een tram die bij de Munttoren stopte, weer optrok en het Rokin opreed.

Ze keek vlug over haar schouders. Achter haar liep niemand die op Richard leek. In zichzelf gekeerd stak ze bij het Muntplein over om de Reguliersbreestraat in te kunnen lopen. Ze kon hier wel gaan staan wachten op lijn 14 die haar naar de Indische buurt zou brengen, maar ze wilde hier niet blijven. Te dicht bij de kroeg, misschien te dicht bij Richard. Ze wilde het zekere voor het onzekere nemen. Als ze richting Rembrandtplein en Waterlooplein liep kon ze onderweg alsnog op-

stappen. Het schelle geluid van een claxon deed haar geschrokken terug op het trottoir stappen. De taxi trok op.
'Trut!'
Met gebogen hoofd liep ze door. Trut, dacht ze. Die man kende haar niet, maar had gelijk. Ze was inderdaad een trut.
Natuurlijk had ze niet de juiste beslissing genomen. Weglopen was altijd de weg van de minste weerstand. Ze was toch sterker, stond hier toch boven? Toch bleef ze een akelig gevoel houden. Hoe groot was nou de kans dat Richard op een zaterdagavond op hetzelfde tijdstip in dezelfde kroeg zit als jij en je date? Belachelijk klein. Hij moest het hebben geweten. Maar hoe? Roel en Richard waren vreemden van elkaar.
Had Richard hen soms vanaf de bioscoop gevolgd, vroeg ze zich vervolgens af. Ja, het kon haast niet anders dan dat hij hen van een afstand had gevolgd. Wat een idioot!
Een tram stopte bij de halte op het Rembrandtplein. Gejaagd door de aantrekkende wind vloog de regen over de straat. Ze bedekte haar gezicht, zodat ze het nummer van de tram niet kon lezen. Moest ze een sprintje trekken of haar eigen tempo aanhouden? Ze koos voor het laatste en liep verder richting Waterlooplein. Op dit tijdstip reden er voldoende trams en de minuten die ze meer of minder in de regen liep, maakten nu ook niet meer uit. Bovendien deed het lopen haar goed.
Had Richard het van een van haar collega's in de supermarkt gehoord? Nee, dat leek onwaarschijnlijk. Drie, misschien vier meiden wisten van haar date. Ze had het hun zelf verteld, maar Roel kwam hooguit één keer per week op haar werk en als hij er was liep hij direct naar haar toe.
Dan had je nog de gemeenschappelijke kennissen. Nou, daar was ze snel klaar mee. Na hun scheiding had Richard in hun voormalige vrienden- en kennissenkring vervelende roddels over haar verspreid, waardoor ze weinig vrienden meer had overgehouden. Ze was vanavond expres niet met Roel naar hun vroegere stamkroeg gegaan. Tijdens hun huwelijk was ze er regelmatig met Richard wat gaan drinken en langzamerhand hadden ze in dat café een soort van kennissenkring

opgebouwd. Niet dat ze bij deze mensen over de vloer kwamen of gezamenlijk op vakantie gingen, maar op een bepaalde manier maakten sommige bezoekers toch deel uit van hun sociale contacten.
Na de scheiding was ze er nog een paar keer geweest, omdat ze dacht dat het goed was eraan te wennen om Richard tegen te kunnen komen. Hij had ook gezegd dat hij het jammer zou vinden als ze dat niet meer zou doen. En het waren toch zeker ook haar kennissen? Wat was ze eigenlijk naïef geweest. Natuurlijk was het anders dan toen ze met Richard was getrouwd. De sfeer bleef prettig, iedereen deed normaal, maar ze voelde dat ze een vreemde eend in de bijt was geworden. Tot die ene avond toen ze bij de groep aanschoof en er een pijnlijke stilte viel. Even dacht ze dat Richard er was en dat iedereen in verlegenheid was gebracht. Maar Richard was er niet en na een vluchtige begroeting hervatte iedereen zijn of haar gesprek, zorgvuldig haar blik vermijdend. Na een kwartiertje was ze het toneelstukje zat. Met Daniel Ochtens had ze het altijd goed kunnen vinden. Ze trok hem aan zijn jasje en knikte naar de deur. Aan de spiedende blikken had ze maling, maar ze wilde weten wat er speelde en binnen was het te luidruchtig.
Daniel draaide nog even om de hete brij heen voordat het hoge woord eruit kwam. Richard was hier eergisteren geweest en had aan zijn vrienden plus aanhang verteld dat zijn huwelijk niet alleen was stukgelopen omdat ze langs elkaar heen leefden. Er was meer aan de hand geweest. Hij wilde er niet te veel over uitweiden, maar hij liet zich toch ontvallen dat 'zij het niet zo nauw met de huwelijkse trouw nam'.
Verbijsterd, woedend en over haar toeren had ze de kroeg verlaten. Wat een vuile rotstreek om dat te beweren van iemand die nog nooit was vreemdgegaan, bij wie die gedachte zelfs niet was opgekomen! Op dat moment kon ze hem wel vermoorden.
Eenmaal buiten had ze hem direct gebeld, maar hij nam niet op. Zijn telefoontje kwam drie dagen later. Verontschuldigingen te over. Zo had hij het niet bedoeld, het was een geintje geweest, hij zou het hun vrienden wel uitleggen, blablabla. Nog steeds pissig over deze smakeloze grap had ze de verbinding verbroken. De klootzak.

Naar hun 'stamkroeg' was ze nooit meer teruggegaan. Hoe belachelijk de beschuldiging van Richard ook was, er bleef altijd iets van hangen. Tegen dit soort roddels was je gewoon kansloos. Ze had een leuke tijd in die kroeg gehad en dat wilde ze zich blijven herinneren.
Alleen Karlies Oostveen was er altijd voor haar geweest. Ze kenden elkaar al vanaf de kunstacademie en waren sindsdien echte vriendinnen. Tijdens Saskia's huwelijk had Karlies Richard geaccepteerd, eigenlijk meer getolereerd. Voor zover Saskia wist had ze hem na de scheiding niet meer gezien.
Maar... Karlies was een heel aparte. Vaak had ze haar beste vriendin vergeleken met Phoebe uit de televisieserie *Friends*. Een beetje wereldvreemde meid die opeens een rake of juist volstrekt idiote opmerking kon maken. Ze was een schat, maar volkomen onvoorspelbaar. Zij zou toch niet over Roel verteld hebben...
Roel was een aardige vent, prettig in de omgang. Verder dan dit reikten haar gevoelens voor hem niet. Hij leek daarentegen de hele avond zo zijn best te doen. En eigenlijk had hij dat die paar keer dat ze hem gezien had voordat ze waren uitgegaan ook gedaan. Daarom was het misschien wel beter dat het vanavond voor Roel op een anticlimax was uitgedraaid. Hij was een illusie armer en een ervaring rijker. Ze hoopte dat hij zou snappen dat het niet echt zou werken en snel over deze teleurstelling heen zou stappen en bovenal dat hij normaal zou doen als ze elkaar weer in de supermarkt tegenkwamen. Als hij daar nog zijn boodschappen zou doen.
Ze hoorde het geluid van een naderende tram. Ditmaal versnelde ze haar pas en was ze precies op tijd toen de deurtjes openklapten. Ze stapte in en de chauffeur zette de tram nog voor ze kon gaan zitten weer in beweging. Vanaf de halte waar ze straks zou uitstappen was het een paar honderd meter tot haar appartement. Het vooruitzicht van een leeg huis maakte haar somber. In de weerspiegeling van de ruit zag ze het gezicht van een vrouw die ouder leek dan de tweeëndertig jaar die ze in werkelijkheid was. Ze wendde haar blik af en keek recht voor zich uit. Alles was beter dan de wrede confrontatie met haar spiegelbeeld.

Ze zat in de woonkamer van het appartement waar ze samen met Richard jarenlang had gewoond. De indeling was precies zoals ze zich die herinnerde. De televisie stond aan, maar ze keek de andere kant op, in de richting van de deur. Ineens stond Richard voor haar neus en keek haar indringend aan.
Zijn kleding was als altijd modieus, eigenwijs, een tikkeltje jongensachtig. Het paste bij zijn levensstijl: jong, ambitieus en doortastend. Hij had de wijsheid in pacht, net als zijn collega's. Zij waren *the untouchables* van de reclamewereld en iedereen mocht dat weten. Bescheidenheid was in de wereld van het snelle geld en succes eerder een handicap dan een deugd.
Ineens was het alsof ze door een telescoop keek die elk detail van zijn gezicht uitvergrootte. Hij had zijn lip opgetrokken, waardoor een lelijke, woeste grimas ontstond. Zijn pupillen leken donkere gaten.
'Die gore klootzak van een Maaskant,' siste hij. 'Ik hoop dat die hufter heel snel een langzame dood sterft.' Hij spande de spieren van zijn onderarm en balde zijn vuisten. Alsof hij op het punt stond zijn tegenstander knock-out te slaan. 'De volgende keer dat ik dat zwijn tegenkom vermoord ik hem.'
Even leek hij geen raad met zichzelf te weten. Langzaam zakten zijn armen langs zijn lichaam, al ontspande hij zich niet. 'Volgende maand kan ik mijn boeltje pakken. Het bedrijfsresultaat keldert, er moet gesneden worden in de organisatie. En deze jongen is dus de lul.'
Hij legde zijn hoofd in zijn nek, keek vertwijfeld omhoog en hief beide armen.
'Kun je dit begrijpen?' sprak hij meer tegen zichzelf dan tegen haar. 'Ik

word ontslagen. Íк, de grote aanjager van het bedrijf, de man met de gouden ideeën die al miljoenen bij ze in het laatje heeft gebracht. Ík, degene die tientallen stagiairs heeft opgeleid tot prima werknemers, moet vertrekken terwijl slijmballen als Vergeer en Evertsen gewoon mogen blijven.'
Hij snoof luidruchtig en imiteerde de stem van zijn chef Gregor Maaskant. 'Er moeten keuzes worden gemaakt, Richard. Het is moeilijk voor me, voor iedereen, maar volgende maand nemen we helaas afscheid van je.'
Hoofdschuddend liep hij naar de dichtstbijzijnde stoel en ging zitten. 'Kun je dit begrijpen?' Het was een retorische vraag. Als door een adder gebeten sprong hij uit de stoel. In twee stappen was hij bij een bijzettafeltje en griste met een venijnig gebaar de lamp ervan af. Hij deed dit met zoveel brute kracht dat het snoertje bij de achterkant van de lamp brak. Zijn arm zwaaide naar achteren. Ze wilde schreeuwen, er kwam geen geluid uit haar keel.
Tot haar opluchting zette hij de lamp weer terug op zijn plek. Van het ene op het andere moment leek de agressie uit zijn lijf te zijn verdwenen. Hij oogde opeens relaxed, alsof hij zich bij de situatie had neergelegd.
Zonder enige reden begon hij keihard te lachen. 'Dat vind jij leuk, hè trut?! Nu ik word ontslagen ben jij de grote madam. Kun je aan iedereen vertellen dat jij het geld binnenbrengt. Lekker met je vriendinnetjes roddelen over die loser van een man van je. Die sukkel, die stumper, die nietsnut. Die werkloze prutser die ooit veel geld verdiende maar nu moet bedelen bij de Sociale Dienst om een uitkering. Lekker hè, secreet?! Eindelijk draait het allemaal om jou!'
Ze wilde wat terugzeggen, zijn idiote aanval pareren en ontkrachten. Was hij soms vergeten dat ook zij ontslagen zou worden?! Ze moest hem kalmeren, maar de woorden bleven in haar keel steken. Ze kon niet praten, alleen toekijken hoe de huiskamer in een horrordecor was veranderd en moest de ene na de andere beledigende zin aanhoren.
'Dat laat ik niet gebeuren,' zei hij zacht maar dreigend. Opeens had hij

een mes in zijn hand. 'Als ik dan toch naar de klote ga, ga jij met me mee.' Hij stapte naar voren, hief het mes en stak toe. De huiskamer werd zwart.
Met een schreeuw kwam Saskia overeind. Ze baadde in het zweet en haar ademhaling was jachtig. Schichtig keek ze om zich heen. Het dekbed, een vale lichtstraal tussen de gesloten gordijnen, het nachtkastje... haar slaapkamer. De vertrouwde omgeving verjoeg de angstaanval. Ze pakte het glas van haar nachtkastje en nam een slok water.
Rustig. *Je bent in je eigen slaapkamer en alles is oké. Je hebt een nachtmerrie gehad. Een heel heftige. Niets aan de hand, kom even tot rust, dan kun je zo weer gaan slapen.*
Ze bleef rechtop zitten. Hij had nooit op zo'n onbedaarlijke wijze tegen haar geschreeuwd en van geweld was geen sprake geweest. Waarom droomde ze dit dan? Was het een waarschuwing? Een onbewuste angst? Maar waarvoor dan? Dat hij op het punt stond agressief te worden? Was er echt een hoop opgekropte woede die hij nooit heeft laten zien? Had ze hem eigenlijk wel echt gekend?
Ze schudde met haar hoofd. Dit was onzin, therapeutisch gezwets dat helemaal nergens op sloeg. Het was maar een nachtmerrie geweest. Iedereen had weleens een nare droom.
Met een diepe zucht liet ze haar hoofd zakken op het kussen. Maar pas ruim een uur later viel ze weer in slaap.

❖

Na vijven werd het drukker. Dan kwamen de mensen van kantoor voor hun dagelijkse boodschappen en liepen huisvrouwen of moeders die hun kinderen van het kinderdagverblijf hadden gehaald gehaast naar binnen om snel een maaltijd bij elkaar te graaien of iets te halen wat ze vergeten waren. De frisdranken en zuivelproducten gingen hard, zag Saskia. Waarschijnlijk zouden ze het tot sluitingstijd wel redden, maar ze besloot dat ze dit risico niet wilde nemen en wenkte een collega die bezig was met het herschikken van de schappen waarop de zakken pasta's en potten pastasaus stonden.

'Janneke, hoe lang ben jij daar nog bezig?'

Haar veel jongere collega haalde haar schouders op.

'Een kwartiertje of zo.'

'Prima. Als jij klaar bent, vul jij dan de zuivel bij?' Ze vroeg het vriendelijk, maar beslist. Hoewel ze een paar dagen terug tegen Roel nog wat laagdunkend over haar werk had gedaan, nam ze het toch wel serieus. Als ze dan dit werk moest doen, wilde ze het ook zo goed mogelijk doen. En dit betekende dat het tijdens haar shift als een geoliede machine moest lopen. Een groot deel van haar voldoening haalde ze uit de vaststelling dat gedurende haar dienst de klanten geen lege schappen hadden aangetroffen, maar ook niet gestoord werden door het bijvullen ervan en dat de rijen bij de kassa's te overzien waren geweest.

'Goed zo. Jij regelt straks de zuivel, dan ga ik op zoek naar Hans. Hij kan mooi de frisdranken bijvullen.'

Met een snel gebaar waaruit routine sprak, zette ze een pak lasagne recht dat iemand daarnet had teruggelegd. Ze draaide zich om en bleef staan omdat er vlak achter haar een karretje stond.

'Hallo, schoonheid,' zei Richard met een ontwapenende glimlach. Hij verplaatste het karretje niet, zodat ze bijna geen kant op kon.
'Hoe is het ermee? Hard aan het werk om de klanten tevreden te houden?'
Ze overwoog om de kar opzij te duwen en hem te negeren, maar besloot dat ze er waarschijnlijk beter van af zou komen als ze hem gewoon als een klant zou behandelen. Ze zou hem aanhoren en dan wel verder kijken.
'Om deze tijd is het druk,' antwoordde ze. 'Ik heb weinig tijd, dus...'
Haar gehaaste reactie leek geen indruk op hem te maken. In zijn donkerblauwe pak en zwarte regenjas oogde hij uitermate relaxed en zelfverzekerd. Zijn glimlach leek oprecht. 'Je kunt vast wel een beetje pauze gebruiken,' sprak hij warm. Zijn rechterhand verdween in de binnenzak van zijn jas. 'Hiervoor kunnen de klanten toch wel even wachten?'
Hij haalde een in plastic verpakte roos tevoorschijn en gaf deze aan haar.
'Ik ben de laatste tijd niet makkelijk geweest, heb dingen gedaan die de schoonheidsprijs niet verdienden. Maar geloof me als ik zeg dat ik nog steeds van je hou. Deze roos is een symbool voor de liefde. *Onze* liefde. Zonder jou is er niets aan, Sas, en heeft het voor mij weinig zin om verder te gaan.'
Saskia stond perplex. In haar ooghoeken zag ze hoe mensen bleven staan. Een oudere vrouw glimlachte vertederd. Mijn god, dacht ze. Dit kan niet waar zijn. Hij is helemaal de weg kwijt.
Met een strak gezicht pakte ze de roos toch aan. 'Dankjewel,' sprak ze koeltjes. 'Ik neem hem aan, omdat ik zie dat je moeite doet, maar ben er niet echt blij mee, Richard. Ik heb liever dat je dit soort dingen niet meer doet.'
Was ze duidelijk genoeg? Het was over, ze wilde hem niet meer. Hij bleef haar echter lief aankijken, alsof haar woorden er niet toe deden.
'Denk erover na, Sas. Geef me in elk geval nog een kans.'
Omdat hij blijkbaar een enorme plaat voor zijn hoofd had, besloot zij

directer te zijn. Ze moest nu tot hem doordringen en voor eens en voor altijd duidelijk maken dat het tussen hen echt over was. Ze duwde het karretje weg en ging recht voor hem staan.
'Luister nu heel goed naar me, Richard, en knoop het volgende in je oren. Ons huwelijk is over en dat blijft zo. Er komt geen verzoening. Niet nu, niet volgende week, niet over twee jaar. Het is klaar. Jij gaat jouw weg en ik de mijne. Laat me met rust en haal het nooit meer in je hoofd om dit soort idiote toneelstukjes op te voeren op mijn werkplek.'
Zonder hem verder een blik waardig te keuren liep ze weg. Ze was vijf meter bij hem vandaan toen ze hem 'Saskia!' hoorde schreeuwen. Met tegenzin bleef ze staan en draaide zich om.
'Denk erover na,' sprak hij op luide toon. 'Geef me alsjeblieft nog een kans!'
Onthutst over zoveel gebrek aan realiteitszin en schaamte schudde ze mismoedig haar hoofd en liep bij hem vandaan.

Richard leek de afwijzing zonder verder protest te accepteren. Terwijl ze zogenaamd druk bezig was, hield ze hem waar mogelijk in de gaten. Gelaten zag ze hem zijn boodschappenlijstje afwerken. Als zij in zijn schoenen had gestaan was ze met een rood hoofd zo snel mogelijk de winkel uit gelopen. Het leek alsof het hem nauwelijks had aangegrepen, want hij bekeek op zijn gemak de artikelen voordat deze in zijn karretje verdwenen, maar het drong tot haar door dat hij tijd stond te rekken.

En ze gaf hem daar alle gelegenheid toe door juist op hem te letten. Ze moest echt aan het werk, dan zou hij wel afdruipen. Hans was bij de tijdschriften en ze gaf hem de opdracht de schappen met frisdranken bij te vullen. Zelf liep ze door naar het magazijn. Daar wilde ze met eigen ogen de voorraad van enkele huismerken checken; een klusje waar ze vandaag nog niet aan toe was gekomen.

'Saskia, kassa 2.' Wat nou weer, kon ze zich niet even terugtrekken? Voordat ze de kans kreeg om te denken waarvoor Karin haar hulp nodig had, klonk er weer een oproep. Ditmaal nog nadrukkelijker.

'Saskia, kassa 2!'

Weer in de winkel wist ze dat het mis was. De rij bij kassa 2 was veel te lang, en vooraan stond Richard. Hij was druk in gesprek met de caissière die zich zichtbaar ongemakkelijk voelde. Ze ging sneller lopen. Wat heeft die eikel nu weer bedacht, ging het door haar heen. Met korte stapjes slalomde ze langs de wachtende klanten.

'Voor de zoveelste keer, ik hoef niet te betalen,' hoorde ze Richard zeggen tegen haar collega achter de kassa. Van zijn ontspannen houding van daarnet was weinig meer over. Hij oogde geïrriteerd, als een leraar

die steeds weer aan dezelfde leerling moest uitleggen dat huiswerk maken een onderdeel van het leerproces was.
'Mijn ex-vrouw heeft hier een rekening lopen. Daar kun je dit bedrag op zetten.'
Hij keek de ongelukkige caissière doordringend aan. Die had in de drie jaar dat ze hier werkte zelden zo'n apart geval meegemaakt.
'Of vertrouw jij soms je eigen cheffin niet?' jende hij verder. 'Ze is toch je cheffin, of heeft ze me dat gewoon wijsgemaakt? Tja, soms weet je ook niet meer wat je moet geloven. We zijn gescheiden, hè. En zij heeft financiële problemen. Volgens mij liegt ze regelmatig de hele boel bij elkaar om onder haar verplichtingen uit te komen. Een van die verplichtingen is de boodschappen die hier op de band liggen. Die zou zij betalen.'
Karin keek hulpeloos rond. Ze sloeg een zucht van opluchting toen Saskia langs een klant glipte en voor haar stond.
'Wat is er aan de hand, Karin?'
Richard gaf antwoord. 'Er is helemaal niets aan de hand voor Karin. Tenminste, als zij gewoon doet wat ik zeg en dat is deze boodschappen op jouw rekening zetten. Dat hadden we toch afgesproken? Of ben jij dat alweer vergeten? Zoals je zoveel afspraken vergeet...'
Ze moest de neiging onderdrukken om hem een klap te verkopen. Dit was zo laag-bij-de-gronds, zo gemeen. Maar ze hield zich in. Tegenover de klanten en collega's kon ze het niet maken om uit haar rol te vallen. Ze pakte uit haar binnenzak haar creditkaart en gaf deze aan Karin.
'Ik betaal,' sprak ze met ingehouden woede. 'Maar alléén voor deze keer.' Daarna pakte ze een plastic tas en stopte daar zijn boodschappen in.
'Dat is nog eens service,' grijnsde Richard. 'Hopelijk gaat het morgen wel wat vlotter, want over al dat gedoe vooraf ben ik minder te spreken.'
'Uw auto staat aan de overkant?' acteerde ze. 'Dan loop ik wel even met u mee. Karin, roep even hulp in om kassa 3 ook te openen.'
Ze liep meteen naar de uitgang en zag uit haar ooghoeken dat Richard haar volgde.

‘De volgende keer dat jij me dit flikt, zal ik een stuk minder vriendelijk zijn,’ siste ze toen ze buiten op de stoep stonden. Ze zette de tas neer en keek hem uitdagend en vastberaden aan. ‘Ik vlieg je aan of bel de politie.’
Richard bleef stompzinnig grijnzen. In plaats van de verbale uitval die ze verwachtte, pakte hij de tas op en boog zijn bovenlichaam naar haar toe.
‘Dit stelde helemaal niets voor, een vingeroefening. Je zult verbaasd staan van wat ik allemaal kan als ik echt mijn best doe.’
Ze walgde van zijn vette knipoog.
‘Geef me nog een kans, dat is alles wat ik vraag.’ Hij draaide zich om en stak gemoedelijk de straat over.